Die Anrufung von Crowley

Über das Buch

Das Schreiben von „Die Anrufungen von Crowley" war eine spannende Reise durch Dunkelheit und Geheimnis. Während ich mich in die komplexe Handlung und die vielschichtigen Charaktere vertiefte, versuchte ich, neue narrative Facetten zu schaffen und die Spannung hoch zu halten.

Dies ist mein zweites Abenteuer in der Welt des Schreibens nach dem Thriller „Mogeen Blue". Mit „Die Anrufungen von Crowley" wollte ich vom erotischen Thriller zum esoterischen Thriller übergehen, um neue Gebiete und Themen zu erkunden.

Eine der größten Herausforderungen bestand darin, das Gleichgewicht der Handlung zu finden, die zu Beginn sowohl im Tempo als auch in der Ausrichtung der Inhalte sehr unterschiedlich war. Der mittlere Teil enthält mehr Wendungen und die Entwicklung der Charaktere nimmt mehr Gestalt an. Ich habe versucht, Lena, Lina und die anderen Protagonisten zum Leben zu erwecken, indem ich ihre Schwächen und Stärken zeigte.

Die Recherche zu esoterischen Praktiken und den Dynamiken einer dunklen Sekte war eine faszinierende und zugleich beunruhigende Erfahrung. Obwohl ich mir bewusst war, dass ich mich in einem allgemein skeptisch betrachteten Bereich bewege, habe ich versucht, jedes Detail glaubwürdig darzustellen, wobei ich einen Hauch von Magie und Geheimnis bewahren wollte, der das zentrale Bild der Geschichte umhüllt.

Lena befindet sich ständig im Zwiespalt zwischen der Liebe zu Alex und der Pflicht, die Wahrheit hinter den Verbrechen und dem Geheimnis um das Gemälde aufzudecken. Ich hoffe, dass die Leser sich in diesem Kampf zwischen Licht und Schatten mitgenommen fühlen und in Lenas Abenteuer und dem ihrer Verbündeten ein Spiegelbild ihrer eigenen Kämpfe und Wünsche finden.

Viel Spaß beim Lesen!

STEFANO CONTI

DIE ANRUFUNG VON CROWLEY

Thriller

Impressum:

Bibliografische Information der Deutschen Nationalbibliothek.
Die Deutsche Nationalbibliothek verzeichnet diese Publikation in der
Deutschen Nationalbibliografie; detaillierte bibliografische Daten sind im
Internet über http://dnb.dnb.de abrufbar.

© 2023 Stefano Conti
Alle Rechte vorbehalten

Autor: Stefano Conti
Umschlaggestaltung: Stefano Conti
Coverfoto: Stefano Conti

Herstellung und Verlag:
BoD - Books on Demand, Norderstedt
www.bod.de

ISBN: 978-3-759-77629-7

*"Die Vergangenheit ist geflohen,
das, worauf du wartest, ist abwesend,
aber die Gegenwart ist dein."*
(Arabisches Sprichwort)

Vorwort

So fing alles an, vor ein paar Jahren, an einem regnerischen, gewöhnlichen Abend. Ich sah *ihn* und von diesem Tag an begannen meine Kämpfe zwischen mir und meinem Kopf. Tag für Tag, dann Wochen, dann Monate. Was ich jetzt erzähle, war mir bis dahin noch nie passiert. Ich wuchs bis ins Erwachsenenalter hinein und ernährte mich nur von dem Schnickschnack der Liebe. Männer waren mir nahe, ohne sich jemals wirklich an mich zu binden, vielleicht auch, weil ich es nie wirklich wollte. Aber an diesem Tag merkte ich, dass etwas anders war. Vor diesem Mann, der mir wie durch einen Zauber erschien, war ich wie vom Donner gerührt. Dieser Fremde löste in mir ein überwältigendes Chaos aus. Mein Herz begann unkontrolliert zu klopfen, mein Atem stockte plötzlich. Meine Hände begannen zu erstarren und dann zu zittern. Ich spürte, dass ich die Kontrolle über mich verlor.

Ich hatte jahrelang darauf gewartet, jemanden zu finden, den ich wirklich mochte, der mir aber vor allem klar machte, dass er für mich gemacht ist. Doch mein romantisches Verlangen wich bald einem degenerierten, leidenden Gemütszustand. Meine Träume füllten sich mit Monstern, die mich fast in den Wahnsinn trieben. In manchen Nächten wachte ich mit Panikattacken auf und spürte, wie meine Brust von der Last eines unkontrollierbaren Gefühls erdrückt wurde, auf das ich nicht vorbereitet war und nicht wusste, wie ich damit umgehen sollte. Ich wollte plötzlich meine Meinung ändern, um meine Gefühle zu verändern, aber konnte ich das so plötzlich tun? Aus freien Stücken? Es ist wirklich schwierig, Gefühle zu beherrschen, soweit das überhaupt möglich ist! Ich habe mich oft wirklich als Shakespeare-Liebhaberin dargestellt, vor allem seit ich von ihm das Tagebuch gelesen habe. *Sein* Wesen hat mich noch mehr in seinen Bann gezogen, mit *seinen* Schönheiten, aber auch mit *seinen* Unannehmlichkeiten. Ich war wie eine Waschmaschine in einer Zentrifuge der Gefühle.

1

Als ich *ihn* in die U-Bahn einsteigen sah, war ich immer noch damit beschäftigt, die müden und melancholischen Gesichter der Fahrgäste zu beobachten, die systematisch verstreut waren, als ob sie versuchten, das wenige Lächeln der glücklichen Familien einzugrenzen. Ich habe es schon immer geliebt, Menschen anzuschauen, manchmal höre ich ihnen sogar zu, studiere sie, wenn ich kann, schaue ich sogar auf ihre Handys. Ich pfeife auf die Privatsphäre, auch wenn ich versuche, mich nicht sehen zu lassen.

Ich sah *ihn* also auf mich zukommen sah und mir fielen sofort seine schönen großen Augen, die von einer ordentlich zerzausten Frisur eingerahmt wurden. Sein kantiges Gesicht mochte vielen weniger schön erscheinen, aber es weckte in mir sofort eine faszinierende Energie, vor allem als ich bemerkte, wie seine Unterlippe in diesem fleischigen, sinnlichen Mund ein leichtes, zerzaustes Wangenbärtchen zeigte. Vielleicht war es dieses kleine Detail, das etwas Lasterhaftes und Erotisches in mir auslöste, das mich zwang, *ihn* nicht mehr aus den Augen zu lassen. Ich war wie verzaubert, als ich mir vorstellte, dass *er* gehen und sich wer weiß wohin setzen würde. Stattdessen wurde mein Pessimismus widerlegt.

Nachdem *er* sich umgeschaut hatte, beschloss *er*, direkt zu dem Platz vor mir zu gehen und sich zu setzen.

Eigentlich verliebe ich mich immer, wenn ich mit der U-Bahn fahre. Aber an diesem Tag, als ich *ihm* oft lange Blicke zuwarf, merkte ich, dass ich etwas anderes erlebte als das übliche "Lieben", vielleicht sollte ich besser sagen: Träumen. Irgendwann schaute *er* zu mir auf und schenkte mir ein halbes Lächeln, das ich nicht erwiderte, um mich vor *ihm*, aber auch vor meinen aufrichtigen Instinkten zu verstecken, die *ihn* suchten. Schon von diesem Moment an empfand ich ihm gegenüber eine psychische Bedrängnis, die unter diesen Umständen nur beschützender Natur war. Instinktiv glaubte ich, auf der Hut sein zu müssen, und so beschloss ich, mich auf mein Handy zu konzentrieren. Ich hatte keine Lust, mich angreifbar zu machen und mich zu exponieren. Mein Körper und mein Geist waren zu angespannt, um aus der Situation einen Vorteil zu ziehen. Ich war in semiplastischen Abwehrmechanismen gefangen.

Es dauerte jedoch nicht lange, bis meine Neugierde die Oberhand gewann. Ich wandte meinen Blick vom Telefon ab und richtete meine Aufmerksamkeit wieder auf meinen faszinierenden Beifahrer, der mich fest und selbstbewusst anstarrte. Unsere Blicke begannen ein Spiel der Verführung zu spielen, ein Fliehen und dann ein Suchen, wobei das Fliehen nur von mir ausging. In diesen Momenten, die sich in die Länge zu ziehen schienen, ergriff *er* die Initiative und sprach mich an, diesmal mit einem sanften Blick: «*Es ist so heiß heute!*»

«*Ja, und es regnet in Strömen*» erwiderte ich und deutete auf das Ende des Regens, um dann bedauernd hinzuzufügen «*Die Luftfeuchtigkeit lässt die Kleider auf der Haut kleben!*»

Er schien meine Worte gedanklich in eine Art Einladung zu übersetzen, mein T-Shirt zu betrachten, das in der Tat durch den Schweiß auf der Haut klebte und meine Brüste hervorhob, reichlich genug, um bemerkt zu werden.

«*Mein Name ist Alessandro. Freut mich, dich kennenzulernen! Alle nennen mich Alex... Die Verdunstung durch den Regen erhöht den Feuchtigkeitsgehalt in der Luft, was wiederum die 'gefühlte' Temperatur ansteigen lässt, weil der Körper die überschüssige Wärme nicht mehr abführen kann.*»

«*Oh! Ein Meteorologe, nehme ich an!*» sagte ich und schirmte mich scherzhaft gegen seine Besserwisserei ab «*Ich bin übrigens Lena, und ich bin keine Expertin in der Interpretation der physikalischen und chemischen Prozesse, die in der Atmosphäre ablaufen. Freut mich, dich kennenzulernen.*»

«*Pass auf, ich muss an der nächsten Haltestelle aussteigen, aber ich würde dich gerne wiedersehen. Hier ist meine Karte. Vielleicht können wir einen Kaffee trinken gehen oder so.*»

Ich hielt die Karte in der Hand, ohne etwas zu sagen, während Alex bereits aufstand und auf den Ausgang zusteuerte. Dann öffnete sich die U-Bahn-Tür und Alex lächelte mich mit einer Geste der Verabschiedung an. Ungläubig über das, was passiert war, schaute ich auf seine Visitenkarte, auf der neben seinem Namen und seiner Handynummer auch seine E-Mail und Instagram-Adresse standen. Dann sah ich

11

erstaunt zu, wie er sich vom Fenster entfernte, um dann wieder allein unter die Leute zu gehen.

Inzwischen war eine alte Frau eingestiegen und hatte sich auf den Platz gesetzt, auf dem Alexander gesessen hatte. Als sie sich setzte, nahm sie einen Terminkalender in die Hand, reichte ihn mir und fragte mich, ob er mir gehöre. Aus irgendeinem seltsamen Grund, den ich mir nicht erklären kann, bejahte ich, umklammerte ihn mit beiden Händen und steckte ihn dann heimlich in meine Handtasche. Mein Herz begann im Rhythmus von sieben Oktaven zu tanzen. Vielleicht enthielt das Tagebuch nur Notizen, Arbeitsverpflichtungen oder wer weiß was sonst, aber mein Gefühl wollte glauben, dass es etwas anderes war. Vielleicht war es auch nur eine Vermutung, jedenfalls beschloss ich, mir vorzustellen, dass das Tagebuch etwas viel Intimeres enthielt. Die Versuchung, einen Blick in das Tagebuch zu werfen, war groß, also beschloss ich, zumindest einen kurzen Blick hineinzuwerfen.

Als ich das Tagebuch öffnete, blätterte ich den Einband um und erlebte eine doppelte Überraschung: Was ich für ein Tagebuch hielt, war tatsächlich ein Tagebuch! Die andere Überraschung war die Stimme von Lina, meiner besten Freundin, die mich zusammenzucken und das Tagebuch schließen ließ.

Nachdem sie mich begrüßt hatte, fragte Lina mich sofort, was ich in den Händen hielt. Meine Reaktion ließ sie keineswegs gleichgültig. Im Gegenteil. Sie löcherte mich sofort mit Fragen, indem sie sich neben mich stellte. Vielleicht hätte ich dieses kleine Geheimnis gerne für mich behalten, aber bei Lina konnte ich das einfach nicht, zumal sie mich überrumpelt hatte. Ich beschloss, zumindest etwas Zeit zu gewinnen, und versprach, mich am Abend mit ihr zu treffen, auch für Erklärungen.

In der Zwischenzeit, sobald ich zu Hause war, konnte ich mit mir allein sein, mit meinen Träumen, Wünschen und mit der Visitenkarte und dem Tagebuch, das Alessandro vergessen hatte.

2

Als ich nach Hause kam, zog ich mich um und entschied mich für die übliche "Hauskleidung", die mir immer Kraft gibt und mir das Gefühl gibt, dass ich mich wohl fühle und mich entspannen kann. Ich kochte mir einen Kräutertee. Ich nahm mein Tagebuch und setzte mich, nachdem ich mit Weihrauch und sanftem Licht eine angenehme Atmosphäre geschaffen hatte, in meinen geliebten Sessel.

Ich begann zu lesen.

Tag 1, verloren in der Zeit

Wie wunderbar ist die aufgehende Sonne! Wie viele Menschen sind vom Sonnenuntergang fasziniert, der ja natürlich ein schöner Anblick ist, aber die ersten Lichtblitze sind für mich etwas Unvergleichliches. Die Morgendämmerung ist der schönste Ausdruck, den die Natur hervorbringt, um die Geburt im absoluten Sinne, das Leben, darzustellen! Ich erinnere mich noch an Momente, als ich noch ein Kind war, als ich mit offenem Mund das Polarlicht mit seinem goldenen Licht voller rosa Schattierungen beobachtete, das plötzlich und überraschend das Erscheinen der Sonne ankündigte.

Heute blickte ich gedankenverloren aus dem Fenster, und mit dem Bild im Kopf, das ich hatte, als ich etwas mehr als zehn Jahre alt war, machte ich mich auf den Weg ins Badezimmer, vor den Spiegel. Mein Spiegelbild lenkte mich ab, holte mich in die Realität, in die Gegenwart zurück und gab mir das Gefühl, unter einem perfiden Bann zu stehen. Ich berührte mich wahllos zwischen Stirn und Kinn und sah meine verdrehten Augen, die in letzter Zeit ständig müde und schwer zu sein scheinen. Falten. Graue Haare. Sogar Narben. Obwohl ich das Alter von sechzig Jahren noch nicht erreicht hatte, war das, was ich im Spiegel sah, für mich zweifellos ein alter Mann, der mir zwar bekannt vorkam, mir aber dennoch fremd war. In den "inneren Schatten" begannen Empfindungen und Gedanken unbekannte, unkontrollierte Emotionen in mir zu wecken. Ich begann mit mir selbst zu sprechen. "Alex, bist du das? Und doch bist du so anders! Wer ist dieser Mann im Spiegel? Wer ist er wirklich? Wer war er? Wer wird er sein? Wo ist um Gottes Willen der Alex, den ich nicht mehr sehe!!! Es gibt ihn nicht mehr!? Wie kann ich weiterleben, wenn ich mich nicht mehr wie ich selbst fühle? Was kann ich tun? Ich kann und will mich nicht verlieren! Was ist aus meinem Leben geworden, mit allem, was ich gelebt habe? Ist das alles weggeschmolzen wie Schnee in der Sonne? Sind die Erinnerungen geblieben? Aber die Erinnerungen sind verzerrt und dann verschwinden auch sie... Mein Gott, ich fühle mich wie ein Schiffbrüchiger, der sich seines eigenen unausweichlichen Schicksals bewusst ist."

Einen Moment später spürte ich ein starkes Gefühl von Angst und Wut zugleich in mir aufsteigen, zumindest glaubte ich das zu spüren. In halsbrecherischem Tempo erreichte ich die Haustür, schlüpfte fast gleichzeitig in Jacke und Schuhe, öffnete die Tür und griff mit der freien Hand nach dem Schlüssel meines Porsche Cayenne Coupé, bereit, seine 340 PS auf der noch halb leeren Autobahn einzusetzen, denn es war Sonntag.

In wenigen Minuten erreichte ich die Auffahrt Ahrensburg zur Autobahn 1. Vor dem Asphaltstreifen sah ich die Sonne noch tief am Himmel stehen, was mir eine Wärme auf die Haut zauberte, die die Gefühle, die ich ohnehin schon empfand, noch verstärkte und die ich kaum unterdrücken konnte. Instinktiv verspürte ich das Bedürfnis, das Gaspedal durchzudrücken, um die höchstmögliche Geschwindigkeit zu erreichen, über 240 km/h, wobei ich absurderweise direkt auf die Sonne zusteuerte.

Einen Moment lang dachte ich, wie einfach es wäre, das Ganze mit einem einfachen Lenkeinschlag ein für alle Mal zu beenden. Dann wäre ich wieder eins mit der Natur selbst, mit der Sonne selbst.

Ich schloss das Tagebuch und schloss gleichzeitig meine Augen. Ich versuchte mir vorzustellen, wie sich dieser Mann mittleren Alters fühlen mochte. Aus den Worten, die ich las, konnte ich ein unkontrolliertes, abschweifendes Gewicht der Melancholie herauslesen. Dann versuchte ich, in mich hineinzuhorchen und fragte mich, warum ich meine ganze Aufmerksamkeit und Energie auf diesen völlig Fremden richtete. Ich fragte mich, ob ich wirklich dabei war, mich zu verlieben. Das eventuell anstehende Date und das Tagebuch hatten sicherlich einen nicht nachvollziehbaren Einfluss auf meine Gefühle, aber manchmal nehmen Ereignisse und Gefühle fast unabhängig voneinander ihren Lauf. Die Vernunft kann nicht über alles die Kontrolle haben. Außerdem wünschte ich mir vielleicht stark, geliebt zu werden.

Ich beschloss, nicht weiterzulesen. Ich musste nachdenken. Zu viele Fragen drängten sich in meinen Kopf. Erstens, war es richtig, das Tagebuch (etwas sehr Intimes und Privates) ohne Alexanders Zustimmung zu lesen? Ich war sogar kurz davor, meine Freundin Lina einzubeziehen. Natürlich hätte ich mich sofort mit Alexander in Verbindung setzen müssen, um ihm das Tagebuch zurückzugeben. Aber das habe ich nicht getan. Aus irgendeinem Grund konnte ich es nicht. Sicherlich war meine Neugierde zu lesen groß.

Plötzlich kam ich zu dem Schluss, dass ich es so lange behalten würde, bis ich wüsste, ob eine wahre Liebe, eine echte große Liebe, geboren werden könnte oder nicht. In diesem Fall würde dieses Tagebuch eine Bedeutung als Bindeglied zwischen unseren beiden Herzen bekommen. Umgekehrt, wenn sich alles in Luft aufgelöst hätte, hätte ich es ihm trotzdem zurückgegeben, indem ich eine auf Zufall beruhende List erfunden hätte, indem ich zum Beispiel so getan hätte, als hätte ich zu spät gemerkt, dass ich es aus Versehen genommen hatte. Oder vielleicht etwas anderes, das glaubwürdiger ist!?

Auf jeden Fall beschloss ich in der Zwischenzeit, vorerst nicht mehr zu lesen. Das Tagebuch war in verschiedene Tage aufgeteilt, und an verschiedenen Tagen wollte ich das Tagebuch lesen. Auf diese Weise konnte ich es in vollem Umfang würdigen.

Ich ging zum Fenster und schaute hinaus, als ob mir auf fantastische Weise von der Straße aus jemand zu Hilfe kommen und mich beraten könnte. Plötzlich kam mir wieder in den Sinn, dass ich bald meine Freundin Lina treffen würde. Würde sie mir wirklich eine große Hilfe sein?

Zweifel gesellten sich zu Zweifeln.

3

Wir trafen uns auf dem Sportplatz, an der gleichen Stelle wie immer, auf einer Bank neben der Leichtathletikbahn. Das war der Ort, an dem wir uns als Mädchen gerne getroffen hatten. Das war unsere Bank, die wir in unseren Herzen als uns gehörend empfanden. Jetzt, wo wir erwachsen waren, kehrten wir jedoch immer noch gerne von Zeit zu Zeit dorthin zurück, um in die Vergangenheit einzutauchen. Auf dieser Bank tauschten wir viele Vertraulichkeiten aus, auch die intimsten, manchmal stritten wir uns sogar, aber wir kehrten immer wieder dorthin zurück, in guten wie in schlechten Zeiten, sozusagen. Von dieser Bank aus, während wir redeten und diskutierten, beobachteten wir auch die Jungs beim Training.

Lina kam an, als die Sonne gerade unterging. Kaum hatten wir uns auf die gute alte Bank gesetzt, färbte sich der Himmel langsam in so warmen Tönen, dass ich das Gefühl hatte, mitten in einer Feuerumarmung zu stehen. Ein verrückter Kontrast angesichts der kühlen Abendluft, die unsere Gesichter streichelte.

Wir schwiegen beide einige Augenblicke lang und waren in einer süßen Nostalgie versunken, die aus Erinnerungen an jugendliche Abenteuer bestand. Als sich dann unsere Blicke trafen, kehrten unsere Gedanken in die Gegenwart zurück. Ich bemerkte sofort die Aufregung in Linas Augen und spürte, dass das Gespräch über das Treffen und das Tagebuch nicht allzu lange warten konnte. Tatsächlich hatte ich nur Zeit, zwei Bier aus meiner Tasche zu nehmen, als Lina mich sofort neugierig ansprach: «*Seit wir uns in der U-Bahn getroffen haben, frage ich mich, was das Geheimnis ist, das du mir hoffentlich erklären wirst, oder besser gesagt, dass du mir erklären "musst". Du willst doch sicher nicht unsere Freundschaft verraten und das ausgerechnet auf dieser Bank!*»

Ich lächelte sie an, da ich wusste, dass ich keine Zeit mehr gewinnen konnte. Dann erzählte ich ihr von Alexander und seinem Charme, der es schaffte, etwas Starkes und Magisches in mir hervorzurufen, etwas, das ich noch nie so intensiv gespürt hatte. Dann erzählte ich ihr auch von dem Tagebuch, das ich zu ihrer großen Enttäuschung nicht mitgenommen hatte. Ich erwähnte jedoch das, worüber ich gelesen hatte, was in Wirklichkeit noch sehr wenig war. Wir begannen dann, über das Leben dieses unbekannten Mannes zu spekulieren und versuchten zu verstehen, was ihn dazu gebracht hatte, seitenweise Emotionen und Geheimnisse aufzuschreiben, die für ein Tagebuch typisch waren, was angesichts seines nicht mehr jungen Alters ungewöhnlich war.

Unsere Phantasien begannen sich im Eifer des Gefechts und in der Euphorie, die der Alkohol des Bieres auslöste, zu steigern. Wir erfanden scherzhaft hypothetische Geschichten voller Verstrickungen und überwältigender Abenteuer.

So verbrachten wir den Abend auf dieser Bank und sprachen über dieses Tagebuch. Als die Scherze und das Kichern vorbei waren, setzten wir das Gespräch fort und überlegten, wie wir uns danach verhalten sollten. Irgendwann sagte ich dann zu ihr: «*Ich wusste, dass du neugierig sein würdest, Lina. Ich dachte mir schon, dass du vielleicht einen Blick in das Tagebuch werfen willst. Es steckt voller Geheimnisse und könnte daher ein Weg sein, diesen faszinierenden Mann kennenzulernen.*»

Lina schaute mir direkt ins Gesicht: «*Das stimmt! Wir haben immer alles miteinander geteilt und das klingt nach einem spannenden Abenteuer, das wir gemeinsam erleben können. Ich bin sicher, es wird interessante Hinweise auf sein Leben und seine Persönlichkeit geben. Um ehrlich zu sein, hatte ich schon befürchtet, du würdest das Geheimnis für dich behalten wollen!*»

«*Ich freue mich, dass du dich freust, aber ich möchte auch darauf hinweisen, dass es etwas aufdringlich ist, das Tagebuch eines anderen zu lesen.*»

«*In der Tat ist es ein schmaler Grat zwischen Neugier und dem Eindringen in das Leben eines anderen. Ich möchte weder, dass du dich schuldig fühlst, noch möchte ich, dass er sich verletzt fühlt, wenn er herausfindet, dass sein Tagebuch von jemand anderem gelesen wurde.*»

Ich überlegte einen Moment und fuhr dann fort: «*Ich verstehe das sehr gut, aber wenn Alexander, dieser charmante Mann, durchgedreht ist, dann gibt es wohl einen Grund dafür!*»

«*Wie jetzt!? Was meinst du?*»

«*Vielleicht will er, dass es jemand findet. Vielleicht wollte er sogar, dass ich es finde!*»

«*Wir werden Zeit haben, um darüber nachzudenken…*»

«Natürlich vertraue ich dir voll und ganz, dass du diese heikle Situation meisterst.»

«Auf jeden Fall! Ich kann es kaum erwarten, herauszufinden, was dieses Tagebuch verbirgt.»

Dann sagten wir im Chor unser Motto auf: «Zwei Herzen, eine Seele. Wir werden einander nie verraten.»

Es gelang mir jedoch, mit Lina einige einfache Bedingungen zu stellen. Das heißt, ich würde das Tagebuch behalten und wir würden es gemeinsam lesen.

Als wir uns später verabschiedeten, spürte ich, dass mein Gewissen aus vielen Gründen erschüttert war. Vor allem, weil ich Lina nur einen Teil der Geschichte der U-Bahn anvertraut hatte. Ich hatte ihr von dem Tagebuch und Alexanders faszinierender Erscheinung erzählt, aber ich hatte nicht einmal angedeutet, dass ich mit ihm gesprochen hatte. Geschweige denn, dass er mir seine Visitenkarte gegeben hatte! Das könnte übrigens die Hypothese untermauern, dass ich das Tagebuch absichtlich in meinen Besitz gebracht haben könnte.

Ich seufzte und dachte im Wesentlichen über zwei Dinge nach: Erstens, ob ich Alexander hätte kontaktieren sollen oder nicht. Zweitens, ob ich es Lina erzählen sollte.

Die Angelegenheit begann bereits, sich zu verwickeln.

4

Am nächsten Morgen, nachdem ich Lina auf dem Sportplatz getroffen hatte, fühlte ich mich noch verwirrter. Außerdem hatte ich schlecht geschlafen, gequält von einem Albtraum nach dem anderen, in einer Nacht ohne Ende. Jedes Mal, wenn ich im Schlaf zur Ruhe zu kommen schien, überkam mich ein neuer Albtraum und zwang mich, plötzlich aufzuwachen. Die Albträume folgten einander die ganze Nacht hindurch, und der nächste war schlimmer als der letzte. Es war, als wäre mein Geist zu einem Gefängnis aus Ängsten und Sorgen geworden, und es gab keine Möglichkeit, aus diesem endlosen Kreislauf auszubrechen. Jedes Mal, wenn ich aufwachte, wurde mir klar, dass es sich nur um einen Traum handelte, aber die Wirkung der Albträume gab mir ein durchdringendes Gefühl der Unruhe.

Es fühlte sich an wie eine endlose Nacht, und in diesem Moment, als ich noch im Bett lag, mit schweißnassem Gesicht und klopfendem Herzen, beschloss ich, mich meinen Ängsten zu stellen und diese Albträume zu überwinden, indem ich begann, rational zu denken. Allerdings fühlte ich mich noch immer nicht bereit, eine Entscheidung darüber zu treffen, wie ich mich mit Alexander verhalten sollte und ob ich mich Lina gegenüber völlig öffnen sollte. Jedenfalls hatte ich mit ihr bereits vereinbart, das Tagebuch gemeinsam zu lesen, und da ich wusste, dass wir uns an diesem Tag nicht treffen konnten, beschloss ich, sie wenigstens anzurufen und ihr das vorzulesen, was ich bereits gelesen hatte, nämlich nur den Anfang, und dann mit der Lektüre von "Tag 2 - Verloren in der Zeit" fortzufahren, der für mich ebenfalls neu war. "Tag 3" würden wir dann wahrscheinlich persönlich gemeinsam lesen.

Also rief ich sie an, und ohne viel Zeit zu verlieren, begann ich zu lesen, wobei ich diesmal beschloss, die Kommentare erst nach der Lektüre abzugeben. Ich las den Anfang und versuchte die Betonung nicht zu vernachlässigen, und dann, als ich an dem für mich ebenfalls ungewohnten Punkt angelangt war, machte ich eine künstliche Pause. Ich hielt für einige Augenblicke den Atem an, dann gönnte ich mir einen langen Seufzer, um die Konzentration und die richtige Ruhe wiederzuerlangen, um die nächsten Sätze des Tagebuchs weiter zu rezitieren. Ich fuhr fort:

Tag 2 verloren in der Zeit

Seit ich in Deutschland lebe, nenne ich mich Alex, aber in Wahrheit ist mein Name so italienisch wie ich selbst. Ich heiße Alessandro und heute habe ich meinen richtigen Namen mehr auf der Haut gespürt, auch weil ich beim Anschauen des Fußballspiels dieser kleinen Jungs automatisch in die Vergangenheit zurückgesprungen bin, als ich auch aktiv in Italien gespielt habe, in der "Doccia" Mannschaft.

«Mehr als Fußball, es ist, als würde man viele Hühner in einem Hühnerstall sehen! Wie lange gibt es das Spiel schon?» hörte ich mich von hinten sagen. Ich beantwortete die Frage kurz und musterte den Mann, als wäre er aus dem Nichts hinter mir aufgetaucht, auch um zu verstehen, mit wem ich es zu tun hatte. Der große Mann hatte eine Stimme, die so gar nicht zu ihm passte, und er befriedigte meine Neugierde sofort mit der zweiten Frage: «Sind Sie auch der Vater eines dieser Kinder?»

«Nein» war meine trockene und fast unhöfliche Antwort, während ich meinen Kopf wieder bewegte, um der plötzlichen Bewegung des Balles von einer Seite zur anderen besser folgen zu können. Dann bereute ich es fast und fügte hinzu: «Ich schlenderte hier durch Hoisdorf, an diesem grauen und tristen Sonntag, als mich das Ploppen des Balles und das Pfeifen des Schiedsrichters anlockte.»

«Auch ich finde den Sonntag einen traurigen Tag. Man hat es schon im Kopf, dass morgen Montag ist und es wieder an die Arbeit geht» sagte der große Mann.

«Stimmt!» wollte ich hinzufügen, «Ich hatte immer den Eindruck, dass die Menschen, so wie ich, eine Last der Melancholie bei sich tragen, indem sie die "Stunden der Freiheit" mit dem Ticken der Uhr im Kopf "genießen", wenn man das so nennen kann. In diesem Zustand strahlt der ganze Körper Traurigkeit aus. Meine Augen sehen …» Dann ließ ich den Satz stehen und nach einer kurzen Pause sagte ich abschließend und wieder auf das Spiel konzentriert: «Ich will Sie nicht langweilen. Genug ist genug.

Manchmal fühle und benehme ich mich wie ein melancholischer, erbärmlicher alter Mann.»

Das Spiel neigte sich inzwischen dem Ende zu. Die beiden Mannschaften befanden sich fast vollständig in einer Spielfeldhälfte und versuchten verzweifelt einen Sieg in letzter Sekunde hinzubekommen. Die Gastmannschaft war nach vorne gestürmt und wollte unbedingt ein Tor erzielen. Im Strafraum war der Ball Beute eines chaotischen Hin und Her. Von fußballerischen Abläufen, geschweige denn von Ordnung im Passspiel, war nichts mehr zu sehen. Vielmehr sah es so aus, als würde man einem surrealen Flipperspiel zuschauen. Jemand rief sogar lauthals, er solle den Ball auf die Tribüne werfen.

Irgendwann kreiste der Ball in der Luft, folgte einer unsauberen Flugbahn und stürzte dann plötzlich wie ein Meteorit in die Arme des Torhüters der Gastgeber, der sich plötzlich aus dem Haufen der Spieler um ihn herum zu winden begann, um so schnell wie möglich vom Ball wegzukommen, der eine zweite Metamorphose durchgemacht zu haben schien und zu einer Zeitbombe wurde. In diesem Moment setzte sich, eher beiläufig, ein blitzschneller Gegenangriff in Bewegung.

Der große Mann packte meinen Arm und verdrehte ihn, als wäre er ein dürrer Zweig. Dann sagte er, ohne sich um den Schmerz zu scheren, den er mir zufügte: «Das ist mein Sohn!» Der Griff war gewaltig. Ich fiel fast zu Boden. Ich hielt mich jedoch mit der anderen Hand am Zaun vor mir fest, stützte mich dann unter Schmerzen ab, schüttelte den Arm des großen Mannes ab und sah zu, wie der Junge aus dem Mittelfeld im Alleingang auf das gegnerische Tor zustürmte. Als er sich in der Nähe des Torwarts befand, stürmte er nach vorne und machte einen kleinen Heber über ihn hinweg und rutschte dann zur Seite aus, um einen Zusammenstoß mit dem Torwart zu vermeiden. Der Ball war nun außerhalb der Reichweite der Spieler, die nichts anderes tun konnten, als ihn mit angehaltenem Atem zu pfeifen, wie alle Anwesenden, ob Spieler oder nicht. Der Ball, der erst zu einem Meteor und dann zu einer Bombe geworden war, schien in diesem Moment ein einfacher Ball zu sein, der dank der Freisetzung kleiner Kunststoffmoleküle langsam hüpfte und beim Kontakt mit dem Spielfeld die nötige komprimierte Energie freisetzte, um sich zu heben und zu senken, bis er den Torpfosten erreichte und dann harmlos in den Armen des Torhüters landete, der den Ball instinktiv an seine Brust drückte und ihn am Boden schützte, als wäre er der wertvollste Schatz der Welt.

In diesem Moment nutzte der Schiedsrichter die Gelegenheit, das Spiel abzupfeifen.

Der Junge rührte sich nicht von der Stelle, an der er den Schuss abgegeben hatte. Er blieb regungslos stehen, ungläubig über das, was geschehen war, und starrte auf das gegnerische Tor, das wie verzaubert wirkte.

Ich wiederum blieb ähnlich regungslos, den Blick auf den leeren Raum gerichtet. Wie so oft in letzter Zeit, hatte ich eine Vision und eine Erinnerung aus meiner Vergangenheit.

Nachdem wir das letzte Wort gelesen hatten, schwiegen wir eine Weile, dann sagte ich zu Lina: *«Weißt du, Lina, nachdem ich diese Seiten gelesen habe, fühle ich mich wirklich mit diesem Mann verbunden, der so charmant und melancholisch zugleich ist.»*

Lina stimmte meinen Worten voll und ganz zu *«Ich verstehe dich sehr gut. Das tue ich wirklich! Auch ich fühlte mich so hineingezogen, dass ich durch seine Worte die aufgewühlte Seele und seine innersten Gedanken sehe. Ich war tief berührt von der Art und Weise, wie er diesen Tag, das Fußballspiel und die Kinder beschrieb. Und wie er sich selbst am Anfang des Tagebuchs beschreibt, ist sogar ergreifend!»*

Ich fuhr fort: *«Bei dem Fußballspiel spürt man förmlich, wie er sich als junger Mann in diesen Kindern wiederfindet. Er ist in der Lage, Emotionen und Erinnerungen, die mit der Zeit begraben waren, wieder aufleben zu lassen. Es ist schon seltsam, wie bestimmte Ereignisse uns in die Vergangenheit zurückkatapultieren können, nicht wahr?»*

Wieder einmal waren wir uns einig: *«Auf jeden Fall. Ich hatte das Gefühl, neben ihm zu sitzen und dieselbe Nostalgie und Freude zu empfinden, die er in diesem Moment erlebte. Ich frage mich, ob er irgendetwas aus seiner Jugend bereut hat.»*

«Das habe ich mich auch gefragt», sagte ich und fügte hinzu: *«Dieses Gefühl der Nostalgie, gemischt mit Melancholie, das in seinen Worten durchschimmerte deutet daraufhin, dass er vielleicht etwas bedauert, Dinge, die er gerne anders gemacht hätte, oder Ziele, die er nicht erreicht hat.»*

28

Lina hielt kurz in der Stille inne, als wolle sie meine Worte abwägen, bevor sie wieder zu Wort kam, und sagte dann: «*Ich denke, jeder von uns kann diese Gefühle nachvollziehen. Es gibt immer Entscheidungen, die wir in Frage stellen, Wege, die wir nicht eingeschlagen haben und die uns mit einem Gefühl der Unerfülltheit zurücklassen.*»

Im Gespräch mit Lina konnte ich über die Macht der Erinnerungen als Fragmente des Lebens nachdenken und darüber, wie sie uns Trost spenden und unsere Seele nähren können.

Schließlich beschloss ich, meiner besten Freundin ein paar direkte Fragen zu stellen: «*Aber was hältst du von der Tatsache, dass er schließlich von wiederkehrenden "Visionen mit einem Blick ins Leere" sprach? Ist das nicht ein wenig beunruhigend? Und was halten Sie von dem ersten Teil des Tagebuchs, in dem er seinem Geisteszustand beschreibt?*»

Die Fragen wurden jedoch nicht beantwortet. Unser Telefonat endete mehr oder weniger mit seinem Satz: «*Lass uns persönlich darüber sprechen...*»

5

Ein paar Tage vergingen, aber die Worte des Tagebuchs schwangen in meinem Kopf weiter mit, zusammen mit dem Bild von Alexander. In der Zwischenzeit erfuhr ich über Instagram, dass Alex am nächsten Tag bei der Eröffnung einer Kunstausstellung in der Kunsthalle in Hamburg anwesend sein würde. Er selbst hatte mir den Namen seines Instagram-Accounts auf seiner Visitenkarte mitgeteilt.

Getrieben von dem wachsenden Wunsch, ihn besser kennen zu lernen, beschloss ich, ihm eine Nachricht zu hinterlassen. Auf Instagram schrieb ich ihm, dass ich mich am Tag der Eröffnung zu einer bestimmten Uhrzeit in der Cafeteria des Museums einfinden würde. Ich fand, dass dieser Ort warm und einladend war, voller positiver Energie, genau richtig, um sich besser kennenzulernen.

Glücklicherweise war Lina in jenen Tagen sehr beschäftigt, so dass ich ihr nicht viele Erklärungen abgeben musste. Ich schickte ihr auf meinem Handy eine einfache Nachricht, die sehr allgemein gehalten war, in der ich nur erwähnte, dass ich zur Eröffnung gehen würde, ohne sie einzuladen, da ich bereits wusste, dass sie keine Zeit hatte.

Wie geplant, betrat ich am nächsten Tag die Cafeteria des Museums. Gerade als mich der Wunsch überkam, seinem tiefen und geheimnisvollen Blick wieder zu begegnen, näherte ich mich dem Tisch, an dem Alexander allein saß. Zum ersten Mal spürte ich die Unruhe, die ihn umgab. Selbst als ich mich hinsetzte und wir zu reden begannen, fiel mir auf, wie vorsichtig er seine Worte wählte, fast so, als wolle er sich vor einer Vergangenheit schützen, die ihn verfolgte.

Ich für meinen Teil fühlte mich von einer Aura des Geheimnisvollen umgeben und gleichzeitig von ihm angezogen, neugierig wie eine Katze. Ich war also bereit, zuzuhören und verständnisvoll und geduldig zu sein.

Im Laufe des Gesprächs kamen Fragmente seines Lebens ans Licht, das von unerwarteten Ereignissen und schwierigen Entscheidungen geprägt war. Alex öffnete sich allmählich und ließ die Befürchtung los, dass ihn jemand aus seiner Vergangenheit noch immer verfolgen könnte. Während ich ihm zuhörte, versuchte ich, seine "Narben" besser zu verstehen. Ich erzählte ihm auch von mir selbst und von Lina, da mein Gewissen das so verlangte. Kurzum, ich befand mich Geflecht von widersprüchlichen Gefühlen.

«*Hallo, schön, dich wiederzusehen Lena. Danke, dass du es möglich gemacht hast, dass wir uns treffen können. Ich weiß, ich bin ein völlig Fremder...*»

«*Hallo, die Freude ist ganz meinerseits. Keine Sorge, es ist gar nicht so gefährlich, sich hier zu treffen*», sagte ich mit einem verschmitzten Lachen. Also versuchte ich das Gespräch weiter zu eröffnen: «*Ich habe mir dein Instagram Profil angesehen. Bist du Tennislehrer? Du hast eine Menge Bilder von Tennisplätzen gepostet!*»

Alex: «*Ja, seit ein paar Jahren gebe ich Tennisunterricht in einem Tennisclub in Hamburg. Ich bin übrigens Italiener, aus Florenz. Tennislehrer ist ein Beruf, den ich mit großer Leidenschaft ausübe. Und du, Lena, was ist dein Beruf?*»

«*Ich arbeite in einer Buchhandlung und bin angehende Schriftstellerin. Ich liebe es, Geschichten und Artikel zu schreiben. Zurzeit arbeite ich an meinem ersten Roman.*»

Alex war vom Fortgang des Gesprächs begeistert: «*Das klingt nach einem sehr kreativen Job! Ich lese gerne, also könnte ich dein erster Leser sein, wenn dein Roman veröffentlicht wird.*»

«*Danke! Es ist schön zu wissen, dass du dich für das Lesen interessierst*», sagte ich mit einem seltsamen Gefühl im Kopf, denn ich verheimlichte ihm, dass ich begonnen hatte, sein Tagebuch zu lesen.

Alex sprach weiter und änderte seine Haltung völlig. Vielleicht hatte er sogar einen seltsamen Gesichtsausdruck von mir bemerkt, während ich über das Tagebuch nachdachte. Er schien plötzlich so traurig zu sein, dass er den Kopf gesenkt hielt und seinen Blick auf sein leeres Glas richtete, das er nervös mit beiden Händen drehte, als wolle er in seiner immensen und unerwarteten Melancholie versinken. «*Wenn ich ehrlich bin, schreibe ich neben dem Lesen auch gerne, aber hauptsächlich für mich selbst. Ich schreibe Erinnerungen an meine Vergangenheit auf. Ich bin ein unverbesserlicher Nostalgiker! Ich fühle mich wie ein Geisterjäger. Ich folge dem absurden Wunsch, einerseits die Vergangenheit noch einmal zu erleben und andererseits sie in Worten zu verewigen, als ob ich versuchen würde, etwas wiederzuerlangen, das in Wahrheit mit der Zeit verblasst ist. Unter den vielen Geis-*

tern gibt es aber leider auch Traumata, die auf bestimmte Ereignisse und schwierige Entscheidungen zurückzuführen sind, und... dann fühle ich mich verfolgt... Es gibt jemanden, der... Verzeihung, ich übertreibe ein wenig. Wir kennen uns doch kaum...»

«Nein! Ich meine, ja! Ich meine, ich bin... ich bin ziemlich verwirrt.»

Alex: «Weißt du, Lena, es gibt Dinge aus meiner Vergangenheit, die mich immer noch verfolgen. Ich habe unvorhergesehene Ereignisse erlebt und musste, wie gesagt, schwierige Entscheidungen treffen. Manchmal packt mich die Angst, dass mir noch jemand etwas antun will.»

Ich sagte ihm nicht, aber ich war tatsächlich völlig überrascht, diesen Mann so sprechen zu hören, in dem er sich mir so intim öffnete. Ich hatte ihn nur ein einziges Mal gesehen, und das auch nur für ein paar Minuten in der U-Bahn! Aber meine Neugier, mein Interesse und mein Mitgefühl für ihn wurden immer stärker, so dass ich mich einmischte und sagte: «Ich verstehe, dass das eine Belastung für dich ist, Alex. Es ist mutig von dir, dich so zu öffnen und deine Sorgen zu teilen. Ich bin auf jeden Fall bereit, dir zuzuhören und zu versuchen, dich besser zu verstehen.»

«Ich danke dir, Lena. Es fällt mir nicht leicht, über diese Dinge zu sprechen, aber ich vertraue dir. Es gab eine Zeit in meinem Leben, da musste ich mich verstecken, vor etwas oder jemandem weglaufen. Es ist, als ob ich die Spuren davon immer noch spüre.»

Es folgte eine Pause des Schweigens, dann sprach ich weiter: «Ich kann mir nur vorstellen, wie schwer das für dich ist. Es gibt keinen Grund zur Eile, lass dir Zeit mit dem, was du mir sagen möchtest. Vielleicht kann ich jetzt deine Offenheit erwidern, indem ich dir ein wenig von mir und meiner besten Freundin Lina erzähle. Wir haben viele Abenteuer zusammen erlebt und viele Hindernisse überwunden. Unsere Freundschaft war immer eine Quelle der Unterstützung und Freude in meinem Leben. Doch heute war ich froh, ohne sie hierher zu kommen. Ich habe das Gefühl, dass ich sie in meinem Innersten verraten habe.»

«Ich verstehe das, aber manchmal kann man nicht alles erklären, vor allem, wenn es um Gefühle geht. Ich höre gerne Geschichten über starke Freundschaften wie die eure. Ich bin sicher, dass Lina ein außergewöhnlicher Mensch ist, wenn du ihr so nahestehst. Wahre Freundschaften können im Leben eines Menschen wirklich viel bewirken.»

«Ja, Lina ist ein besonderer Mensch. Wir sind zusammen aufgewachsen und haben uns gegenseitig durch alle schwierigen Zeiten hindurch unterstützt. Ich wüsste nicht, was ich ohne sie tun würde. Ich hoffe, dass auch du jemanden findest, auf den du zählen kannst, der dir hilft, zu heilen und deine Ängste zu überwinden.»

«Danke, Lena. Ja, ich hoffe, ich kann in Zukunft eine ähnliche Verbindung finden. Deine Anwesenheit und dein Zuhören sind auf jeden Fall schon jetzt sehr wertvoll für mich.»

«Lass uns beim nächsten Mal vielleicht mehr darüber reden. Übrigens, weißt du, dass ich auch gut Tennis spiele, obwohl meine Rückhand eine Katastrophe ist. Wir könnten uns ja mal auf einem Tennisplatz treffen, wenn du willst, am liebsten in meiner Gegend in Großhansdorf.»

«Ja, das wäre toll!» sagte Alex, der den Vorschlag annahm und mit chamäleonartigem Geschick seine anfängliche Vitalität zurückgewann. «*Ich wohne im Berner Quartier, wir sind also gar nicht so weit voneinander entfernt. Wir können bestimmt etwas organisieren, damit wir deine Rückhand in eine tödliche Waffe verwandeln können, und außerdem können wir, wie du sagst, mehr plaudern und uns besser kennen lernen. Ich habe jetzt nicht mehr viel Zeit, ich muss mich bald um die Ausstellung kümmern, da ich versprochen habe, einigen Leuten zu helfen. Wenn wir uns wiedersehen, kannst du mir auch sagen, was du von der Ausstellung hältst*», sagte er schließlich und zwinkerte.

«*Perfekt! Ich kann es kaum erwarten! Wir können unsere Telefonnummern austauschen und uns per SMS über die Einzelheiten verständigen.*»

6

Als ich Lina wiedersah, saßen wir auf der gleichen Bank auf dem Sportplatz: "Unsere Bank". Ich hatte mir einen Tag frei genommen, den ich für einen schönen Waldspaziergang am Nachmittag nutzte. Dann ging ich zum Sportplatz, um auf Lina zu warten, die im Gegensatz zu mir direkt von der Arbeit kam, vom Hamburger Flughafen.

Als ich sie mit ihrem typischen Gang mit nach innen gedrehten Füßen, leicht gesenktem Kopf und leicht schwankenden Hüften, langsam ankommen sah, begann ich sie genau zu beobachten. Wieder einmal wurde mir bewusst, wie schön und anmutig Lina war, fast wie eine grazile Tänzerin, die mit ihrer angeborenen Eleganz über die Bühne pflügte. Ihre Bewegungen waren fließend und harmonisch, als tanzte sie zum Rhythmus einer unhörbaren Melodie. Ihre schlanke, zarte Figur war in ein Seidenkleid gehüllt, das ihre sanften Kurven perfekt umspielte.

Sobald sie sich mir näherte, sah ich ihr Gesicht mit seinen zarten und gleichmäßigen Zügen, ihre großen und leuchtenden Augen, die noch die gleichen waren wie in ihrer Kindheit, und die eine lebhafte Neugier auf die Welt um sie herum ausstrahlten. Nun, da sie erwachsen war, hatte sie auch einen magnetisierenden und schelmischen Blick entwickelt, der ihrem Gesicht einen Ausdruck von Süße und Entschlossenheit verlieh.

Als sie näher und näher kam, konnte ich sehen, wie ihr feuerrotes Haar leicht im Wind wehte und ein paar Strähnen ihre Wangen umspielten, was ihr eine Aura von Weiblichkeit und Geheimnis verlieh. Ich wusste jedoch, dass das, was diese junge Frau wirklich anmutig machte, ihre innere Schönheit war, die in Verbindung mit ihrer äußeren Attraktivität dazu führte, dass sie jeden mit einem Lächeln anziehen konnte, als wäre es ein Spiegel ihres sanften Herzens.

Ich erwiderte ihr Lächeln, indem ich sofort das ansprach, was schon seit Tagen unser Lieblingsthema war: Alex. «*Hallo Lina, ich muss dir unbedingt von der Begegnung mit dem Mann aus dem Tagebuch erzählen! Es war so aufregend!*»

«*Echt? Erzähl mir alles darüber, Lena! Ich bin neugierig, wie es gelaufen ist.*»

«*Also, wir haben uns in der Cafeteria der Kunsthalle getroffen. Als wir uns sahen, war es uns zunächst unangenehm, aber dann kamen wir ins Gespräch. Wir saßen nicht allzu lange zusammen, auch weil er wegen der Kunstausstellung den Leuten helfen musste. Aber ich muss sagen, dass ich in dieser kurzen Zeit viele Nuancen seiner Persönlichkeit wahrnehmen konnte.*»

«*Wow, ihr scheint einen wirklich guten Draht zueinander zu haben. Was denkst du darüber?*»

Ich seufzte und antwortete ihr «*Weißt du, Lina, ich fange an, etwas für ihn zu empfinden. Es ist, als ob er mich wirklich in- und auswendig kennt, obwohl wir uns gerade* erst kennengelernt haben. Das ist so faszinierend und gibt mir das Gefühl, etwas Besonderes zu sein.»

«Verstehe... ähm, Lena, ich muss dir etwas sagen. Es freut mich, dass du glücklich bist, aber... ich fange an, ein wenig eifersüchtig zu werden. Ich kann nicht leugnen, dass ich mich auch für ihn interessiert habe, als wir anfingen, sein Tagebuch zu lesen.»

«Oh, Lina, es tut mir leid, wenn ich dich irgendwie verletzt habe. Ich wollte bestimmt keine Spannungen zwischen uns erzeugen. Was mit mir geschieht, ist etwas Unkontrollierbares, Unerwartetes und für mich Überraschendes.»

«Ich weiß, Lena, und es ist nicht deine Schuld. Wir müssen nur herausfinden, wie wir mit dieser Situation umgehen können, ohne dass sie zu einem Problem für unsere Freundschaft wird.»

Ich versuchte meinerseits, sie zu beruhigen: «Auf jeden Fall, Lina. Unsere Freundschaft ist das Wichtigste für mich. Vielleicht müssen wir uns einfach etwas Zeit geben, um das alles zu verarbeiten. Ich will nichts kaputt machen, weder mit dir noch mit ihm.»

«Ja, wir sollten uns etwas Zeit nehmen, um über unsere Gefühle nachzudenken und zu sehen, wie sie sich entwickeln. Aber bitte erzähl mir alles!»

Ich erzählte ihr alles, ohne zu vernachlässigen, was ich vor, nach und während des Treffens fühlte.

Als ich mehr oder weniger gesagt hatte, was ich ihr sagen wollte, geschah etwas Unerwartetes. Ein junger Athlet, den ich noch nie zuvor gesehen hatte, kam von der Leichtathletikbahn auf uns zu. Er stand vor uns, wie eine himmlische Erscheinung. Er war schön in seiner besonders schlanken und athletischen Gestalt.

Er hatte sehr exotische Gesichtszüge, wahrscheinlich asiatisch, und sein kantiges Kinn und sein struppiges Haar erinnerten mich an den Schauspieler Keanu Reeves.

Wir standen da und schauten ihn an, hörten kaum, was er fragte. Dann sahen Lina und ich uns an und fingen an zu kichern, wie damals, als wir noch kleine Mädchen waren.

7

Der Sonntag kam früh. Es war ein typischer Tag, an dem es nichts Interessantes zu tun gab. Ich legte mich am frühen Nachmittag auf das Sofa und schaute lustlos aus dem Fenster. Alles schien langweilig und eintönig zu sein, selbst mein leichtes Plaid an den Beinen schien mich in eine zunehmend schwere und ermüdende Apathie hüllen zu wollen.

Während ich versuchte, mich abzulenken, geschah was mir in letzter Zeit so oft passiert war: Meine Gedanken kreisten wieder um die Seiten von Alexanders Tagebuch und um die Worte, die er während unseres Treffens gesagt hatte, vor allem um sein ständiges Gefühl, verfolgt zu werden.

Die Tatsache, dass ich oft an diesen Mann dachte und sogar ein unbeschreibliches Kribbeln auf der Haut verspürte, verstärkte mein Bewusstsein, wie sehr ich mich verliebt hatte. Es beunruhigte mich aber auch immer mehr, und diesmal nicht nur, weil Lina mit im Spiel war, sondern weil ich im Grunde genommen merkte, dass ich es mit einem Mann zu tun hatte, der irgendwie kompliziert war und nicht nur wegen seiner Melancholie, vielleicht war Alex sogar gefährlich, wenn auch nur indirekt. Es ging mir nicht aus dem Kopf, dass er in Angst vor etwas oder jemandem zu leben schien.

Als wäre das nicht genug, schien sich Alexander plötzlich in Luft aufzulösen und nur unbeantwortete Fragen und Neugierde zu hinterlassen, obwohl, um ehrlich zu sein, nicht viele Tage vergangen waren. Er reagierte nicht auf Nachrichten oder Anrufe, er war nicht auf Instagram aktiv, und selbst in dem Tennisclub, in dem er unterrichtete, konnte niemand viel sagen, außer dass er seine Termine abgesagt hatte.

Ich kam zu dem Schluss, dass die einzige Möglichkeit, mehr herauszufinden, darin bestand, zu versuchen, etwas über das Tagebuch zu erfahren, oder bestenfalls direkt von ihm oder seinem Umfeld eine Erklärung zu erhalten. Ich beschloss, beide Möglichkeiten zu verfolgen. Ich rief also sofort Lina an und schlug vor, das Tagebuch weiter zu lesen. Das Telefonat war eine weitere Ablenkung von der Langeweile, die sich auf magische Weise in Nichts aufgelöst hatte. Während ich mit Lina telefonierte, dachte ich an den Sportler zurück, den wir einige Tage zuvor auf dem Sportplatz getroffen hatten. Unsere kurze Unterhaltung bestätigten, wie charmant und selbstbewusst er war, mit einem Lächeln, das unsere Herzen höherschlagen ließ.

Die Erinnerung an den Sportler zauberte ein flüchtiges Lächeln auf mein Gesicht. Für einen Moment vergaß ich die Geheimnisse und Sorgen, die mit dem Mann aus dem Tagebuch verbunden waren, aber es war eine vergebliche Erleichterung. Kaum hatte ich das Telefonat beendet, holte mich die Sorge um Alex unerbittlich wieder ein. Mein Kopf war voll von unbeantworteten Fragen.

8

Am Abend war ich mit Lina verabredet, um das Tagebuch zu Hause zu lesen. Bald hätte ich meine Mittagspause gehabt, eine lange Pause, da die Buchhandlung, in der ich arbeitete, an diesem Wochentag immer für ein paar Stunden geschlossen hatte. Mein Verstand war immer noch voll von Gedanken, die mit Alex zu tun hatten. Er ging mir einfach nicht aus dem Kopf, vor allem jetzt nicht, wo er sich in Luft aufgelöst zu haben schien. Ich beschloss, das Problem frontal anzugehen und die Pause zu nutzen, um in den Tennisclub zu gehen, wo Alex unterrichtete. Selbst wenn ich keine Spur fand, würde ich vielleicht die richtige Inspiration finden, wie es weitergehen sollte oder nicht. Ich lachte innerlich über meine Aufgewühltheit und erinnerte mich an den Satz aus dem Buch Siddhartha von Hermann Hesse, den ich als junges Mädchen wie ein Mantra zu rezitieren gelernt hatte: *zu wissen, wie man denkt, zu wissen, wie man wartet, zu wissen, wie man fastet.* Ich lachte wieder, als ich feststellte, dass ich mich an keinen der drei Punkte halten konnte: mein Denken war völlig verwirrt, das Warten funktionierte bei mir einfach nicht und das Fasten noch weniger.

Von einem Gedanken zum anderen kam die Mittagspause. Ohne viel Zeit zu verlieren, verabschiedete ich mich von meiner Chefin und schlich mich auf die Straßen Hamburgs.

Ich erreichte den Berner Tennisclub und begab mich auf die Terrasse vor der Bar, um mir einen Platz an einem kleinen Tisch zu suchen, an dem ich etwas zu trinken und vielleicht etwas zu essen bekommen würde. Alle Tische waren nass von einem kurzen, plötzlichen Regen, bis auf einen, an dem ein Mann eifrig auf seinem Mobiltelefon herumtippte.

«*Verzeihung, darf ich mich hierhersetzen?*», fragte ich ihn. Ich fühlte mich wie ein Detektiv, was in keiner Weise meinem sonst eher verschlossenen Charakter entsprach. Ich lachte wieder innerlich. Eine weitere persönliche Neuheit.

«*Bitte*» antwortete er schlicht und deutete auf den Stuhl vor ihm.

«*Danke schön. Ich glaube, wir haben schon einmal irgendwo gesehen. Wenn ich mich nicht irre, haben wir uns letzte Woche auf der Kunstausstellung getroffen, oder?*»

Als mein Gesprächspartner zu sprechen begann, hörte ich aufmerksam zu und beobachtete ihn gleichzeitig. Er war überraschend gesprächig, nachdem er zuvor die ganze Zeit auf sein Handy fixiert gewesen war. Offensichtlich waren meine Anwesenheit oder das Thema für ihn von besonderem Interesse.

«*Das mag sein. Ich interessiere mich tatsächlich manchmal für Kunst. Schließlich kann der Besuch von Kunstausstellungen eine unglaublich bereichernde Erfahrung sein. Abgesehen davon, dass man seine eigene Kreativität zu schätzen lernt, kann es den Geist öffnen und neue Gedanken anregen, die uns helfen, die Welt um uns herum durch die*

Vorstellungskraft mit anderen Augen zu sehen. Kunst kann unsere bestehenden Überzeugungen in Frage stellen und unsere Perspektiven erweitern. Sie ist auch ein mächtiges Mittel, um menschliche Gefühle und Verbindungen zu wecken.»

Ich war verblüfft. Ich hatte wirklich nicht erwartet, dass er anfängt zu reden, als wären wir alte Bekannte. Wir hatten uns bis dahin noch nicht einmal vorgestellt.

Diese Begegnung war sicherlich interessant und könnte vielleicht sogar eine Spur sein. Allerdings füllte sich mein Kopf noch mehr mit Gedanken und Fragen. Dieser Mann wirkte auf mich wie ein völlig unberechenbarer Mensch. Er war offen für den Dialog und stellte sich ihm sogar frontal, und doch gelang es ihm am Ende, sozusagen "unangreifbar" zu bleiben. War er wirklich ein Tennisspieler? *«Ich spiele auch Tennis, aber ich bin heute nicht hier, um zu spielen»* sagte er mir, als er sprach. Er schien aus anderen Gründen gekommen zu sein, sowohl bei der Ausstellung als auch im Tennisclub.

Zwei Fragen drängten sich mir auf, die eine bezog sich auf seine italienische Herkunft, genau wie Alex, die andere, noch deutlicher, auf seine Beziehung zu Alex. Warum wich er in Bezug auf ihn aus? Ich hatte festgestellt, dass er eine besondere Beziehung zu ihm haben musste, jedenfalls im Hinblick auf Tennis und Kunst. Aber vielleicht war da noch etwas anderes. Die ganze Sache stank, wie man so schön sagt, und wie! Ich beschloss dann, mich ein wenig mehr zu öffnen. *«Sag Mal, du kennst aber Alex? Oder? Er unterrichtet hier Tennis und er war auch auf der Kunstausstellung. Zwei*

Orte, an denen du dich auch oft herumtreibst. Ich glaube nicht, dass das ein Zufall ist, oder liege ich da falsch?»

Der Mann schien sichtlich beeindruckt von der unerwarteten und unwillkommenen Frage. Er antwortete: «Alex? Warum fragst du?»

«Ich will ehrlich sein. Ich bin hierhergekommen, um nach Neuigkeiten von ihm zu erfahren. In letzter Zeit hat man nichts mehr von ihm gesehen oder gehört. Ich kann ihn auch nicht erreichen.»

«Ich kenne ihn als Alessandro, vorausgesetzt, wir reden über dieselbe Person. Wir waren Arbeitskollegen in Italien» sagte Luca, bevor er innehielt. Er schien sich genau zu überlegen, was er als Nächstes sagen wollte. Dann ergriff er wieder das Wort *«Lena, ich weiß, dass wir uns kaum kennen, aber du bringst mich jetzt in die Situation, dir etwas Wichtiges über Alex sagen zu müssen. Es gibt ein ganz besonderes Kunstwerk, das Hinweise auf seine Vergangenheit und sein derzeitiges, merkwürdiges Verhalten, sich von den Menschen zu lösen, enthalten könnte.»*

«Wirklich? Was meinst du damit?»

«Ich habe eine kryptische Nachricht erhalten, die mich zu einer geheimen Kunstveranstaltung geführt hat. Vielleicht bist du ja interessiert!? Wie du dir vorstellen kannst, darfst du natürlich niemandem davon erzählen!» sagte er und suchte nach einem zustimmenden Nicken.

«Aber wie bekommen wir Zugang zu dieser Veranstaltung, da sie geheim ist?»

«Es handelt sich um ein exklusives Treffen, das nur einer kleinen Anzahl von Personen vorbehalten ist und zu dem man nur über ein Passwort Zugang hat, das mir bekannt ist.»

«*Das klingt für mich riskant. Wer wird bei dieser Ausstellung anwesend sein?*»

«*Das kann ich dir im Moment noch nicht genau sagen, aber ich denke, es werden Leute dabei sein, die mit unserer italienischen Vergangenheit zu tun haben…*»

Inzwischen fühlte ich mich voll in Alex Leben involviert, sowohl emotional als auch in meinen Handlungen. Deshalb konnte ich mich nicht mehr zurückziehen. Luca war ein Typ, der sich als sehr unheimlich und voller Geheimnisse entpuppte, aber ich wollte einfach nicht wahrhaben, dass ich vorsichtig sein musste. Vielleicht verhielt ich mich irrational, wie es Verliebte oft tun. An meiner Verliebtheit hatte ich keine Zweifel mehr. Vielleicht erkrankte ich sogar an der Liebe, einer flüchtigen Liebe, könnte man meinen, denn mir fehlte noch eine konkrete Grundlage, um eine Liebe aufzubauen. Tatsache war, dass mein Herz von Amors Pfeil durchbohrt war und dass ich in dem Moment, als Luca sich von mir verabschiedete, akzeptierte, dass ich auf etwas Gefährliches zusteuerte.

Ich beschloss jedoch, zumindest eine Vorsichtsmaßnahme zu treffen: Bei der abendlichen Zusammenkunft mit Lina zum Lesen des Tagebuchs, die ich für immer wichtiger hielt, würde ich ihr alle Einzelheiten des Abenteuers anvertrauen, auf das ich mich einlassen würde.

Während ich über all diese Dinge nachdachte, wurde mir klar, dass die Zeit wie im Flug vergangen war. Ich musste mich beeilen, um zur Arbeit zurückzukehren.

9

Diesmal kein Sportplatz. Ich war am frühen Abend mit Lina bei ihr zu Hause verabredet. Meine Freundin wohnte in der Gemeinde Ahrensfelde, einem kleinen Dorf außerhalb der Stadt, in der Nähe von Großhansdorf, ideal für Reiterinnen und Reiter. Ich beschloss, mit dem Fahrrad dorthin zu fahren und ein bisschen die ländliche und natürliche Landschaft der Gegend mit ihren Feldern, Wiesen und Wäldern zu genießen. In dieser ruhigen und friedlichen Atmosphäre würde ich alle meine positiven Energien sammeln.

Ich wusste, dass ich mich etwas verspätet hatte, aber ich war schon fast da. Ich ging in aller Ruhe durch das alte Tor des vertrauten Reitstalls, wo ich immer kurz stehen blieb, um die Pferde zu beobachten. Dann näherte ich mich dem rustikalen Gebäude, in dem sich einst eine alte "Dependance" befand. Dann überquerte ich einen kurzen Weg, der von blühenden Sträuchern und jahrhundertealten Bäumen gesäumt war, und stand vor der gewohnt charmanten Eingangstür aus dunklem Holz, die mit einem alten Messingknauf verziert war, an dem ich mich nie satt sehen konnte. Das war der Eingang zu Linas Wohnung, die sorgfältig aus dem alten Gebäude der Reitställe herausgearbeitet worden war.

Lina empfing mich mit einem breiten Lächeln, bevor sie mich mit Küssen und Umarmungen begrüßte.

Dann betraten wir ihr gemütliches und gepflegtes Haus, in dem ich immer mit einem gewissen Neid eine warme Atmosphäre bewundern konnte und mich in diese gekonnte Verschmelzung von rustikalen und modernen Elementen vertiefte. Ein idealer Ort, um ein Tagebuch zu lesen und dabei die Atmosphäre von Vergangenheit und Gegenwart einzuatmen. Wir saßen auf einem Sofa unter den traditionellen Holzbalken der freiliegenden Decke, umgeben von modernen Möbeln, die geschickt vor den alten Ziegeln der Wände platziert waren, die noch intakt waren und von der langen Geschichte des Gebäudes zeugten.

Das natürliche Licht des Sonnenuntergangs fiel durch die großen Fenster mit Blick auf den Garten.

Wir öffneten eine Flasche Rotwein und dann das Tagebuch.

Bevor wir jedoch mit dem Lesen begannen, informierten wir uns über unsere jüngsten Ereignisse. Während wir uns unterhielten, suchte ich im Tagebuch nach etwas, das sich auf Ereignisse aus der Zeit beziehen konnte, als Alex in Italien im Hotel arbeitete und vielleicht Verbindungen zur Kunstwelt hatte. Geduld, dachte ich, auch wenn wir Seiten im Tagebuch überspringen müssen. Irgendwann, nachdem Lina mir erzählt hatte, dass sie den Sportler aus dem Sportcamp, der Markus hieß, wieder getroffen hatte, fiel mein Blick glücklicherweise auf ein paar Sätze, die wirklich zu uns zu passen schienen... *Das ist es, ich hab's!»* sagte ich und kurz darauf begannen wir gemeinsam zu lesen.

Der heutige Tag war, wie so viele andere Tage auch, ein schwieriger Tag. Wie so oft quälen mich eine Reihe von Gedanken, die mit der Klage meines Ex-Kollegen Luca gegen das Hotel zu tun haben, an der ich als Zeuge teilgenommen habe, als ich noch in Italien lebte.

Luca unternahm etwas Schreckliches, in das er mich verwickelt hatte. Ich weiß noch, wie verzweifelt ich war, weil ich nicht wusste, wie ich mit dieser Situation umgehen sollte, ohne meine moralischen Grundsätze zu verletzen. Er wollte nämlich, dass ich falsches Zeugnis ablege! Er wollte, dass ich behaupte, das Hotel habe sich ein von ihm geschaffenes Kunstwerk angeeignet, obwohl die Wahrheit etwas anders aussah. Das Hotel gab das Werk bei Luca in Auftrag, der es während seiner Arbeitszeit anfertigte. Die Wahrheit ist, dass das Hotel Luca sowohl für seine Zeit als auch für das Kunstwerk bezahlte, wenn auch zu einem guten Preis.

Da das Werk, bei dem es sich um ein außergewöhnliches Gemälde handelte, wertvoll wurde, wollte Luca es für sich beanspruchen und einen finanziellen Gewinn daraus ziehen. Er wiederholte mir gegenüber immer wieder, dass er es geschaffen habe und dass er damit Geld verdienen müsse, nicht das Hotel, das davon profitiert habe.

Diese Worte in mein Tagebuch zu schreiben, hilft mir, meine Gedanken zu ordnen und auszudrücken, was ich innerlich fühle. Es ist, als hätte ich einen stillen Freund, dem ich meine innersten Geheimnisse anvertrauen kann.

Ich erinnere mich, wie bestürzt ich war, als ich erfuhr, dass Luca zwar ein talentierter Künstler war, aber weder meine Interessen noch meine ethischen Werte teilte und sogar bereit war, mich auszubeuten, um zu bekommen, was er wollte, zum Nachteil des Hotels, das uns beiden eine Arbeitsmöglichkeit gegeben hatte.

Mein innerer Konflikt war enorm. Einerseits verspürte ich den Wunsch, Luca zu helfen, weil ich ihn immer als Freund betrachtete, aber andererseits wusste ich, dass das, was er tat, falsch war. Das grundsätzliche Problem war auch, dass ich Angst davor hatte, wie er auf meine Weigerung, mit mir zusammenzuarbeiten, reagieren würde. Sicherlich würde er sich verraten fühlen! Außerdem beruhte mein innerer Konflikt, der mich bedrückte, einerseits auf dem Gedanken, den Bruch unserer Freundschaft in Kauf nehmen zu müssen, was ich nicht wollte, und andererseits auf der Tatsache, dass ich auch meine Prinzipien nicht opfern wollte, nur um oberflächliche Harmonie zu wahren.

Ich versuchte, mit Luca zu reden, ihn zur Vernunft zu bringen, ihm zu erklären, dass Lügen und der Versuch, das Hotel zu betrügen, nicht die richtige Lösung waren, aber es war sinnlos!

Schließlich erklärte ich mich bereit, mich für eine Zeugenaussage zur Verfügung zu stellen, in der Hoffnung, dann zu verstehen, wie ich mich am besten verhalten sollte. Ich rechnete damit, Zeit zum Nachdenken zu haben und zu versuchen, das Richtige zu tun, ohne meine Integrität zu gefährden.

Leider war das nicht so einfach. Ich musste mich nicht nur mit moralischen Grundsätzen auseinandersetzen und die möglichen Auswirkungen auf die betroffenen Personen bedenken, sondern auch an die möglichen rechtlichen Konsequenzen denken, falls ungenaue oder gar falsche Zeugenaussagen gefunden würden.

Als der Tag kam, an dem ich vor Gericht erscheinen musste, fühlte ich mich wie in Trance. Ich spürte das Gewicht jedes einzelnen Wortes von mir und den anderen Anwesenden. Mein Plan war es, immer so vage wie möglich zu bleiben. Zu sprechen, ohne zu viel zu sagen, oft mit Worten wie "ich glaube", "es scheint mir", "vielleicht", "wenn ich mich richtig erinnere". Wie ein Schauspieler versuchte ich, das Gleichgewicht zwischen Wahrheit und Fiktion zu halten, indem ich Details enthüllte, die das Hotel zu belasten schienen, aber auch anders interpretiert werden konnten. Ich glaube, das ist mir sogar gelungen, obwohl der Richter mich mehrmals aufforderte, meine Worte genauer zu erläutern. Das Ergebnis war, dass meine Aussage niemanden begünstigte. Ich glaube, aber ich weiß es nicht. Ich verließ den Gerichtssaal und ging sofort los, ohne zu warten. Ich habe niemanden mehr gesehen und nichts mehr gehört. Ich habe nicht mehr in dem Hotel gearbeitet und irgendwie den Kontakt zu Luca verloren, auch weil unsere Freundschaft außerhalb der Arbeit nicht so... "präsent" war. Ich fand es jedoch sehr seltsam, dass Luca sich nicht einmal bei mir gemeldet hatte, um den Ausgang des Gerichtsverfahrens zu besprechen, aber ich kam bald darüber hinweg. Ich hatte das Bedürfnis, dieser hässlichen Geschichte zu entkommen. Ich habe jedoch nicht bedacht, welche psychologischen Folgen es hat, im Zweifel zu bleiben. In meinem Kopf spukten damals und auch heute noch die Gespenster der im Gerichtssaal anwesenden Personen herum. Ihre Blicke schienen mich angreifen zu wollen. Ich kann sie nicht vergessen.

Auch jetzt, wo ich in Deutschland lebe, spüre ich ihre Anwesenheit, die ich manchmal sogar für real halte. Mehrere Male hatte ich den Eindruck, dass ich von einigen von ihnen verfolgt wurde. Einmal schien es mir, als ob ich Luca wirklich in meiner Nähe gesehen hätte. Ein anderes Mal sah ich die Verwalter des Hotels oder sogar den Manager zusammen mit dem Besitzer.

Damals hatte ich Angst, und ich habe immer noch Angst, auch wenn ich jetzt andere Ängste habe. Heute überfallen mich meine Ängste manchmal wie plötzliche Stürme. Vielleicht liegt es daran, dass sich im Laufe der Zeit die Wahrnehmungen ändern. Aber dieses Gefühl des Verfolgtseins ist wirklich anstrengend. Es ist schwer, damit zu leben...

«Wow, Lina, ich muss dir sagen, dass ich wirklich verblüfft bin» sagte ich spontan und sah auf Linas Gesichtsausdruck, der ebenfalls sichtlich verblüfft war. Dann fuhr ich fort zu sagen «Versuchen wir also herauszufinden, wer dieser Alex ist, anhand dessen, was wir wissen, wenn auch nur vage. Dieser Mensch ist faszinierend, aber gleichzeitig strahlt er eine Melancholie und ein Geheimnis aus, das mich tief berührt. Sein Leben scheint von einer schmerzhaften und komplizierten Vergangenheit geprägt zu sein, die auch in der Gegenwart noch Folgen haben *könnte. In ihm steckt eine klare Leidenschaft für die Kunst. Außerdem habe ich überhaupt nicht damit gerechnet, dass er auch Tennislehrer ist! Wahrlich ein vielseitiger Mensch. Ich frage mich, ob es möglich ist, weitere Hinweise auf sein früheres Leben zu finden oder ob er irgendwie noch in problematische Situationen verwickelt ist. Sicherlich ist Luca nicht nur zum Sightseeing mit Alex in Deutschland! Dann hat er mir von einer geheimen künstlerischen Veranstaltung erzählt! Ich kann nicht glauben, dass es keine Verbindung zu dem gibt, was ich gerade im Tagebuch gelesen habe. Was meinst du, Lina?»*

Lina verharrte einige Augenblicke in Gedanken, dann begann auch sie, ausführlich zu sprechen. *«Es ist wirklich faszinierend, deine Eindrücke über Alex zu hören. Deine Beschreibung von ihm als einen Menschen mit einer Aura von Melancholie und Geheimnis ist sehr spannend. Vielleicht ist deshalb auch bei mir ein gewisses Interesse an ihm geweckt worden. Obwohl ich jetzt auch diesen Markus im Kopf habe! Aber das ist ein anderes Thema... Interessanterweise ist sein Leben von einer schmerzhaften und komplizierten Vergangenheit geprägt, die sich noch in der Gegenwart auswirken könnte. Er klingt wie ein Protagonist in einem spannenden Roman! Seine Leidenschaft für die Kunst und das Unterrichten von Tennis machen sein Profil noch anregender. Es ist erstaunlich, wie viele Geschichten und Interessen Menschen hinter ihrem Äußeren verbergen können. Auch ich glaube, dass die von dir erwähnte geheime Kunstveranstaltung von Bedeutung ist. Es könnte ein wichtiger Schlüssel sein, um vollständig in seine geheimvolle Geschichte einzutauchen. Aber denk darüber nach, es kann auch sehr gefährlich sein. Wer kann schon sagen, dass wir es* nicht mit Kriminellen zu tun haben. Diese Geheimniskrämerei ist sicher nicht gerade beruhigend. Oder liege ich da falsch?»

«Ja, wir müssen mit Vorsicht vorgehen, denn es scheint, dass Alex in komplizierte Situationen verwickelt ist. Ich hoffe, dass alles, was wir herausfinden, uns helfen wird, besser zu verstehen, wer er wirklich ist und was um ihn herum geschieht. Aber da das gefährlich sein kann, möchte ich dich nicht mit einbeziehen...»

«Das hast du bereits, und außerdem war ich es, die dich gebeten hat, mich einzubeziehen. Jetzt werde ich keinen Rückzieher mehr machen.» Dann sagte sie unser Motto auf: «Zwei Herzen, eine Seele. Wir werden einander nie verraten.»

Zum Abschluss nahmen wir unsere Weingläser mit der rechten Hand, während wir uns mit der linken gegenseitig abklatschten.

Als wir begannen, am Wein zu nippen, hörten wir ein Pferd wiehern. Es schien ein übernatürliches Zeichen zu sein.

10

Ich erhielt von Luca Informationen über den Zugang zur geheimen Ausstellung auf mein Handy, was für mich keine Kleinigkeit war. Ich spürte sofort ein Kribbeln auf meiner Haut, aus so vielen Gründen, sicherlich weil es eine Chance war, Alex wiederzusehen, aber auch, weil ich vielleicht auf etwas Gefährliches zuging, das größer war als ich selbst. Es schien mir, als ob ein Gewicht mir die Luft abschnürte. Ich musste unbedingt nach draußen gehen und laufen. Das würde mir guttun. Bei klarem, hellem Himmel ging ich einige Meter vor dem Haus in den Wald. Eine wahre Wohltat. Ich konnte mich immer an verwunschenen Orten erfreuen, an denen die Natur ihr ganzes Wunder zum Ausdruck bringt. Sobald ich die Schwelle der majestätischen, dichten Bäume überschritt, überkam mich ein Gefühl der Ruhe und Gelassenheit. Das Rascheln der Blätter und der Gesang der Vögel begleiteten mich sanft auf Schritt und Tritt, während die Sonnenstrahlen durch das Laub fielen und Lichtspiele auf dem feuchten Boden erzeugten. Die Aufregung, die Luca mit seiner Nachricht ausgelöst hatte, legte sich langsam.

Ich ging weiter auf einem Weg, der sich in Richtung Schmalenbek schlängelte, und beschloss, einen Abstecher zum Sportplatz zu machen, bevor ich nach Hause ging. Sicherlich nicht der schnellste Weg dorthin, aber das war mir egal. Schließlich wollte ich ja spazieren gehen.

So kam ich weiter zwischen Bäumen, Pflanzen und Wildblumen, während die Sonne immer näher am Horizont stand und die Schatten des Waldes immer länger wurden, was der Landschaft etwas Surreales verlieh.

Die Stille dieses Ortes gab mir die Möglichkeit, nachzudenken und meinen Geist zu entspannen, so dass ich den Stress der jüngsten Ereignisse hinter mir lassen konnte.

Als ich aus dem Wald herauskam, erreichte ich ziemlich schnell den Sportplatz, den ich leer vorzufinden glaubte, und das war er auch. Aber nicht ganz, und das merkte ich, als ich eine Stimme hinter mir hörte. Es war die von Markus, dem Sportler.

«Hallo Lena, schön, dass du wieder hier am Sportplatz bist.»

«Aber woher wusstest du, dass ich komme?»

«Das wusste ich überhaupt nicht.»

«Hm, ich habe das Gefühl, als ob du mich schon erwartet hättest...»

Da lächelte Markus und sagte *«Weißt du, ich habe neulich deine Freundin Lina getroffen. Sie ist wirklich nett und lustig! Ich dachte, sie würde vielleicht wiederkommen. Aber dich jetzt an ihrer Stelle zu sehen, ist sicher nicht weniger.»*

«Schleimer! Jedenfalls ist Lina toll! Ich bin froh, dass ihr euch getroffen habt.»

Dann flüsterte Markus mir zu, indem er sich näher zu mir lehnte: *«Weißt du, sie hat mir gesagt, dass du eine ganz besondere Freundin bist und ich möchte hinzufügen, dass du auch sehr hübsch bist. Ich würde dich gerne besser kennenlernen...»*

Bei diesen Worten, ich wollte Lina nicht unrecht tun, blieb ich unsicher und stammelte *«Ja, das würde ich auch gerne, aber...»*

Plötzlich küsste mich Markus. Ich fühlte mich angenehm überwältigt von diesem süßen und leidenschaftlichen Kuss, der gleichzeitig zurückhaltend und respektvoll zu sein schien. Ich war zunächst überrascht und wusste nicht, wie ich reagieren oder was ich denken sollte. Ich war wie betäubt. Einige Sekunden lang ließ ich mich dem Genuss einer Vielzahl von Empfindungen und Gefühlen hingeben. Seit langem hatte mich niemand mehr geküsst. Dann unterbrach ich den Kuss mit Herzklopfen in der Brust und sagte, dass ich nicht weitermachen könne. Mein Verstand begann wieder zu arbeiten, was mich dazu brachte, den Kuss zu unterbrechen. Ich hatte an Lina gedacht und wollte unsere Freundschaft nicht ruinieren oder sie verletzen. Ich wusste, dass sie sich wahrscheinlich für Markus interessierte, oder jedenfalls gab die Tatsache, dass sie ihn bereits alleine getroffen hatte, ihr sozusagen den Vorrang.

Ich versuchte daher, Markus klar zu machen, dass dies nicht der Fall und auch nicht der Zeitpunkt war, sich *"besser kennen zu lernen"*, wie er gesagt hatte und wie er es beabsichtigte.

Markus bedauerte, was geschehen war, und entschuldigte sich. Er gab zu, dass er mich nicht in eine schwierige Situation bringen wollte und dass er seine Grenzen überschritten hatte.

Ich wandte mich leicht verwirrt von ihm ab und bedauerte, dass ich der Versuchung erlegen war, wenn auch nur für ein paar Augenblicke.

Markus schien zu verstehen, wie ich mich fühlte, und beschloss dann, die Situation zu entschärfen. *«Lass uns die Sache erst einmal vergessen.»*

"Erst einmal", dachte ich und wiederholte seine Worte im Geiste. Dann fragte ich *«Was meinst du mit "erst einmal"?»*

Ich sagte nichts mehr dazu, da ich mich dieses Mal ein wenig beleidigt fühlte. In der Tat schien er meine Position nur aus strategischer Bequemlichkeit akzeptiert zu haben, da er wusste, dass es nichts bringen würde, zu versuchen, weiterzumachen. Natürlich ist es schön, von einem gutaussehenden Mann gemocht zu werden, aber ich bin und war nicht die Art von Frau, die sich gerne manipulieren lässt, weder von einem Mann noch von jemand anderem.

Während ich mit meinen Überlegungen abgelenkt war, sprach Markus weiter, fast so, als könne er meine Gedanken lesen. Er sagte: *«Ich meinte, dass ich jetzt zurück zum Training muss und dass wir uns sowieso bald wiedersehen... auf der Ausstellung...»* Das letzte Wort wurde mit leiser, geheimnisvoller Stimme gesprochen. Ich war fassungslos.

Was zum Teufel war hier los? Wie war es möglich, dass Luca und Markus sich kannten? Warum fühlte ich mich wie eine Marionette, die von Fäden gezogen wird? Und doch hatte ich Luca gesucht, indem ich in den Tennisclub ging. Warum war ich Teil dieser Affäre geworden, die so weit von mir entfernt war? Nur weil ich mit Alex in Kontakt gekommen war? Das alles ergab für mich keinen Sinn...

11

Ich stand einfach da und starrte auf den Haufen aus Schrott und alten Paletten, bereit, den Geheimcode für den Zugang zu dieser geheimnisvollen Kunstausstellung zu verwenden.

Ich befand mich in einem abgelegenen Bereich des Hafens von Hamburg, umgeben von rostigen Kränen und ausgedienten Containern. Trotz der späten Stunde und des spärlichen Lichts zeigte das Äußere der Lagerhalle Zeichen der Zeit und der Vernachlässigung, mit abblätternden Wänden und dicken Fenstern aus schmutzigem Glas.

Das alles war so ungewöhnlich, so unkonventionell, dass mir die Spannung darauf, was mich auf der anderen Seite erwartete, einen kleinen Schauer über den Rücken jagte. Nachdem ich nur Geflüster und kryptische Hinweise gehört hatte, fand ich mich schließlich auf der Schwelle des Lagerhauses wieder, das Luca als "Lager der okkulten Kunst" bezeichnet hatte. Wer weiß, ob er sich den Namen an dem Tag, an dem wir uns trafen, vielleicht spontan ausgedacht hatte? Es war auf jeden Fall ein fiktiver Name.

Langsam wagte ich mich durch den schmalen Gang und spürte, wie die Aufregung wuchs, während ich mir einen Weg durch die rostigen Bleche bahnte. Und dann, als ich es am wenigsten erwartete, betrat ich eine völlig andere Welt. Ein sanftes Licht erhellte meinen

Weg, während leise Musik durch die Luft zu schweben begann. Es war, als wäre ich in einen Traum eingetreten, einen Ort, der nur jenseits der Grenzen der Realität existiert.

Ich fand mich umgeben von unerwarteten Kunstwerken, die auf unkonventionelle Weise auf alten Holzfässern und offenen Schubladen ausgestellt waren. Jede Ecke des Lagerhauses schien eine andere Geschichte zu erzählen, eine einzigartige Erzählung, die sich in Farben, Formen und Materialien ausdrückte. Freigelegte Ziegelwände beherbergten Werke zeitgenössischer Kunst, während sich in der Dunkelheit geheimnisvolle Skulpturen abzeichneten, die von einer stimmungsvollen Beleuchtung erhellt wurden, die suggestive Schatteneffekte erzeugte. Unterschwellig dachte ich: *«Das könnte man "die Halle der Schatten" nennen, das sollte ich Luca vorschlagen».* Ich lächelte innerlich, als ich die Kunstwerke betrachtete, die mit dem Licht zu tanzen schienen. Die eckigen Lampen warfen magische Schatten auf die dunklen Wände und erzeugten einen bezaubernden Effekt, der mir das Gefühl gab, eine verzauberte Welt betreten zu haben.

Von den Lichteffekten hypnotisiert, stand ich plötzlich vor einem ebenso rätselhaften wie faszinierenden Kunstwerk von Luca. Das Gemälde von begrenzter Größe verströmte eine geheimnisvolle Aura, die sofort meine Aufmerksamkeit erregte. Mein Blick ruhte auf den verschlungenen Symbolen, die über die Leinwand tanzten und eine Geheimsprache des Okkultismus und des verbotenen Wissens verwoben. Es war offensichtlich, dass Luca ein kompliziertes Netz von Andeutungen gewebt hatte, mit klaren und beunruhigenden Bezügen zu Aleister Crowley, dem berüchtigten Okkultisten.

Während ich das Gemälde beobachtete, spürte ich, wie ein Wirbelsturm widersprüchlicher Gefühle in mir aufstieg. Neugier traf auf eine Art ehrfurchtsvolle Angst, eine Bewunderung gemischt mit Beunruhigung. Die feinen Details und Farbnuancen schienen eine verborgene Welt zu offenbaren, ein Reich jenseits des gewöhnlichen Verständnisses. Ein Gefühl der Erregung und der Beunruhigung durchdrang mich, als würde ich durch einen Spalt ins Unbekannte blicken.

Als ich das Werk weiter betrachtete, wurde ich von all den Verweisen auf Crowley mitgerissen, die wiederum Gedanken an dunkle Magie und esoterische Geheimnisse weckten. Unfähig, den Blick abzuwenden, starrte ich auf die Symbole des Gemäldes und fühlte mich wie hypnotisiert oder wie in Trance, ich weiß es nicht. Tatsache ist, dass es mir in diesem Moment so vorkam, als würden diese Symbole zum Leben erwachen, sich bewegen und ihre Form und Größe verändern. Ich hatte das Gefühl, in einen stillen Dialog mit dem Künstler einzutauchen, eine Art Gespräch über verbotenes Wissen und verborgene Geheimnisse. Mir wurde klar, dass ich es mit etwas zutiefst Persönlichem von Luca zu tun hatte. Das Werk war nicht nur eine Sammlung von Formen und Farben, sondern ein offenes Fenster zu seinem Geist und seiner Seele. Es war, als hätte Luca ein Stück seiner Seele mit der Welt geteilt, ein Spiegelbild seiner dunkelsten Gedanken und tiefsten Ambitionen.

Ich weiß nicht, wie lange ich mich in den Reflexionen und Empfindungen verloren habe. Dieses einzigartige Kunstwerk hatte etwas ganz Besonderes an sich, es war wie ein Tor zu einem Reich voller Rätsel und Wunder, das ich weiter erforschen würde. Dann lenkte mich eine Hand auf meiner Schulter vom weiteren Betrachten ab. Ich drehte mich um und sah Luca selbst, der neben Alex stand.

«*Hallo Lena!*» Sagten sie fast im Chor.

«*Dieser Ort ist wirklich großartig, elektrisierend, und dein Bild Luca...*»

«*Lass uns in der Zwischenzeit weitergehen*» sagte Luca, unterbrach mich und zeigte auf eine abgelegene Ecke, in der eine kleine Bühne stand, die von Kissen und Stühlen umgeben war.

Ich sprach sofort weiter «*Ich wollte sagen, dass dieser Ort unglaublich ist. Es ist wie eine Bühne für eine Reise ins Unbekannte. Es ist alles so stimmungsvoll. Aber ihr zwei, oder besser gesagt ihr drei, seid mir einige Erklärungen schuldig. Derjenige, der auf uns zukommt, ist Markus nicht wahr?*»

Kaum angekommen, setzte sich Markus zu uns. Luca ergriff das Wort «*Alles zu seiner Zeit, Lena. Du hast uns vorhin von meinem Bild erzählt. Was ist dein Eindruck davon?*»

«*Luca, dein Bild scheint ein Eigenleben zu haben, eine Präsenz, die sich in den Geist und die Seele des Betrachters einschleicht. Es ist etwas, das über die reine Malerei hinausgeht. Deshalb erinnert mich das Gemälde, auch wenn es kein Porträt ist, so sehr an das Gemälde von Dorian Gray. Du weißt schon, dieses Meisterwerk von Oscar Wilde, in dem*» *das Porträt anstelle des Protagonisten altert? Ich meine, das Gemälde scheint lebendig zu sein. Meine Augen wanderten entlang der kühnen Pinselstriche und der kräftigen Farben, die auf der Leinwand tanzten. Die positiven Elemente und vor allem die Symbole, die so lebendig und vibrierend sind, schienen fast aus dem Kunstwerk selbst zu fließen. Das Licht traf die Details mit einer unheimlichen Anmut und verlieh dem Gemälde eine außergewöhnliche Lebendigkeit.»*

«Kunst, wie ich sie sehe, kann weder eine Fiktion als Metapher für die Realität sein, noch ein bloßer visueller Eindruck, bei dem der Betrachter nur zum Anschauen kommt, wie ein Tourist auf der Suche nach Souvenirfotos. Der Betrachter darf nicht außerhalb der Kunst stehen, sondern muss Teil von ihr sein und ihre Folgen erleiden! Um sich von der Rhetorik zu befreien, die sie unterdrückt, die auf der Idee des "Geschmacks" basiert und sozusagen von "Geschmacksspezialisten" begründet wurde, sollte die Kunst eher der Psychologie der Kunst, der "Personalisierung der Kunst" weichen. Auch aus diesem Grund, Lena, möchte ich deine Meinung hören und ich schätze es, wie du deine Gefühle beschreibst. Die Tatsache, dass mein Bild als etwas Lebendiges erscheinen kann, kann mir nur schmeicheln. Es bedeutet, dass es mir gelungen ist, etwas zu vermitteln. Gleichgültigkeit ist schlimmer als ein "schlechtes Bild". Darüber hinaus soll das esoterische Thema eine ausdrückliche Aufforderung sein, in das Innere des Gemäldes einzutreten. Ein auffälliges Beispiel ist das Vorhandensein des Hexagramms, das mit der Thelema-Religion verbunden ist.»

Ich blinzelte *«Aber ich kenne diese Symbolik nicht...»*

«Vielleicht kennst du sie noch nicht mit deinem Verstand, aber du bist vielleicht schon mit deinen Augen in sie eingetreten und hast sie erlebt... Vielleicht ist das Unikursales Hexagramm ein einzigartiges Symbol, das stoisch mit Symbolismus, Magie und Spiritismus verbunden ist. Im Gegensatz zu regulären Hexagrammen, wie dem Davidstern, der aus zwei übereinanderliegenden gleichseitigen Dreiecken besteht, besteht dieses Symbol aus einer einzigen Linie oder, anders ausgedrückt, es wird in einer einzigen kontinuierlichen Bewegung von Anfang bis Ende gezeichnet. Es besteht aus einer zentralen Raute und zwei Flammenkabinen auf beiden Seiten, was den Eindruck einer unproportionalen Figur erweckt, obwohl es in Wirklichkeit ähnlich ist. Aleister Crowley fügte in der Mitte des Symbols eine fünfblättrige Rose hinzu, um das Pentagramm und die weibliche Gottheit darzustellen. Durch die Hinzufügung der Rose erhöhte sich auch die Zahl der Punkte in der Figur auf 11, eine Zahl, die mit der Vereinigung des Göttlichen und des Magischen assoziiert wird. Wie der Titel meines Gemäldes schon sagt: "Die Anrufung von Crowley", bezieht sich mein Bild ausdrücklich auf Crowley und befürwortet die erfolgreiche Offenbarung okkulter und hypnotischer Kräfte. Deine Rückmeldung Lena ist für mich von unschätzbarem Wert.»

Ich war fasziniert und ein wenig eingeschüchtert von Luca's Worten. Markus und Alex hatten sich noch nicht geäußert, so dass unser Gespräch über die Kunst weitergehen konnte. Jetzt, da es eine Schweigepause gab, mischte sich Markus diesmal ein «Die Show fängt gleich an. Lass uns später weiterreden.»

Alex, der bisher nur abwesend zu sein schien, suchte sich eine bequeme Position mit Blick auf die Bühne.
Er sagte immer noch nichts. Das erweckte in mir Gefühle der Zärtlichkeit. Ich weiß nicht, warum. Wir
wandten uns alle der Bühne zu.

Auf meine Frage, was für eine Show uns erwarten
würde, folgte die einfache und kurze Antwort:

«Abwarten…»

12

"*Die Agonie eines Ortes, eines Gegenstandes ist trauriger als die eines Menschen*", sagte der italienische Schriftsteller Gesualdo Bufalino. Ich weiß nicht, ob das wahr ist, aber Lina, die sich in diesem Moment umschaute, hätte sicherlich etwas Ähnliches empfinden können. Während ich bereit war, das künstlerische Spektakel anzuschauen, betrachtete Lina nicht weit von mir entfernt, genau vor der tragenden Struktur der verlassenen Werft, in der ich stand, mit stechenden Augen die unzähligen Wrackhaufen, Trümmer und ausgedienten Materialien, die auf dem Gelände verstreut lagen, wie alte Frachtausrüstung, Schiffsteile, verrottetes Holz und verschiedene Gegenstände. Überall Rost. Um ehrlich zu sein, die Traurigkeit des Ortes erweckte in Lina auch die Faszination einer gewissen dekadenten Schönheit, begleitet von der wilden Vegetation, die wie eine besondere Art Kulisse wirkte. Das schummrige Licht verlieh dem Ort aber auch eine geisterhafte, unheimliche Atmosphäre. In der kalten Luft hoben sich die einzelnen Gestalten gegen den dunklen Himmel ab und verursachten in Lenas Haut erst ein Gefühl des Unbehagens, dann sogar eine Vorahnung, eine ängstliche Vorstellung unserer Verstrickung mit unseren neuen Bekannten und den unerwarteten Umständen.

Linas Herz klopfte krampfhaft, als sie das Handy in den Händen hielt, unfähig, das Gefühl der Dringlichkeit zu ignorieren, das sie zu der kühnen Entscheidung trieb, in das Herz der Baustelle einzudringen, um Informationen zu sammeln und sicherzustellen, dass wirklich keine Gefahr bestand. Von Anfang an drängte ich meine Freundin, keine riskanten oder unüberlegten Schritte zu unternehmen, aber ich wusste bereits, dass sie nicht auf mich hören würde.

Lina, diesmal ganz nah an der tragenden Struktur, schritt vorsichtig voran und spitzte ihre Ohren bei den lauten Geräuschen, die die Luft durchdrangen. Die Dunkelheit wurde undurchsichtig, als sie eine kleine Tür bemerkte, die Zugang zum Inneren eines alten Transportcontainers bot, der sich nicht weit entfernt von ihr befand und sich als eine Art spartanisch eingerichtetes Büro entpuppte.

Die Wände waren mit rätselhaften Symbolen und obskuren Ikonen geschmückt, während in der Mitte ein Tisch mit Dokumenten und geheimnisvollen Gegenständen stand. Gespannt und voller Ehrfurcht begann Lina, die Dokumente zu untersuchen, um herauszufinden, was vor sich ging.

Zwischen den vergilbten Seiten entdeckte Lina einen Zeitungsausschnitt, der ihr das Blut in den Adern gefrieren ließ. In dem Artikel ging es um ein Kunstwerk, ein Gemälde, das in einer Kunstausstellung ausgestellt war und beunruhigende Ereignisse ausgelöst hatte. Ihr war schon klar, oder sie spürte es in sich, dass es sich vielleicht um das Bild handeln könnte, das Luca gemalt hatte. Auf jeden Fall schien das Werk indirekt mit einem rituellen Verbrechen mit düsteren Zügen in Verbindung zu stehen, an dem heidnische Rituale und ein geheimnisvolles Netz zwielichtiger Personen beteiligt waren.

Als Lina die Informationen verdaute, wurde ihr klar, dass es sich nicht nur um den Handel mit Kunstwerken handelte. Die Beteiligten versuchten im Laufe der Zeit immer wieder, Frauen als Menschenopfer für heidnische Rituale zu gewinnen, wenn auch nicht unbedingt für tödliche Rituale. Die Kunstwerke waren nur ein Mittel, um die Opfer anzulocken und zu täuschen und sie in diese dunkle Spirale der Gefahr zu ziehen.

Die Entdeckung erschütterte Lina zutiefst und bestätigte ihre tiefsten Befürchtungen. Die Vorstellung einer solch dunklen und gefährlichen Spirale war beunruhigend. Während ihre Gedanken wirbelten, hörte Lina Schritte, die sich näherten, gefolgt von den Stimmen von Menschen, die sich im Flüsterton unterhielten.

Als sich die Schritte entfernten, wich Lina lautlos zurück und versuchte, den Ort unbemerkt zu verlassen. Sie hatte einen Berg von Beweismateriall zu tragen, darunter Zeitungsausschnitte und Fotos von Dokumenten. Außerhalb des Geländes nahm sie sich einen Moment Zeit, um zu Atem zu kommen, während sie in Gedanken versunken war.

In diesem Moment hörte sie in der Nähe des rostigen Zauns, den sie gerade überquert hatte, eine Stimme. Diesmal war sie schön artikuliert und sagte: «*Hallo Lina, bist du auch hier?*»

13

Die Bühne wurde plötzlich dunkel, nur von Kerzen im Umkreis beleuchtet. Ich spürte sofort die Spannung der Erwartung, die sich mit der Atmosphäre des Geheimnisvollen vermischte. Diese seltsame Stimmung wurde in mir noch verstärkt, als tibetische Glocken und tiefe Trommeln den Beginn der Aufführung ankündigten.

Als Nächstes kamen die tanzenden Schatten der Darsteller, die sich langsam über die Bühne bewegten und ein Gefühl der formlosen Bewegung erzeugten.

Die Bühnenkünstler, die dunkle Kleidung und rätselhafte Masken trugen, begannen, verzerrte Stimmen und kehlige Töne von sich zu geben, die sich mit den Klängen der Trommeln und Glocken vermischten und eine Harmonie zwischen dem Realen und dem Imaginären schufen. Die Bewegungen wurden intensiver und erweckten das Bild von unsichtbaren Wesen, die sich im Tanz materialisierten.

Die Energie im Park wurde immer frenetischer, während sich die Körper fließend und wild bewegten. Die Kerzenlichter begannen heftig zu flackern und erweckten die Illusion, dass sich die Schatten verselbstständigt hätten. Ich hatte den Eindruck, dass der wahnsinnige Rhythmus das Publikum in einen Zustand kinetischer Trance versetzte. Meine Gefühle waren wie ein reißender Fluss. Die Spannung verwandelte sich bald in Faszination, gemischt mit Angst. Gegen meinen Willen spürte ich, während ich von einem starken Gefühl der Angst überwältigt wurde, eine unwiderstehliche Anziehungskraft und ein tiefes Interesse, das in meinem Körper vibrierte und das schwer zu erklären war. Es war, als ob zwei widersprüchliche Emotionen miteinander verwoben waren, eine Art emotionale Dualität, vielleicht vergleichbar mit dem Adrenalinrausch, den man erlebt, wenn man sich einer riskanten Erfahrung gegenübersieht, und den auch ich zur gleichen Zeit erlebte.

In der Zwischenzeit erreichte die Aufführung ihren Höhepunkt, als sich die Tänzerinnen und Tänzer völlig der Musik und den Bewegungen hingaben, die aus einer anderen Dimension zu kommen schienen.

Dann folgte der umgekehrte Prozess, bei dem sich alles allmählich zu verlangsamen begann. Mein Herzschlag tat das Gleiche. Plötzlich fühlte ich mich entspannt, als käme ich von einer Achterbahn im Vergnügungspark herunter. Die Ruhe nach dem Sturm.

Aber es war noch nicht vorbei.

Die Szene öffnete sich wieder mit dem Auftritt einer völlig nackten Frau, die eine liturgische Vase in der Hand hielt, die sie auf den Boden stellte, bevor sie sich davor niederkniete. Mit theatralischer Meisterschaft gurrte die Frau Blut und schuf damit eine kraftvolle Symbolik der Reinigung und des Opfers. Mit einer eindrucksvollen Choreografie begann sie, ein visuelles Ritual mit fließenden, gewundenen Bewegungen zu weben. Von ihren Fingerspitzen gingen heilige Symbole aus, die unsichtbare Verbindungen mit den Gottheiten der Vorfahren in der Luft herstellten. Kunstvoll arrangierte Opfergaben türmten sich vor ihr auf und bildeten einen Gabentisch für die Götter. Ihr Körper, der zu einer lebendigen Leinwand wurde, schien eine Geschichte über die antimenschlichen Verbindungen zu Kräften jenseits des menschlichen Verständnisses zu erzählen. Die Künstlerin führte uns durch eine emotionale und konzeptionelle Reise, die die Dualität des Lebens, die Macht der Traditionen und die ewige Suche nach dem Sinn erforschte, eine Reise voller Heiligkeit und Geheimnisse.

Und dann...

geschah alles so schnell.

Drei vermummte Männer in langen schwarzen Gewändern erschienen auf der Bühne. Zwei von ihnen griffen direkt nach der Frau in der Mitte der Bühne und packten sie dann an Armen und Füßen, um sie zu einem Opferbett zu ziehen, das der dritte Mann, der im Hintergrund erschien, an Ort und Stelle aufgebaut hatte.

Ich konnte nicht erkennen, ob die Darstellerin ohne ihr Wissen angegriffen wurde, oder ob das alles Teil der Szene war. Sie reagierte erschrocken, schien sich aber nicht wirklich auflehnen zu wollen, sondern zappelte zufrieden, bevor sie auf das Bett gelegt wurde, wie eine Opferbeute, die für ein geheimnisvolles Ritual bestimmt war. Die Überraschung war jedoch nur von kurzer Dauer, denn zu der Überraschung gesellte sich eine noch plötzlichere, nämlich die der Polizei, die in die Veranstaltung platzte und den Zauber unterbrach, der alle während der Aufführung festgehalten hatte.

Schnell breitete sich Panik in der kleinen Menge aus. Die Organisatoren versuchten, sich im Schatten zu verstecken, die Künstler und Zuschauer verschwanden wie Gespenster, flohen in alle möglichen Richtungen und zerstreuten sich wie ein Echo im Nichts. Die Autorität des Gesetzes hatte die surreale Atmosphäre durchbrochen und die Veranstaltung in der prosaischen Welt der Realität gefangen gehalten.

Nur einigen wenigen gelang es, den Kontrollen zu entkommen, indem sie die zahlreichen Fluchtwege nutzten. Die meisten wurden von strategisch platzierten Polizisten blockiert.

Ich wurde von Alex an die Hand genommen, der es irgendwie schaffte, sich unauffällig durch die Menge zu bewegen. Wir näherten uns einer Tür., die zu einem Abstellraum führte. Direkt im Inneren hob Alex den Deckel einer unterirdischen Falltür an. Wir kletterten eine Leiter hinunter und durchquerten eine Reihe von Tunneln, bis wir uns in einem alten Kontrollraum wiederfanden, einem Ort, der ursprünglich zur Überwachung der Marineoperationen und zur Verwaltung der Kommunikation genutzt worden sein könnte. Das konnte man an den Instrumenten erkennen, die noch vorhanden waren, obwohl sie mit Sicherheit nicht mehr in Gebrauch oder durch die Zeit zerstört waren. Mir kam das alles unglaublich und absurd vor. Ich dachte, solche seltsamen Situationen, eine nach der anderen, gäbe es nur in Filmen. Ich hatte mich geirrt. Wahrscheinlich begann ich an diesem Tag, an meiner eigenen Haut zu begreifen, dass es im Leben, das oft nur aus Schein besteht, oft etwas anderes gibt als das, was wir sehen und glauben. Hinter jedem Menschen verbirgt sich etwas Geheimnisvolles, sei es ein wenig oder viel, das nicht jeder sehen kann oder will, und aus diesem Grund scheinen zum Beispiel bestimmte Nachrichten, die wir in der Zeitung lesen, schwer zu glauben zu sein, weil wir sie einfach nicht mit unserem gewohnten, auf Äußerlichkeiten beruhenden Blick sehen.

Ich erinnere mich, wie ich an diesem Tag begann, bestimmte Überlegungen anzustellen, aber ich erinnere mich vor allem daran, wie sie anfingen, von einem Aspekt zum anderen zu "tanzen". Ich werde versuchen, es zu erklären... Während ich nachdachte, sah ich vor mir, in dieser einzigartigen Atmosphäre und nach dem, was ich gerade erlebt hatte, Alex wieder von Angesicht zu Angesicht, und als ich ihn wieder sah, konzentrierte sich mein Geist auf dieses Detail, diese unmerkliche kleine Falte in seinem fleischigen und sinnlichen Mund. In diesem Moment wurde mir klar, dass es oft diese winzigen Fragmente sind, die das Verliebtsein unerwartet hervorbringen.

Es war, als ob diese Falte ein Tor zu seiner inneren Welt war, ein Fenster, das verborgene Aspekte seiner Persönlichkeit zeigte. Die Überlegungen, die ich nun anstellte, hingen irgendwie mit den vorherigen zusammen. Ich begann darüber nachzudenken, wie sehr die Liebe mit der Kunst des Beobachtens verwoben ist, mit dem Erfassen jener Details, die einem oberflächlichen Blick entgehen. Plötzlich wurde mir klar, wie wichtig und sogar grundlegend es ist, hinter den Schein zu blicken. Körperliche Anziehungskraft mag ein Ausgangspunkt sein, aber es ist der Reichtum an Erfahrungen, Gedanken und Gefühlen hinter einem Gesicht, der es wirklich wertvoll und beständig macht.

Die Falte hat mich auch daran erinnert, dass jeder Mensch ein Universum für sich ist, mit seiner eigenen Geschichte, seinen Freuden und Narben. In einer Welt, in der wir oft von der Hektik der Routine überwältigt werden, kommt es auf die Fähigkeit an, die Einzigartigkeit jedes Einzelnen zu erfassen und den Mut zu finden, sich in die Mäander seines Wesens zu vertiefen. Dann, als sich mein Blick in diesem Detail verlor, schloss ich die Augen und suchte die Begegnung meines Mundes mit seinem, um jene unwiderstehliche Anziehungskraft zu erzeugen, die mich auf eine faszinierende innere Reise führen würde. Die Reise der Liebe.

14

Die Polizeistation im Herzen der Stadt strahlte inmitten des Chaos ein kaltes, blaues Licht aus. Drinnen untersuchten die müden Blicke der Beamten eine ungleiche Gruppe von Personen, die bei einer kürzlichen Razzia festgenommen worden waren. Diese ruhelosen Seelen, die zur routinemäßigen Identifizierung bereitstanden, trugen Geheimnisse und Verdächtigungen mit sich, die sich mit beinahe vergessenen Verbrechen zu verweben schienen. Ihre Gesichter wirkten harmlos und sogar freundlich, ließen aber gleichzeitig die verborgenen Komplexitäten mysteriöser und erschreckender Geschichten erahnen, wenn man die grauenhaften Verdächtigungen bedenkt. Eine Mischung aus Rätselhaftigkeit und sanfter Zurückhaltung, die durch die kurzen und flüchtigen Blicke, die sie ständig austauschten, noch unterstrichen wurde. Außerdem waren ihre Worte sorgfältig gewählt und das seltene Lächeln schien von einem Nebel aus Geheimnissen umhüllt zu sein. Unter ihnen stach jedoch ein Mann hervor, der schweigsam und voller Zweideutigkeit war. Er trug eine Brille mit einem kräftigen schwarzen Gestell und leicht getönten Gläsern, was es schwierig machte, seine Augen und verborgenen Gefühle zu entschlüsseln. Eine Person, die es verstand, sich in Anbetracht der Umgebung voller potenzieller Bedrohungen mit der nötigen Vorsicht und Aufmerksamkeit zu bewegen.

Als der Prozess der Identifizierung zu Ende ging und die Spannung immer spürbarer wurde, begannen die Beamten, sich zielstrebig zwischen den mit Dokumenten vollgestopften Schreibtischen zu bewegen.

Kommissar Wagner, ein Mann von stattlicher Größe und mit Erfahrung in seinem strengen Gesicht, koordinierte die Operation mit scheinbarer Ruhe. Seine Augen überprüften sorgfältig die gesammelten Fotos und Berichte und versuchten, das verworrene Geflecht der scheinbar getrennten Ereignisse zu entschlüsseln.

Sein hartes und markantes Auftreten machte ihn beeindruckend und anziehend, er zog die Aufmerksamkeit aller auf sich, die seinen Blick kreuzten, und verschaffte ihm gleichzeitig Respekt und Autorität. Er hatte jedoch auch Aspekte, die ihn sehr verletzlich machten, nämlich sein nervöses Stottern, wenn er aufgeregt war, und sein Nachname Wagner, über den sich die Leute wegen der Assoziationen mit dem berühmten Komponisten oft lustig machten.

In der Zwischenzeit führten die Beamten Schwarz und Arnold die Verhöre der Festgenommenen durch. Ihr Tonfall schwankte zwischen Entschlossenheit und taktischem Vorgehen, während sie versuchten, wertvolle Informationen über heidnische Zeremonien und mögliche Verbindungen zu früheren Verbrechen zu erhalten. Die Computerbildschirme zeigten komplexe Muster, Verbindungen zwischen den Namen der Beteiligten und den Orten, an denen sie an geheimen

Veranstaltungen teilgenommen hatten. Die hektische Arbeit der Agenten hatte dazu geführt, dass eine Menge nützlicher Daten und Informationen gesammelt werden konnten.

Während die Station in Aufruhr war, hatte eine Spezialeinheit den Auftrag erhalten, das geheimnisvolle Gemälde zu bergen, über das in den Medien viel berichtet wurde und das bei der Razzia sofort erkannt wurde.

Gleichzeitig wurde Agent Rippe, eine Art rechte Hand des Kommissars, beauftragt, ein externes Team zu bilden, um die Geschichte und die esoterischen Auswirkungen des Gemäldes zu untersuchen.

In Wahrheit war Kommissar Wagner sozusagen ein visueller Empiriker, der nur das als Beweis oder Wahrheit akzeptieren wollte, was die Augen sehen können, und daher abstrakte oder ungesehene Konzepte ablehnte. Gleichzeitig wusste er aber sehr wohl, dass bei einer Untersuchung nichts übersehen werden durfte, nicht zuletzt, weil manchmal ein scheinbar unbedeutendes Element für die Lösung eines Falles entscheidend sein kann.

Agent Rippe, genannt Frank, wurde in das Büro von Kommissar Wagner gebeten: «*Setzt dich, Frank. Dieser Tag, besser gesagt Abend, oder eher Nacht, scheint nie zu enden.*»

«*Das kannst du laut sagen, er ist so lang wie der Ring des Nibelungen".*»

«*V-V-Verdammt! A-A-A-A-Aber genug v-v-on diesem R-R-Richard Wagner. D-d-urch diese W-W-W-itze werde ich z-zu einem Expe-pe-rten von di-diesem K-K-*

Komponisten. I-I-Ich kenne je-jetzt s-s-ogar diese O-O-Oper!» antwortete der Kommissar und begann vor Aufregung zu stottern.

«Wirklich? Und ich dachte, ich würde dich überraschen!»

Beruhigt sprach er weiter, ohne zu stottern, der Kommissar *«Ich werde dir mehr dazu erzählen. Das Werk ist in der Tat lang, aber es handelt sich eigentlich um einen Zyklus von vier zusammenhängenden Werken. Ähnlich wie das Gemälde, das wir studieren müssen, kann auch dieses unterteilt werden, nicht in Zyklen, sondern nach verschiedenen Aspekten, eindeutig dem religiösen und esoterischen, aber auch dem okkulten, dem kriminellen. Das ist der Grund, warum ich dich ins Büro gerufen habe. Ich dachte daran, dich für die Bildung einer Expertengruppe zu engagieren.»*

«Du dachtest doch nicht etwa, dass du Scharlatane oder "Trickser", entschuldige meine Ausdrucksweise, für die Untersuchung des Falles heranziehen würdest, oder?» wollte Rippe wissen.

«Guck mal, Frank, auch ich bin kein großer Fan von "Hokuspokus", aber in unserem Fall ist es egal, wie wir darüber denken. Wir suchen nur nach Hinweisen, die uns irgendwie weiterhelfen können, und es spielt keine Rolle, ob sie uns von Scharlatanen geliefert werden, wie du sagst. Schließlich sind die Leute, die wir zu identifizieren versuchen, vielleicht auch Scharlatane.»

«Stimmt. Manchmal vergesse ich, meine Emotionen beiseite zu lassen... Aber... ich meine, konkret, was für eine Gruppe soll ich genau gründen?»

79

Nach einer kurzen Zeit der Anspannung und des Stotterns gelang es Kommissar Wagner, seine Stimmung von Nervosität in Gelassenheit umzuwandeln, seine Stimme und den Fluss seiner Worte wiederherzustellen, vor allem aber seine ausgeprägte Autorität wiederzuerlangen, die er bei seiner Arbeit brauchte. Er begann einen Monolog.

«Ich überlasse dir und deiner Professionalität die konkrete Auswahl der Personen. Sicherlich werden Ermittler benötigt, die auf Verbrechen im Zusammenhang mit Okkultismus und Magie spezialisiert sind und die helfen könnten, Verbindungen zwischen dem Gemälde, der vergangenen Zeremonie und den geheimen Aktivitäten in der Werft herzustellen. Ich würde also bestimmte Arten von Experten für nützlich halten, wie z.B. einen esoterischen Kunsthistoriker, vielleicht jemanden, der die verborgenen Bedeutungen der Symbole und Sprüche auf dem Gemälde entschlüsseln sowie Verbindungen zwischen der Kunst und den okkulten Praktiken von Aleister Crowley herstellen kann. Ein Experte für Okkultismus, der in der Lage ist, magische Symbole zu erfassen und zu analysieren. Aber in Wahrheit sind die Möglichkeiten vielfältig, es könnten auch Theologen, Crowley-Gelehrte oder sogar Hellseher oder Medien sein.»

Frank hörte aufmerksam zu und war ein wenig besorgt über die Arbeit, die auf ihn zukommen würde. Vielleicht hatte er die erforderliche Energie unterschätzt. Aber einerseits faszinierte ihn der Fall, und so beschloss er, die Aufgabe mit Entschlossenheit anzugehen, ohne seine übliche gute Laune zu verlieren, um die ihn seine Kollegen besonders beneideten. Bei seiner Verabschiedung beschloss er, sich eine letzte spielerische Genugtuung zu verschaffen, indem er die vertrauliche Beziehung zu seinem Vorgesetzten ausnutzte. «*Gut. Ich habe verstanden. Wenn das jetzt alles ist, dann mache ich mich sofort an die Arbeit. Na ja, fast sofort. Vielleicht mache ich vorher noch ein Nickerchen, wenn ich Zeit habe!*»

Nach Wagners zustimmendem Nicken stand er mit einem strahlenden Lächeln auf und machte sich auf den Weg nach draußen, wobei er die ersten Töne Wagners "Pilgermarsches". Seine Stimme erfüllte den Raum mit einer feierlichen, traktablen Stimmung. "Da-da-da-da-da, da-da-da-da-da", hallte die Melodie wider, während seine Hände einem unsichtbaren Rhythmus in der Luft folgten.

Der Kommissar Wagner beobachtete dieses bizarre, kindliche Scherzverhalten schweigend mit einem zerzausten, entmutigten Blick. In seinen Augen schien sich Unglauben mit Enttäuschung zu vermischen. Die Falten auf seiner Stirn vertieften sich, als er versuchte zu verstehen, wie es möglich war, zu einem so ernsten Zeitpunkt Zeuge eines derartig niederen und respektlosen Verhaltens zu werden. Obwohl er sich der ausgezeichneten Qualitäten von Polizist Rippe bewusst war, dachte er im Stillen und erneut irritiert «*A-A-A-Aber w-w-was...? Un-nm-möglich...! was z-z-zum Teuf-f-fel...?*»

Im selben Moment musste der geheimnisvolle Mann mit der starken schwarz umrandeten Brille, der sich als David Krah herausstellte, entlassen werden.

Der Mann entfernte sich von der Polizeiwache und folgte den Schatten der Nacht wie ein Vampir. Wie ein

81

Schatten unter Schatten schien er mit der Dunkelheit zu tanzen und sich in Luft aufzulösen.

15

Diesmal kein Sportplatz. Lina wollte wirklich nicht mitfahren und versprach mir zu erklären, warum. Ich hatte nichts dagegen, und so beschlossen wir, uns in einem gemütlichen, altbekannten Café in Ahrensburg zu treffen.

Ich lief im Dauerregen durch die nassen Straßen der Stadt, während dicke Wassertropfen auf meinem Gesicht wie Tränen herunterliefen und mir ein seltsames Gefühl von Traurigkeit und Freude vermittelten. Jeder Tropfen schien auch meine Sinne zu wecken, durchtränkte jede Faser meines Wesens und brachte den frischen, vertrauten Geruch des Regens mit sich. In dieser Atmosphäre schien eine gewisse Vorfreude in der Luft zu liegen, die meine Gefühle widerspiegelte. In diesem Moment war ich in Gedanken bei dem, was ich gerade bei meinem Abenteuer am Hafen erlebt hatte. Und dann die Erinnerung an diesen Kuss! Es war wie ein abstraktes Gemälde, dessen Farben und Formen sich zu einer einzigartigen Harmonie vermischten. Ich sage das nicht nur als einfache Metapher. Vielleicht hatte das Bild von Luca von mir Besitz ergriffen, mich einbezogen und mein Leben verändert. Ich weiß nicht, wie ich es erklären soll, aber es hatte sich trotzdem in meinem Kopf festgesetzt.

Schließlich erreichte ich das Café und fand mich kurz darauf an einem Tisch in der Nähe eines Glasfensters Lina gegenübersitzend wieder. Zwischen uns standen zwei dampfende Tassen mit Kaffee.

Das leise Plätschern des Regens am Straßenrand bildete einen beruhigenden Hintergrund, während wir zu diskutieren begannen.

Lina verschränkte die Arme und starrte mich mit ernster Miene an. «*Wir müssen eine Entscheidung treffen, Lena. Wir haben gefährliches Terrain betreten. Auf der Baustelle habe ich Material gesammelt, das für die Organisatoren der Kunstaktion und für die Beteiligten kompromittierend ist. Die Polizei ist bereits involviert, also keine Spielchen mehr.*»

Ich senkte den Blick und fummelte mit den Fingern am Rand der Tasse herum.

«*Ich weiß, Lina. Aber was können wir tun? Sich an die Polizei zu wenden, würde bedeuten, Alex in all das hineinzuziehen. Ich kann mir einfach nicht vorstellen, dass sein liebes, harmloses Wesen auch nur im Entferntesten mit schrecklichen Verbrechen in Verbindung gebracht werden könnte. Das ist für mich einfach unmöglich. Außerdem wir uns auch ...*»

Ich konnte den Satz nicht zu Ende bringen. Lina hatte schon verstanden. Sie beendete ihn: «*geküsst!*»

Ich nickte zaghaft zustimmend, dann ergriff Lina wieder das Wort. «*Hör Mal, ich denke, wir sollten regelmäßig kommunizieren, bevor wir irgendwelche Entscheidungen treffen. Es ist eine ernste Sache, und ein Gang zur Polizei wäre die logische Konsequenz. Weißt du, ich habe mit Markus kurz geknutscht. Ich wollte es nicht, aber der Instinkt war stärker als ich.*»

Ich war überrascht und erkannte gleichzeitig, dass die Ereignisse kompliziert wurden und sich in eine unkontrollierbare Richtung bewegten. Es war zumindest an der Zeit, meine Gedanken zu ordnen.

«Lina, lass uns in der Zwischenzeit zur Ruhe kommen und versuchen, diese unglaubliche Situation zu ordnen. Mir gehen unzählige Fragen durch den Kopf.»

«Das sehe ich auch so, aber lassen wir unsere Emotionen erst einmal beiseite, sonst werden wir nie logisch und sachlich argumentieren können. Wir werden auch Zeit finden, über unsere Gefühle zu sprechen, daran habe ich keinen Zweifel. Lass uns jetzt lieber die Fakten betrachten! Du selbst hast gerade gesagt, dass du Fragen in deinem Kopf hast. Stellen wir uns ihnen!»

Lina wurde selbstbewusster und ich überließ ihr vorerst das Kommando, auch wenn ich es war, die die erste Frage nach dem kompromittierenden Material stellte, das Lina am Hafen gesammelt hatte. Wir tauschten viele Informationen und Eindrücke darüber aus, was wir gesehen und erlebt hatten. Ich erzählte immer wieder von den Menschen, die ich am Hafen gesehen hatte, und ging auch auf das Bild ein, das ich beobachtet hatte und das lebendig zu sein schien. Wir waren uns beide einig, dass dies irgendwie der Schlüssel zum Verständnis vieler Dinge sein könnte. Lina hörte mir aufmerksam zu und stellte mir Fragen. Als sie die Rede hielt, ging sie mehr auf die Zusammenhänge ein, die zwischen Alex, Luca, Markus und letztlich uns bestehen könnten. Sie betonte, dass es kein Zufall sein könne, dass alle drei uns zu sich gezogen hätten.

Während wir uns unterhielten, verging die Zeit, ohne dass wir es überhaupt bemerkten. In einer Denkpause stieß Lina einen großen Seufzer aus und versuchte, sich von den Gedanken zu befreien, die sie quälten. Da ich sie gut kannte, wusste ich sofort, dass sie mir etwas sagen wollte, und so wandte ich mich an sie. *«Lina, bitte sag mir, was dir schwer fällt mir zu sagen.»*

Mit einem zweiten Seufzer entschloss sich Lina, ihr Herz auszuschütten und mir die Wahrheit zu sagen. *«Leider sagt mir die Logik, dass es das Einfachste ist, zu denken, dass Alex, Markus und Luca versuchen, uns zu umgarnen, um uns in die Hände dieser Art von satanischem Kult zu geben, wenn das der richtige Ausdruck ist, da er sich unter einem künstlerischen Deckmantel zeigt. Und frage mich nicht, warum wir, denn ich weiß es nicht. Vielleicht gibt es sogar keinen wirklichen Grund...!?»*

Ich antwortete ihr pauschal. *«Alex wurde nicht von der Polizei abgefangen. Ich frage mich dann: Was, wenn er nichts mit vergangenen Verbrechen und übernatürlichen Kräften zu tun hat? Ich meine, ist es richtig, das Risiko einzugehen, ihn in Schwierigkeiten zu bringen, ohne konkrete Beweise und in Anbetracht der Tatsache, dass er nicht in die Ermittlungen einbezogen ist?»*

Lina nickte langsam und verstand meine Sorgen. *«Du hast recht, wir können nicht riskieren, Alex ohne konkrete Beweise in Schwierigkeiten zu bringen. Aber gleichzeitig können wir auch nicht alles ignorieren, was wir herausgefunden haben.»*

Ich hob meinen Blick und sah Lina entschlossen an. *«Vielleicht können wir nach anderen Quellen suchen, weiter recherchieren. Wir könnten Informationen finden, die uns ein klares Bild von der Situation geben, ohne die Polizei einzuschalten. Vielleicht gibt es jemanden, der mehr über dieses Gemälde weiß und der darin verwickelt sein könnte.»*

Lina nickte und löste langsam die Anspannung in ihren Schultern. «*Damit riskieren wir zwar auch, dass wir uns irgendwie strafbar machen wegen Nicht-Zusammenarbeit mit der Justiz, aber wir wissen ja nicht viel darüber, und außerdem ... vielleicht könnte ich mit dem Material in meinem Besitz einen anonymen Brief an die Polizei schicken. Indem wir auf die Baustelle gegangen sind, haben wir uns im Grunde schon verdächtig und illegal verhalten! Jetzt, wo wir auf dem Spielfeld sind, spielen wir das Spiel!*»

«*Ja, das ist vielleicht die beste Lösung. Wir schützen nicht nur Alex, sondern auch uns selbst. Wenn wir dann etwas entdecken, das uns in Gefahr bringen könnte, sollten wir bereit sein, den Rückzug anzutreten und angemessene Hilfe zu suchen. Und übrigens, wir sollten Alex' Tagebuch weiterlesen, wer weiß, vielleicht finden wir ja etwas, das mit dieser mysteriösen Geschichte zu tun hat!*» fügte ich hinzu.

Wir tauschten einen entschlossenen Blick aus, denn uns war klar, dass wir es mit etwas zu tun hatten, das viel größer war als wir selbst. Aber inzwischen waren wir uns einig in unserer Entschlossenheit, die Wahrheit herauszufinden, ohne uns darin zu verwickeln.

Als wir das Café verließen, schien der frische, saubere Geruch des Regens ein Versprechen auf neue Anfänge und Abenteuer mit sich zu bringen. Während wir schweigend nebeneinander hergingen, war Lina immer noch in Gedanken versunken, während mich die Erinnerung an die Energie des Gemäldes, die mich einfach nicht in Ruhe ließ, erneut überfiel. Ich spürte sie ganz deutlich in mir. Ich befürchtete sogar, dass ich Anzeichen der Halluzination hatte.

16

Frank Rippe hatte es irgendwie geschafft, einen seltsamen Haufen von Experten für Esoterik, Magie und Okkultismus zu finden und zu sammeln. Er hatte keine großen Schwierigkeiten, ein paar auf dieselbe Branche spezialisierten Kriminalbeamte zu finden. Tatsächlich reichte eine einfache interne Suche im Polizeiprogramm aus. Um einen Aleister-Crowley-Forscher zu finden, musste Frank in die Tiefen des Internets eintauchen und Okkultismus-Foren durchsuchen. Dort fand er einen leidenschaftlichen Crowley-Experten namens Obel Obsidian, der bereit war, sein umfangreiches Wissen zu teilen.

Bei der Suche nach anderen Experten für Okkultismus, Magie und Medien war er jedoch sehr ratlos. Er musste zwischen Myriaden von improvisierten Personen, die er bereits als Scharlatane eingestuft hatte, wahre Experten erkennen und unterscheiden. Aber seiner Meinung nach waren fast alle, die er für Scharlatane hielt, tatsächlich Scharlatane.

Er beschloss daraufhin, seine Suche in einem alten Buchladen zu beginnen, der ihm eines Tages in einer anonymen Hamburger Straße aufgefallen war. Beim Blättern in verstaubten Wälzern fiel ihm ein seltsamer Band ins Auge: "Kunst, Magie und das kollektive Bewusstsein", dann sprang ihm ein Satz in fetten Buchstaben ins Auge, den er zufällig darin fand und der wie ein Zauberspruch klang. Er las ihn laut vor sich hin und hörte kurz darauf ein verdächtiges Geräusch, das von hinten kam. Plötzlich tauchte ein exzentrischer Mann mit Vollbart und dicker Brille hinter einem Regal neben ihm auf und erschreckte ihn. Rippe sprang mit wild klopfendem Herzen nach hinten und rief: «*Wer zum Teufel bist du?*»

Mit einem schiefen Lächeln antwortete der Mann, der für seine bizarren Theorien über arkane Energien bekannt war: «*Ich bin Professor Ferdinand Fogg, Experte für Esoterik und Geheimnisträger dieser Buchhandlung. Du hast mich mit deinem Zauberspruch herbeigerufen, lieber Freund.*» Dann legte er ihm unverhohlen lachend eine Hand auf die Schulter, um ihn zu beruhigen. Rippe kratzte sich am Kopf und erwiderte mit einem verlegenen Lächeln «*Ach ja, ich wollte niemanden zu mir rufen oder holen. Ich war nur neugierig! Aber jetzt, wo wir schon mal hier sind, möchte ich die Gelegenheit nutzen, dich um Hilfe in einer kleinen ... esoterischen Angelegenheit zu bitten...*»

Die beiden kamen ins Gespräch und Frank war überzeugt, dass der Professor, abgesehen von dem Scherz, wirklich vertrauenswürdig sein könnte, was er schließlich auch feststellte, indem er sich über ihn informierte.

Unter anderem war er für ihn auch nützlich, mit einer anderen Expertin in Kontakt zu treten: Ma-dame Zephyra, ein sensitives Medium, von der er später erfuhr, dass sie bei der Polizei bekannt war, weil sie bei der Suche nach vermissten Personen mitgewirkt hatte. Sie war eine ältere Frau, deren Anwesenheit eine

Aura von Weisheit und Mystik ausstrahlte. Irgendwie fand er sie faszinierend, betrachtete ihr faltiges Gesicht, ihre tiefliegenden Augen, ihre ruhige und eindringliche Stimme. Auch sie konnte vertrauenswürdig sein.

Agent Rippe hatte also ein kleines, eklektisches Expertenteam zusammengestellt, zu dem noch eine Kunsthistorikerin und ein "esoterischer Maler" hinzukamen, jeder mit seinen eigenen Besonderheiten und Fähigkeiten auf dem Gebiet des Okkultismus und der Magie.

Jeder arbeitete für sich allein. Er richtete jedoch auch wiederkehrende Treffen ein, um Informationen zu aktualisieren und auszutauschen.

Zunächst versammelte er sie alle im Sitzungssaal des Hauptquartiers, um ihnen genau zu erklären, womit sie es zu tun hatten. Bei dieser Gelegenheit stellte er das Gemälde vor, das von der Polizei beschlagnahmt worden war.

Er verteilte Mappen mit Informationsmaterial zum Sachverhalt, das er auch kurz mündlich erläuterte. Dann präsentierte er das Gemälde und bezeichnete es als einen Schlüssel zum Verständnis, der für die Ermittlungen von grundlegender Bedeutung ist.

«Hier vor euch, jetzt, "Die Anrufung von Crowley"» sagte Frank Rippe und stellte das Kunstwerk auf einen Bilderständer.

«Wie Sie sehen können, ist das Gemälde von bescheidener Größe, aber seine visuelle Wirkung ist außergewöhnlich. Aber ich überlasse es Ihnen, es zu beschreiben und zu kom-

mentieren, und übergebe das Wort zunächst an die Kunsthistorikerin Dr. Frida Hartmann.»

Die Frau beschloss, aufzustehen, um das Gemälde besser beobachten zu können und Zeit zum Nachdenken zu haben. Sie näherte sich dem Gemälde, ging dann zurück, um den richtigen Abstand zu finden. Dann näherte sie sich dem Gemälde erneut, ging nach rechts und später nach links, um jedes Detail zu betrachten. *Ich überlasse es meinen Kollegen, über die Symbolik zu sprechen... In der Zwischenzeit kann ich etwas auf der Bildebene sagen, nach meiner Beobachtung. Die Malerei reicht inzwischen vom Abstrakte Kunst bis zum Surrealismus und darüber hinaus. Der Künstler hat eine dunkle und beunruhigende Atmosphäre geschaffen, indem er eine intensive und tiefe Farbpalette verwendet. Schwarz, Blutrot und Smaragdgrün dominieren die Komposition und vermitteln ein Gefühl von Geheimnis und Macht. In der Mitte des Gemäldes befindet sich ein erhabener Kreis, der mit einer Maltechnik geschaffen wurde, die aus der Leinwand hervorzugehen scheint. Diese Technik spielte in der Kunstgeschichte in vielen verschiedenen Gesellschaften und Epochen eine wichtige Rolle, insbesondere in der italienischen Renaissance und vor allem im 15. Jahrhundert, als Künstler wie Donatello und Andrea Mantegna mit dieser Technik experimentierten, um sehr realistische und dreidimensionale Kunstwerke zu schaffen. Auf jeden Fall zeigt das Gemälde, abgesehen von dem Reliefkreis in der Mitte, die Verwendung von Mischtechniken, bei denen die Farben, ich wiederhole es, eine besondere und äußerst markante Ausdruckskraft haben.»*

Der esoterische Maler, das jüngste Mitglied der Expertengruppe, ergriff das Wort und sagte: *«Der erhabene Kreis in der Mitte ist ein klares Symbol für die Ewigkeit, würde ich sagen...»*

«Da wir gerade von Symbolen sprechen, lassen Sie uns hören, was Professor Ferdinand Fogg zu sagen hat!» sagte der Polizist.

«Guten Abend Ihnen allen, liebe Kollegen und Experten in der Welt der Kunst und des Okkultismus» leitete der bizarre kleine bärtige Mann seine Rede ein. *«Ich werde nun versuchen, das verschlungene Labyrinth aus Symbolen und Geheimnissen zu durchdringen, das dieses außergewöhnliche Gemälde darstellt. Wie Sie vielleicht bemerken, ist das Herzstück dieses Werks das Unikursale Hexagramm, ein Symbol von großer Bedeutung in der Thelema-Religion von Aleister Crowley. Das Unikursale Hexagramm, das im Zentrum des Gemäldes steht, ist eine Figur von außerordentlicher Komplexität und Bedeutung. Dieses Symbol steht für die Einheit in der Vielfalt, den spirituellen Weg und die kontinuierliche Entwicklung des Individuums. Seine gewundenen, ununterbrochenen Linien erzeugen ein Gefühl der unendlichen Bewegung und erinnern an die Idee des individuellen Willens, der sich in einem endlosen Weg manifestiert.»*

Frau Professor Hartmann stand immer noch neben dem Gemälde und meinte, den Worten von Professor Fogg etwas hinzufügen zu können. *«In Bezug auf das Hexagramm möchte ich sagen, dass die Ränder des Gemäldes eindeutig abstrakter Natur sind. Sie sind von einem chromatischen Fluss durchzogen, der sich durch die gesamte Komposition zieht. Ausgehend von den helleren, zarten*

Farben, die allmählich in tiefere, intensivere Töne überge-
hen, entsteht durch Formen und Farbwechsel ein Gefühl der
Bewegung, als ob eine direkte Verbindung zwischen dem
zentralen Hexagramm und der rituellen Handlung sugge-
riert werden soll. Das Symbol selbst erweckt bei mir den
Eindruck, dass es als "Katalysator" für diese mystischen
Zeremonien fungieren kann, die auf dem Bild nur abstrakt
angedeutet werden, dann aber auch tatsächlich stattfinden!»

Frank Rippe zu Frau Professor Hartmann: *«Neben*
dem Gemälde erscheinen mir auch Ihre Worte sehr abs-
trakt...»

Ruhig und kommentarlos sprach Professor Fogg
weiter. *«Neben dem Hexagramm fällt uns eine weitere*
Schlüsselsymbolik auf: die ineinander verschlungenen Initi-
alen "A" und "C", die sich nur auf Aleister Crowley, den
Meister des Okkultismus und Begründer der Thelema-
Religion beziehen können. Diese Initialen werden von ge-
mischten Schriftzügen flankiert, die eine eigene Sprache zu
sein scheinen, ein Geheimcode, der entschlüsselt werden
muss. Außerdem erinnert das Auge oben, ein von goldenen
Strahlen umgebenes "allsehendes" Auge, an die Ikonogra-
phie des allwissenden Auges, ein Symbol für Wissen und
Wahrnehmung jenseits des Gewöhnlichen. Es ist, als würde
das Auge in die Seele des Betrachters blicken und ein tiefes
Bewusstsein und ein Gefühl der göttlichen Gegenwart ver-
mitteln. Ich persönlich bin kein Kunstkenner, aber ich den-
ke, ich kann sagen, dass die vielen besprochenen Elemente
dieses Gemälde zu einem außergewöhnlichen und faszinie-
renden Kunstwerk machen. Zusammenfassend lässt sich
sagen, dass das Ölgemälde das Unikursale Hexagramm, das
zentrale Symbol von Aleister Crowleys Thelema-Religion,

auf geschickte Weise mit einer geheimnisvollen und rituellen Atmosphäre verbindet. Seine kraftvolle Simulation und geheimnisvolle Suggestion machen es zu einem außergewöhnlichen und faszinierenden Werk, das die Welt der esoterischen Zeremonien und spirituellen Kräfte heraufbeschwören kann.»

Frank Rippe: «Alles sehr interessant, aber auf praktischer Ebene frage ich mich, wie ein Gemälde eine entscheidende Rolle bei Ereignissen spielen kann, die sowohl in jüngster Zeit als auch in der Vergangenheit stattgefunden haben... Vielleicht hat uns unsere Expertin Madame Zephyra etwas zu sagen?»

Die ältere Frau räusperte sich, dann ergriff sie selbstbewusst das Wort. «Die Atmosphäre des Gemäldes ist mit einer rätselhaften Energie aufgeladen, und die Präsenz des Hexagramms in der Mitte der Komposition vermittelt ein Gefühl von spiritueller Kraft und Verbindung mit dem Göttlichen. Wenn man dieses Kunstwerk betrachtet, hat man das Gefühl, in eine Welt der Magie und des Mysteriums versetzt zu werden, in der die thelemitische Symbolik mit esoterischer Kraft verschmilzt. Nun... auf praktischer Ebene kann ich im Moment nur mögliche Theorien aufstellen. Zunächst einmal stimme ich Frau Dr. Hartmann zu, dass die Symbolik des Gemäldes als "Katalysator" für Zeremonien fungiert haben könnte, um es mit ihren Worten zu sagen. Ich würde sogar den Ausdruck "mentaler Katalysator" verwenden. Eine intensive mentale Verbindung mit dem Gemälde, vielleicht meditativ oder sogar in Hypnose, ermöglicht es der Person, große Mengen an Energie zu absorbieren, die ihr innere Stärke, Sicherheit und folglich eine größere psycho-energetische Aufladung verleihen. Indem wir ein Gemälde visualisieren, indem wir seine Energiequelle aufnehmen, erlauben wir der Energie selbst, in uns zu fließen und sich spontan in den Qualitäten zu manifestieren, die wir in diesem Moment am meisten brauchen. Im konkreten Fall dieses Gemäldes könnte die Energie den Weg der heidnischen Zeremonien gehen. Noch leichter vorstellbar ist es, wenn man auch von einem "kollektiven Bewusstsein" sprechen kann. Schließlich wissen wir alle, wie es Sekten gelingt, Menschen durch eine Kombination aus psychologischer Manipulation anzuziehen und zu beeinflussen. Die fragliche Sekte, und ich denke, da sind wir uns alle einig, hat sich auch des Bildes bedient.»

«Sie haben Recht, das Wort "auch" zu betonen! Genauso wie das Wort "Theorie", denn es ist nicht so naheliegend, sich vorzustellen, dass die Energie eines Gemäldes mit dem Leben der Menschen in Verbindung treten und zu einer Projektion für die Psyche werden kann!» mischte sich Frank Rippe kurz ein.

Im Grunde genommen wurde an diesem Tag nicht mehr viel gesagt. Es war ja auch der erste Ansatz der Gruppe bei den Ermittlungen. Der einzige, der die ganze Zeit über schwieg, dann aber den letzten Kommentar der Gruppe abgab, war der Crowleys Experte, Obel Obsidian:

«Ich werde Ihnen bei unserem nächsten Treffen sagen, was ich denke. Ich muss darüber nachdenken. In der Zwischenzeit möchte ich Ihnen einige Zitate von Aleister Crowley mit auf den Weg geben: "Der einzige wahre Zweck des Lebens ist die vollkommene Entwicklung des Willens. Wenn der Wille vollkommen entwickelt ist, ist das, was ein Mensch begehrt, von unbedeutendem Wert. Wenn er es aber

nicht ist, ist das, was er begehrt, alles, was er ist." Dieses
Zitat von Crowley unterstreicht deutlich die Bedeutung der
Vervollkommnung des eigenen Willens als Hauptziel des
Lebens. Das andere Zitat: *"Denken heißt handeln. Jede
Ursache ist ein Gedanke und jede Wirkung ist ein Ding."*
Dieses Zitat reflektiert die Bedeutung des Denkens und des
Willens bei der Beeinflussung der Realität.»

Nach diesen Worten wurde es still im Sitzungssaal...

Während alle über die Zitate von Aleister Crowley
nachdachten, hatte Frank Rippe stattdessen die Worte
von Madame Zephyra im Kopf: *"eine intensive mentale
Verbindung mit dem Bild, die einer Hypnose nahekommt."*

«Hypnose im Bild.... Was, wenn das der Schlüssel ist?»
sagte Frank schließlich, brach das Schweigen und ern-
tete die starren Blicke aller.

17

Wir hatten einfach Lust zu gehen. Ich war mit Lina und Alex' Tagebuch im Rucksack unterwegs, und wir gingen auf den Straßen von Großhansdorf, die an den Wald grenzten. Nach ein paar Kilometern beschlossen wir, in den Wald hineinzugehen, wo die Bäume immer dichter wurden. Wir wussten, dass es nur wenige Meter weiter einen kleinen See mit einer Bank gab. Der See war in das Laub der Bäume eingebettet, wie ein verstecktes Juwel im Herzen des Waldes. Seine unregelmäßige Form wurde durch geschwungene, natürliche Ufer hervorgehoben, die sich harmonisch in die Umgebung einfügten.

Wir setzten uns auf die Bank, in der Nähe der Wasserpflanzen, die aus dem Grund des Sees auftauchten, und der schwimmenden Blätter, die von den Bäumen fielen und kleine, bunte Wassergärten bildeten. Mitten in dieser märchenhaften Landschaft schlugen wir das Tagebuch auf. Nach einigen Seiten, die wir fasziniert gelesen hatten, beschlossen wir, die letzten Einträge des Tagebuchs zu lesen. Wir dachten, es könnte sehr wichtig sein...

Tag 32 – verloren in der Zeit

Ich erlebe gerade eine so unglaubliche Geschichte, dass ich das Bedürfnis habe, sie aufzuschreiben, und sei es nur, um Luft abzulassen und nachzudenken.

Luca ist wieder in meinem Leben aufgetaucht und hat das böse Gemälde mitgebracht. Ich kann nicht glauben, dass die Leinwand nach allem, was vor Gericht passiert ist, immer noch existieren kann. Es ist, als ob es einen Fluch mit sich trägt.

Luca fing an, mich damit zu drängen, dass das Gemälde esoterische Kräfte hat, und ich, unfähig zu rebellieren und vielleicht auch ein wenig neugierig, willigte ein, auf ihn zu hören. Ich hatte keine Ahnung, was mich erwartete.

In Wahrheit wusste ich nicht einmal, wie ich mich auflehnen sollte, denn Luca benutzte das Gemälde, um mich zu erpressen, indem er drohte, Informationen preiszugeben, die mein Leben ruinieren könnten. Es war, als hätte er die Kontrolle über mich, über jede meiner Handlungen.

Zu diesem Zeitpunkt entdeckte ich die Existenz dieser geheimen Sekte. Ich kann sie nicht einmal als Menschen bezeichnen, sie sind wie Monster. Sie zwangen mich, andere Menschen, Frauen, in verstörende heidnische Rituale einzubeziehen. Ich bemühte mich, mich ihnen zu widersetzen, aber Luca schien einen erschreckenden Einfluss auf mich zu haben.

Zum Glück konnte ich wenigstens etwas Zeit gewinnen. Ich hoffe wirklich, dass Luca diese Verzögerung nicht bemerkt, zumindest bis ich einen Weg gefunden habe, mich von all dem zu befreien. Im Moment gelingt es mir gut, meinen Willen zu verbergen, mich meinen erzwungenen Verpflichtungen zu entziehen, zumal ich mit einem ersten Schritt etwas bewiesen habe. Ich habe eine Frau namens Nina kennengelernt, eine unglaubliche Künstlerin, die sich

bereit erklärt hat, an einer geheimen Kunstveranstaltung teilzu-
nehmen, die Luca für die nahe Zukunft organisiert, wobei das Datum
noch festzulegen ist. Wir haben einige Zeit zusammen verbracht, um
die Details seiner geplanten Performance zu besprechen, die eine
seltsame Körperkunstperformance sein wird. Sie hat eine Art,
über ihre Kunst zu sprechen, die mir das Gefühl gibt, etwas weniger schmutzig zu sein, denn trotz der Tatsache, dass sie eine intime
und dramatische Performance aufführen wird, sind ihre Absichten
rein künstlerisch. Daher hoffe ich wirklich, dass sie respektiert
werden, ohne dass es zu anderen von ihr nicht vorgesehenen Ver-
wicklungen kommt.

Oder werden Luca und die anderen Sektenmitglieder vielleicht
trotzdem versuchen, sie zu benutzen, durch Täuschung oder Gewalt? Das ist die einzige Frage, die mich quält, abgesehen davon,
dass ich Nina noch nicht alles erzählt habe, was ich über die
beteiligten Personen weiß.

Abschließend möchte ich jedoch sagen, dass ich bisher noch
keinen Weg gefunden habe, mich aus diesem Albtraum zu befreien.
Luca und die Sekte scheinen eine Macht zu haben, die ich nicht
begreifen kann. Ich hoffe, dass ich eines Tages in der Lage sein
werde, dieser Falle zu entkommen und dem Schrecken ein Ende zu
setzen. Vielleicht finde ich eine Kraft, eine Reaktion, wie damals,
als ich ein kleiner Jung war... Ich erinnere mich gut... Ich war in
der Schule, auf dem Spielplatz, mit meinen Freunden. Damals
hatten wir uns angewöhnt, über die Tore zu klettern, wenn die
Schule geschlossen war. Dieser Ort war unser geheimer Ort,

unsere Gruppenbasis geworden. An einem Tag war ein Mädchen bei uns, das wir kannten. Ich mache es kurz... Beim Spielen und Scherzen wurde das Mädchen von meinen Freunden festgehalten. Sie fingen an die sie zu begrapschen. Sie gingen nicht über diese kleine Belästigung hinaus und vielleicht wären sie auch nicht weiter gegangen, aber Tatsache ist, dass sie keine Gelegenheit dazu hatten, weil ich mich in den Weg stellte, um sie zu befreien. Dann war alles vorbei, als wäre nichts geschehen. Auch das Mädchen wirkte nicht allzu erschüttert, fast so, als hätte sie nur eine Mutprobe bestanden. Ich hatte auf jeden Fall eine Prüfung bestanden, indem ich meine Freunde konfrontiert habe, auch psychologisch.

Mit dieser kurzen Geschichte, die mir gerade wieder eingefallen ist, möchte ich nur sagen, dass ich hoffe, diesen Mut, den ich in mir trage, wieder zu entdecken. In diesem Fall könnte ich mehr als eine Frau aus einer möglichen Gefahr befreien.

Ein paar Augenblicke lang sahen wir uns an, ohne etwas zu sagen. Was wir gerade gelesen hatten, war wirklich wichtig, auch wenn noch viele Fragen offen waren. Und ich hätte eine Liste von Fragen aufstellen können, was ich im Geiste auch wirklich tat, angefangen mit einer, die ich mir über das Tagebuch schon gestellt hatte: Hatte Alex es absichtlich vergessen, damit es in meinen Händen landete? War das der Anfang seines Plans, mich zu manipulieren, meine Gefühle durch das Lesen des Tagebuchs auszunutzen? Kam der Kuss also nicht von Herzen? Oder hatte er sich eine indirekte Suche nach Hilfe ausgedacht, da er wusste, dass ich wahrscheinlich auch diese letzten Seiten lesen würde? Aber wie kam er darauf, dass ich das Tagebuch behalten würde, ohne es zurückzugeben?!? Vielleicht war er mit sich selbst im Zwiespalt und zog es vor, das Schicksal entscheiden zu lassen?

Die Fragen waren wirklich zu viele... Warum neigte Alex dazu, sich zu isolieren? Wollte er nur Luca aus dem Weg gehen oder gab es auch andere Gründe? Wer zum Teufel war Luca wirklich? Und Markus?

Es hatte nur ein paar Momente der Stille gedauert, in denen ich neben Lina saß, bis all diese und andere Fragen meinen Kopf in rasantem Tempo füllten und nur noch geistige Verwirrung stifteten. Was jedoch sicher war, konnte man auf den Seiten des Tagebuchs lesen: Alex war, mehr oder weniger direkt, in irgendeiner Weise in die Sekte verwickelt.

Lena und ich fingen an, über die Lage zu diskutieren.

«Lina, ich bin so verwirrt! Ich frage mich immer noch, ob das Tagebuch absichtlich vergessen wurde oder nicht, und ich frage mich, ob Alex mich von Anfang an manipuliert hat. Tausend Fragen drängen sich mir auf, nicht nur über Alex. Und dann macht mir diese Sekte auch noch Angst! Wer sind denn Luca und Markus wirklich?»

«Es ist eine komplizierte Situation, Lena. Ich denke, es ist an der Zeit, offen mit Alex zu reden, ohne weitere Geheimnisse!»

«Vielleicht hast du recht, das sollte ich wirklich, schon um herauszufinden, ob der Kuss wirklich von Herzen kam oder ob er Teil eines intriganten Plans von ihm war.»

«*Ein Kuss ist immer eine komplexe Geste, Lena. Er mag aufrichtig gewesen sein oder auch nicht, aber nur Alex kann dir mit Sicherheit sagen, was er in diesem Moment für ihn bedeutet hat, auch weil Menschen sich ändern oder ändern können. Wer weiß, vielleicht hat dieser Kuss seine Art, mit den Dingen umzugehen, nicht verändert!*»

Als ich mit Lina über den Kuss sprach, kam mir plötzlich auch mein Kuss auf dem Sportplatz mit Markus in den Sinn. Ich hatte immer noch nicht die Zeit und den Mut gefunden, ihr zu sagen, was passiert war. Vielleicht hatte ich es aufgeschoben, weil ich es ihr nicht sagen wollte, um sie nicht zu verletzen.

Auf jeden Fall hatte ich nur Alex in meinem Kopf und beschloss deswegen, vom Thema Küssen wegzukommen. «*Lina, eine Sache noch. Auf der Flucht von der Baustelle hattest du mir erzählt, dass du Markus getroffen hast, den ich, wie du ja weißt, auch bei der Kunstaktion kennengelernt habe. Allerdings hast du mir immer noch nicht erzählt, was genau passiert ist und was er zu dir gesagt hat.*»

Lena schaute mir in die Augen, bevor sie sprach: «*Ich muss dir sagen, dass ich bei meinem Versuch, von der Baustelle zu fliehen, einige wirklich gruselige Momente erlebt habe. Die Anspannung war schon sehr groß, und dann... Ich konnte es dir nie sagen...*»

«*Oh mein Gott, Lina! Bitte erzähl mir, was passiert ist?*»

«*Also, ich habe versucht, heimlich von der Baustelle zu verschwinden, ja? Aber plötzlich stand ich Markus gegenüber. Er hat versucht, die Tatsache, dass ich da war, herun-*

terzuspielen und hat mir vorsichtig viele Fragen gestellt, um mich zum Bleiben zu bewegen.»

«Okay, gut. Aber was ist dann passiert?»

«Nun, er packte mich plötzlich am Arm und erschreckte mich sehr. In diesem Moment reagierte ich instinktiv und schaffte es, vor ihm wegzulaufen.»

«Was für ein Idiot! Was hast du dann gemacht?»

«In den folgenden Tagen versuchte er, mich telefonisch zu erreichen. Er sagte mir, dass er mich gerne sehen würde, um die Dinge zu klären, und versprach, mich nicht zu verletzen. Er sagte sogar, er fühle sich zu mir hingezogen und wolle sich entschuldigen, weil er so schroff war.»

«Oh, Lina, das ist eine sehr komplizierte Situation. Ist dir klar, dass er sich nach "allem", was passiert ist, als sehr gefährlich erweisen könnte? Ich habe den Eindruck, dass sich hinter dem hübschen Gesicht die rechte Hand von Luca verbirgt! Vergessen wir nicht die vielen Zufälle, vor allem, dass es unvorstellbar ist, ihn in Großhansdorf (wo ich wohne) getroffen zu haben, und dass er zufällig Luca und Alex kennt. Als ob die Sekte, mit der sie in Kontakt stehen, nicht genug wäre, ziehen sie auch noch Frauen an!»

«Ich bin mir nicht sicher, Lena. Das ist alles so seltsam und verwirrend. Ich weiß nicht, ob ich mich mit ihm treffen soll oder nicht.»

«Hör mal, ich habe es auch aufgeschoben, dir etwas über Markus zu erzählen: Er hat mich geküsst und ich konnte nicht gleich wieder abhauen. Aber das war das Ende für mich. Ich habe es hinausgezögert, weil ich Angst hatte, dich zu verletzen. Ich weiß, dass du ihn eigentlich magst! Aber ich sage dir noch einmal, dass er gefährlich sein könnte und nach dem, was wir im Tagebuch gelesen haben, nicht mit

Alex vergleichbar ist. Wenn man darüber nachdenkt, hat Luca zu diesem Zeitpunkt etwas mit der Sekte zu tun. Markus wiederum wäre die perfekte Figur von Lucas rechter Hand, vielleicht sogar der Anführer der Gruppe.»

Ich hoffte inständig, dass Lina mir wegen des Kusses mit Markus keinen Groll entgegenbrachte. Ihre Reaktion machte mich jedoch stutzig. Ich bemerkte sofort, dass ihre Augen glasig wurden und ihr Blick sich in der Leere verlor. Dieses Mal versuchte sie, den direkten Blickkontakt mit mir zu vermeiden. Ihre Gesichtsausdruck war für mich traurig, emotionslos, als ob sie versuchte Gefühle zu verbergen. Sie schaffte es, mit unsicherer Stimme zu sagen. *«Bitte lass mich darüber nachdenken, und lass uns jetzt nicht mehr darüber reden. Alles zu seiner Zeit.»*

Ihre kurzen, entschlossenen Sätze, die sie mit gedämpfter Stimme aussprach, waren die Bestätigung dafür, dass ich sie mit meinen Worten verärgert hatte. Dann hörte ich mich selbst zu ihr sagen: *«Na gut, lassen wir uns etwas Zeit. Ich möchte dir noch sagen, dass es mir leidtut, wenn ich dich verletzt habe. Ich wiederhole, dass der Kuss mit Markus für mich nichts bedeutet. Ich habe nur Alex in meinem Kopf. Es war ein Fehler, der Versuchung nachzugeben.»*

«Ich verstehe das. Trotzdem bin ich traurig. In dieser schwierigen Lage, in die wir hineingestolpert sind, muss ich auch mit meinen Gefühlen klarkommen. Das ist schwer! Ich verstehe nicht, warum ich mich immer in Schurken verliebe und warum du immer mehr Erfolg bei Männern hast als ich. Natürlich freue ich mich für dich, aber mein Stolz blutet.»

Ich antwortete ihr nicht. Stattdessen zog ich es vor, auf sie zuzugehen und sie zu umarmen. Ich umarmte sie mit Vertrauen und Zärtlichkeit zugleich. Am liebsten hätte ich zwischen uns eine uneinnehmbare Festung gegen die Stürme des Lebens geschaffen, einen sicheren Hafen, in dem wir die Zeit anhalten konnten, die stattdessen im Rhythmus unserer Herzen floss, die ich in einem fast synchronen Rhythmus vereint schlagen fühlte.

Die Umarmung dauerte lange, als ob die Welt da draußen aufgehört hätte zu existieren. Wir spürten die positive Energie, die zwischen uns floss, unsere Seelen nährte und unsichtbare Wunden linderte. Es war eine Umarmung, die mehr sagte als tausend Worte, eine Geste der bedingungslosen Freundschaft, die das Band zwischen uns stärkte. Als wir uns schließlich langsam voneinander lösten, trafen sich unsere Augen wieder. Da wussten wir, dass wir alles gemeinsam bewältigen konnten.

Dann löste ich mich leicht von ihr, gab ihr einen kleinen Kuss auf den Mund und sagte: «*Genau das! Das ist ein Kuss, der für mich zählt! Ich habe dich unendlich lieb!*»

18

«*Guten Morgen, Herr Wagner! Ich hoffe, Ihr Büro ist heute gut inszeniert, wie eine von Richard Wagners Opern. Wenn ich im Hintergrund epische Musik höre, weiß ich, dass ich hier richtig bin!*»

Der Kommissar, genervt von den immer gleichen Witzen von Frank Rippe, hob die Augen nach oben und sagte, um seine lange verlorene Geduld wiederzuerlangen: «*Ach, wi-wi- wirklich? Schon wi-wie-der dieser Sch-scherz?*»

«*Na ja, ich dachte nur, heute wäre ein guter Tag, um etwas Wagner-Dramatik ins Büro zu bringen, das hoffentlich genauso gut verteidigt wird wie der Ring des Nibelungen! Ich hoffe, ich muss keinen Feuergraben durchqueren, um zu deinem Schreibtisch zu gelangen, oder?*»

«*Ich muss zu-zu-zugeben, dass dei-dein Er-Erfindungsreich-reichtum bei der Wieder-wiederholung der-derselben Zei-zeilen nur von meiner NICHTeinhaltung von Wagners Musik übertroffen wird, und na-natürlich muss man keinen Feuer-feuergra-Feuergraben du-du-durchqueren, um zu meinem Schreibtisch zu gelangen, sondern eine or-ordentliche Standpauke!*» rief der Kommissar. Dann beruhigte er sich und fuhr ohne zu stottern fort: «*Außerdem scheint es, dass DU der Wagner deiner Witze geworden bist. Vielleicht sollten wir anfangen, dich Maestro zu nennen und jedes Mal eine Symphonie des Lachens zu erwarten, wenn du sprichst!*»

Die beiden Polizisten hatten sich inzwischen daran gewöhnt, wie ein paar Kinder herumzualbern, bevor sie sich den ernsten Dingen zuwandten. Es war eine Art Ritual, bei dem Kommissar Wagner nur scheinbar genervt wirkte. In Wahrheit respektierten sich die beiden trotz der unterschiedlichen Arbeitshierarchien und Einstellungen und mochten sich schließlich sogar gegenseitig.

«Also, Frank, lassen wir diese netten kleinen Scherzereien und kommen wir zu den ernsten Dingen. Ich hätte gerne eine erste Aktualisierung.»

Frank Rippe wurde wie ein Blitz aus heiterem Himmel ernst, er gewann sogar eine gewisse Professionalität.

«Sehr gut! Gehen wir der Reihe nach vor. In der Vergangenheit wurden wir Zeugen von Verbrechen im Zusammenhang mit einer geheimen heidnischen Sekte. Zwei Frauen verloren ihr Blut und ... ihr Leben, unter ziemlich makabren Umständen, und zwei weitere verschwanden auf mysteriöse Weise. Die bei den Ermittlungen gesammelten Beweise zeigten eine klare Verbindung zu der fraglichen Sekte. Bei der jüngsten Razzia in der verlassenen Werft haben wir keine schweren Verbrechen aus der Vergangenheit festgestellt, aber wir haben mehrere Personen verhört, darunter eine Person, von der wir stark vermuten, dass sie diese alten Verbrechen begangen hat oder an ihnen beteiligt war. Die bei der Verhaftung gesammelten Beweise und die Aussagen der anderen Verhafteten scheinen den starken Verdacht hinsichtlich seiner aktiven Beteiligung an der Sekte und den begangenen Verbrechen zu bestätigen.»

«*Alles klar. Darüber bin ich natürlich informiert, und es ist nicht notwendig, dass wir uns jetzt weiter vertiefen. Lass uns fortfahren.*»

«*Derzeit arbeiten wir parallel, einerseits unter Einsatz der Polizeikräfte, um die Ermittlungen weiter zu vertiefen, indem wir die Festgenommenen erneut befragen und materielle Beweise auf der Werft sammeln, andererseits jedoch unter Einsatz der Mitglieder der gerade erstellten Expertengruppe, wie von mir angefordert, die auf … alternative Ermittlungsmethoden setzen werden. Ich will versuchen, schematisch zu sein....: Die Experten werden in Zusammenarbeit mit der Polizei intuitive Methoden anwenden, die auf Symbolik oder konzeptionellen Prinzipien, esoterischen Ansätzen und metaphysischen Ermittlungsmethoden basieren. All dies, kurz gesagt, auf einer informellen Linie.*»

Kommissar Wagner war beruhigt darüber, wie schnell sein bester Polizist den Fall übernahm. Er war wieder einmal erstaunt über dessen Fähigkeit, von Frivolität und Oberflächlichkeit auf höchste Ernsthaftigkeit umzuschalten. «*OK Frank! Der Mechanismus ist also in Gang gekommen. Das ist wichtig, jetzt, wo uns nicht einmal die Presse eine Pause gönnt. Und was kannst du mir über den Verdächtigen sagen, den du erwähnst hast?*»

«*Zunächst einmal scheint er sich in Luft aufgelöst zu haben. Wir können ihn einfach nicht ausfindig machen. Es handelt sich um David Krah.*»

«*Erzähl mir von ihm.*»

«*Also... Er ist 58 Jahre alt, groß und schlank, trotz seines Alters hat er lange, dunkle Haare. Er hat intensive grüne Augen, die von einer Brille mit großem Rahmen verdeckt werden. Er trägt gewöhnlich schwarze Kleidung. Sein Haus* in Pinneberg scheint nur ein Stützpunkt zu sein, und er hält sich gewöhnlich an verschiedenen Orten auf. Als Folge des tragischen Todes seiner Familienmitglieder wurde er aus psychischen Gründen in den Vorruhestand versetzt. In der Vergangenheit war er als Hochschullehrer tätig. Er hat eine akademische Ausbildung in Anthropologie und Religionsgeschichte, die es ihm ermöglichte, ein tiefes Wissen über heidnische Praktiken und alte Rituale zu entwickeln. Der Verdacht gegen ihn steht im Zusammenhang mit...»

Der Satz wurde von einer jungen Polizistin unterbrochen, die in dem Moment in das Büro stürmte und an die Tür klopfte, ohne eine Antwort abzuwarten.

«Herr Kommissar, wir haben einen Mord! Er scheint mit der Sekte zusammenzuhängen!»

Kommissar Wagner sprang auf und machte große Augen. Als Rippe zur Seite trat, sagte er entschlossen: «Machen wir das Team bereit und fahren zum Tatort! Ich will alle Details, die wir bekommen können!»

19

«**M**arkus ist hingerichtet worden!»

«Was sagst du da!?!»

«Bist du taub geworden oder was? Markus ist hingerichtet worden. Er ist tot.»

Alex erstarrte vor Luca und sagte: «Wie ist das möglich?»

«Er wurde direkt von unserem Anführer hingerichtet, weil er zugelassen hat, dass diese junge Frau, Lina, sich zwischen uns drängt. Du weißt sehr gut, dass Lina und damit auch Lena unsere Pläne gefährden.»

«"Unsere" Pläne? "Eure" Pläne! Luca, vergiss nicht, dass du mich damit reingezogen hast?"

«Und du, vergiss nicht, warum ich dich da reingezogen habe! Habe ich mich klar ausgedrückt? Das ist genau der Punkt. Ich möchte dich davor warnen, was du riskieren würdest, wenn du es vermasselst. Ich habe mehr als einmal gesehen, wie du Lena ansiehst. Ich bin nicht von gestern!»

Die beiden Männer sahen sich in die Augen und waren sich bewusst, dass die Situation eine größere und ernstere Dimension annahm. Der Konflikt zwischen ihnen, der Tod von Markus und die Geheimniskrämerei und Gefahr ihres Anführers war keine Kleinigkeit.

Dann stand Luca von der Bank des Tennisplatzes auf und reichte Alex die Bälle, der sich bereits in die Mitte des Platzes gestellt hatte. Zwischen ihnen symbolisierte das Netz eine weitere Trennung. Diesmal sahen sie sich in die Augen wie Duellanten. In ihrem Blick lag das ganze Gewicht einer komplexen Beziehung, die zunächst aus einer Quasi-Freundschaft aus der Zeit als Arbeitskollegen entstanden war und später durch alle Intrigen, die folgten, getrübt wurde. Allmählich begann sich alles zu verkomplizieren und mit Konflikten zu belasten. Alles begann mit diesem Gemälde. Wie ein Fluch. Lucas Leidenschaft für die Esoterik hatte ihn in etwas hineingezogen, das größer war als er selbst. Etwas, das ihn zu verwandeln vermochte. Seine Veränderung und die damit verbundenen Ereignisse zogen Alex mit sich wie ein unaufhaltsamer Strom. Ihre Beziehung begann sich zu verändern und zu intensivieren, als die Gefühle des Aufklärers wie ein metastasierendes Krebsgeschwür ihre Beziehung negativ beeinflussten. Alex fand sich in einem Strudel der Erpressung gefangen und versuchte vergeblich, sich zu befreien.

Der Blick, der mit so vielen negativen Emotionen verbunden war, führte zu einer seltsamen Art von Duell auf einem Tennisplatz. Die direkte Konfrontation, die im wirklichen Leben vermieden wurde, fand bei dieser sportlichen Begegnung statt, bei der Alex das Gefühl hatte, dass er fair und gleichberechtigt kämpfen konnte. Zumindest bei dieser Gelegenheit konnte er Luca, der ein guter Tennisspieler war, aber nicht so gut wie er, in Schach halten.

Kurzum, das Tennismatch war viel mehr als nur ein sportlicher Wettkampf. Es war für beide eine Art

Katharsis, ein Weg, die über die Jahre angesammelten Spannungen abzubauen.

Alex nahm seinen Aufschlag an und schickte den Ball mit einem kraftvollen Vorhandschlag mit rücksichtsloser Präzision auf die andere Seite des Netzes. Luca rannte, um den Ball zu schlagen, aber es war klar, dass er nicht auf Alex' Niveau war. Dieser beherrschte den Platz, antizipierte jede Bewegung von Luca und antwortete mit erfolgreichen Schlägen. Jeder Punkt, den er erzielte, war ein kleiner Triumph für Alex, der spürte, wie sein Selbstvertrauen wuchs, je mehr Punkte er für sich verbuchen konnte.

Aber Luca war nicht gewillt, sich so leicht geschlagen zu geben. Mit jedem verlorenen Punkt versteifte er sich mehr und mehr, entschlossen zu beweisen, dass er sich von Alex nicht so einfach besiegen lassen würde. Sie tauschten schnelle und kräftige Schläge aus, gingen an ihre körperlichen und geistigen Grenzen und forderten sich nicht nur auf dem Boden, sondern auch in ihren Seelen heraus.

Das Match erreichte seinen Höhepunkt, als sich der Punktestand dem Gleichstand näherte. Alex und Luca waren erschöpft, aber entschlossen, nicht aufzugeben. Jeder Punkt war eine Gelegenheit, ihre Überlegenheit zu beweisen. Die Rivalität, die sich im Laufe der Jahre entwickelt hatte, entlud sich schließlich auf diesem Tennisplatz, und nichts konnte sie aufhalten.

Doch in einem entscheidenden Moment verletzte sich Luca leicht. Er begann, sich das Handgelenk zu halten, und kündigte an, dass er das Spiel nicht fortsetzen könne. Obwohl Alex das Spiel für sich entscheiden konnte, empfand er eine bittere Enttäuschung. Er wurde in der Tat des Geschmacks des nun fast schon feststehenden Sieges beraubt

Als sie den Tennisplatz verließen, blieben Alex und Luca draußen an einem kleinen Tisch sitzen und tranken zwei Bier. Nach dem ersten Schluck wurde Luca wieder ernst, ihre Gesichter waren angespannt.

«*Alex*» flüsterte Luca «*du musst verstehen, dass Lena und Lina nie dazu bestimmt waren, sich uns als Langzeitmitglieder anzuschließen.*»

Alex hob eine Augenbraue, fasziniert und besorgt. «*Wie meinst du das?*»

Luca deutete ein halbes Lächeln an, um ihm zu versichern. «*Ob vorher oder nachher, sie sind beide dazu bestimmt, Opfer zu werden.*»

Alex' Augen weiteten sich vor Überraschung und Entsetzen. «*Was? Menschenopfer? Das kann doch nicht Ernst sein! Ich wusste ja von den geheimen heidnischen Riten, aber hier sprengt ihr wirklich die Grenzen der Vernunft! Bei "Opfergaben" handelt es sich nicht mehr um Kunst oder Esoterik um ihrer selbst willen. Das ist "MORD"!*»

Luca senkte seine Stimme, als hätte er Angst, dass jemand sie hören könnte. «*Sei nicht so naiv. Ich habe auch nicht wirklich geglaubt, dass ich dieser Realität gegenüberstehe, aber jetzt stecke ich bis zum Hals drin und kann nicht mehr aussteigen. Und du kannst es auch nicht!*»

Alex war fassungslos. «*Aber woher weißt du das alles?*»

Luca seufzte schwer. «*Wie ich dir schon sagte, muss Lina durch ihr Schnüffeln etwas herausgefunden haben. Die*

Sache hat Markus das Leben gekostet, und er hat nicht darauf reagiert, wie es der Anführer erwartet hätte. Dann habe ich Gespräche zwischen einigen Mitgliedern mitbekommen. Sie waren besorgt, dass Lena und Lina unsere Geheimnisse verraten oder uns in Gefahr bringen könnten. Also wurde beschlossen, dass sie den Göttern geopfert werden sollten, um uns zu schützen. Übrigens, Alex, erzähl mir nicht, dass du nicht wusstest, dass das, was in der Vergangenheit passiert ist und worüber auch in den Medien berichtet wurde, auf unsere Gruppe zurückgeführt werden kann!»

Alex zitterte vor Wut und Bestürzung. «*Wir können das nicht zulassen. Wir müssen etwas tun, um sie zu retten. Außerdem, warum redest du von "unserer Gruppe"? Ich bin doch gerade erst mit Erpressung dazu gebracht worden! Und ich habe keinen Vertrag unterschrieben, wenn man es so nennen kann. Außerdem, warum das Wort "Gruppe", oder "Anführer" und das war's? Kann man das Wort nicht bei seinem richtigen Namen nennen? Solange man sich mit Kunst und Esoterik beschäftigt, kann das alles interessant sein. Selbst Aleister Crowley hatte meiner Meinung nach keinen kriminellen Absichten. Ich bin auch zunehmend erstaunt über dich Luca. Für mich warst du schon immer ein begabter Künstler, aber jetzt gerätst du in etwas hinein, was meiner Meinung nach nicht zu dir gehört. Es ist, als ob du eine Metamorphose durchmachst. Du verwandelst dich in eine Person, die nicht zu dir gehört, die nicht Teil deines Wesens ist. Du wirst zu einem Monster. Ich dachte, deine Abneigung mir gegenüber sei nur auf deine künstlerische Leidenschaft zurückzuführen, auf diese gerichtliche Affäre in der Vergangenheit. Aber jetzt haben wir es mit etwas anderem zu tun. Etwas zu Großem und Bösem! Wo willst du mich da hineinziehen? Und vor allem, warum? Das ist doch alles absurd! In meinen Augen willst du mich durch etwas manipulieren, das dich selbst manipuliert! Luca, bitte sei wieder der Luca, der du warst, als ich dich kennengelernt habe. Denke nur an deine Kunst und lass dich nicht von außen korrumpieren!»*

Luca nickte, mit grimmiger Entschlossenheit in seinen Augen. Alex' Worte hatten ihn berührt. Das konnte er spüren. Allerdings konnte man nicht sagen, ob die Wirkung ihn zur Vernunft hatte bringen können, oder ob die Worte im Gegenteil noch mehr Öl ins Feuer gegossen hatten.

In der Zwischenzeit, da Alex den Mut gefunden hatte, offen mit Luca zu sprechen, geriet das Schicksal von Lena und Lina in ein prekäres Gleichgewicht.

20

Als Kommissar Wagner sich dem Sportplatz näherte, verbarg sich die Sonne immer wieder in den Wolken, um dann hell über Großhansdorf unterzugehen. Die Lichter des Sportplatzes begannen zu leuchten und erzeugten eine unwirkliche Atmosphäre an diesem sonst so lebendigen und fröhlichen Ort. Jetzt aber hatte eine Sitzbank den Platz einer stillen Agonie eingenommen. Auf der Bank saß die Leiche von Markus, die Arme baumelten an den Seiten, der Kopf war nach hinten geneigt, als hätte er sich einfach entschieden, sich nach einem anstrengenden Training auszuruhen. Am beunruhigendsten war jedoch ein auffälliges Hexagramm, das schnell auf seine Stirn gezeichnet worden war, als hätte jemand eine makabre Signatur hinterlassen wollen.

Kommissar Wagner näherte sich langsam, den Tatort fest im Blick. Experten in weißen Anzügen waren bereits bei der Arbeit, machten Fotos und sammelten Proben. Ein Mann mittleren Alters mit grauem Haar und dicker Brille trat an Wagner heran. Es war der Gerichtsmediziner der Behörde, Dr. Müller. «Kommissar Wagner» sagte er in ernstem Ton «es scheint, als hätte unser Freund eine unangenehme Begegnung gehabt.»

Wagner nickte und antwortete mit ruhiger, aber entschlossener Stimme: *«Herr Dr. Müller, was können wir bisher über die Todesursache sagen?»*

Müller zog ein Paar Handschuhe hervor und deutete mit einer Geste auf den Kadaver. *«Alles deutet auf eine Vergiftung hin. Es gibt keine Anzeichen für äußere Verletzungen oder Anzeichen für einen Kampf. Außerdem deutet die Körpertemperatur darauf hin, dass der Tod anderswo eingetreten ist und die Leiche dann hierhergebracht wurde.»*

Wagner nickte erneut, dann wandte er sich an den Polizisten seines Vertrauens, Frank, der ein paar Schritte hinter ihm stand. *«Frank,»* sagte der Kommissar mit Blick auf die Leiche mit dem Hexagramm auf der Stirn *«wir müssen herausfinden, wer das getan hat und warum. Es scheint mir klar zu sein, dass der oder die Mörder Teil der mysteriösen Sekte sind...»*

Frank nickte entschlossen. *«Mehr als offensichtlich, angesichts des Hexagramms auf der Stirn und da wir bereits Beweise dafür haben, dass das Opfer mit dieser Sekte in Verbindung stand.»*

«Ich frage mich, was sie uns damit sagen wollen. Bis jetzt waren sie immer schwer fassbar, nicht greifbar. Warum sollten sie plötzlich ein so offensichtliches Zeichen hinterlassen?»

Frank blieb einen Moment lang nachdenklich, bevor er antwortete. *«Meiner Meinung nach wollten sie durch die Verwendung einer Mördersignatur ihre Präsenz und Stärke bekräftigen. Indem sie absichtlich die Aufmerksamkeit auf sich lenken, haben sie sich exponiert, um uns zu erschrecken oder herauszufordern.»*

Kommissar Wagner begann, das Hexagramm aufmerksam zu betrachten, als ob er darin den Schlüssel zu allem finden könnte. In Wahrheit versuchte er nur, in diese dunkle Realität einzutauchen. «*Na gut, es könnte eine Machtdemonstration sein, Frank. Vielleicht denken sie, dass die Angst und Verwirrung, die sie säen, Teil ihrer Philosophie ist. Sie wollen vielleicht, dass wir uns ihnen gegenüber machtlos fühlen. Alles plausibel, aber ich frage mich dann, warum sie es durch eine interne Hinrichtung tun wollten. Weil es eine explizite Hinrichtung ist, oder liege ich da falsch?*»

Frank berührte nachdenklich sein Kinn. «*Es könnte eine Botschaft an sich sein, eine direkte Warnung auch an die Mitglieder der Sekte. Sie wollen zeigen, dass sie bereit sind, bis zum Äußersten zu gehen, dass sie keine Angst vor den Konsequenzen haben. Es könnte aber auch einen anderen Grund für diese Brutalität geben. Zweifellos müssen wir tiefer graben und herausfinden, was sie wirklich motiviert, jenseits von Äußerlichkeiten.*»

Der Kommissar schien das Gespräch aufschieben zu wollen und zog die ersten Schlüsse. «*Natürlich! Wir müssen entschlossen handeln und die Ermittlungen gegen die Sekte intensivieren. Frank, ich glaube, ich muss dich nicht daran erinnern, wie wichtig der Beitrag von Experten sein kann. In der Zwischenzeit bleibt auch noch zu klären, ob der Mord von einer Person begangen wurde oder nicht. Eine Vergiftung kann auch eindeutig von nur einer Person durchgeführt werden. Das ist sogar statistisch am häufigsten der Fall. Aber diese ganze Inszenierung allein zu organisieren, einschließlich des Leichentransports, erscheint mir*

komplexer und riskanter. Mal sehen, was die Gerichtsmedi-
ziner dazu sagen.»

Frank: "Na - na - na- naaaa! Na - na - na- naaaa!"

Kommissar Wagner: «*Schon wieder! Bei Beethovens*
fünfter Symphonie kannst du dich wenigstens nicht mehr
über mich lustig machen!»

Frank: «*Ach! mach dir keine Sorgen. Ich weiß, dass*
Beethoven unantastbarer Boden ist und dass Beethoven und
Wagner sicher nicht dasselbe sind, aber was kann ich tun?
Ich bin eine von der Kunst gequälte Seele!»

Diesmal begann der Inspektor ungewöhnlicher-
weise zu lachen.

21

Der eisige Hamburger Wind peitschte durch die gepflasterten Straßen. Ich fühlte mich wie ein Eisblock, und das lag nicht nur an der klirrenden Kälte. Die Aufregung ließ mich die Kälte noch mehr spüren und ich zitterte mehr als ich sollte. Mit Herzklopfen war ich tatsächlich mit Lina auf dem Weg zur Polizeiwache.

Mit einem kalten Lufthauch wandte ich mich an Lina *«Lina, ich zittere vor Kälte und Aufregung. Ich überlege noch, ob wir ihnen alles erzählen sollen oder nur das Wichtigste. Eigentlich ...»*

«Ich weiß, Lena!», unterbricht Lina. *«Du willst Alex decken! Das haben wir doch schon besprochen. Komm schon! Die Sache ist ernst, wir würden riskieren, mit dem Feuer zu spielen. Außerdem hat die Polizei so vielleicht nicht alle Informationen, die sie braucht, um die Sache richtig zu bearbeiten.»*

Nachdenklich sagte ich zu ihr *«Weißt du, das ist für mich ein Dilemma. Vielleicht könnten wir damit beginnen, die wichtigsten Fakten und Dinge zu erzählen, die wir mit Sicherheit über die Sekte wissen. Wenn sie uns dann bitten, ins Detail zu gehen, können wir das jederzeit tun. Findest du nicht?»*

Lina biss sich auf die Lippe, bevor sie antwortete. *«Klar, so verraten wir nicht gleich alles, aber wir zeigen, dass wir bereit sind, mit der Polizei zusammenzuarbeiten.»*

Ich stieß einen kleinen Seufzer der Erleichterung aus.

«Ja, genau. Auf diese Weise gehen wir wenigstens einen Schritt nach dem anderen.»

Dann schwiegen wir, jede in ihre eigenen Gedanken versunken, bevor wir bei der Polizeistation ankamen, die uns telefonisch für den fraglichen Fall genannt worden war. Ich dachte auch daran, dass Alex sich wieder in Luft aufgelöst zu haben schien und dass ich es Lina aus Gewissensbissen zum x-ten Mal nicht gesagt hatte.

Wie von Geisterhand standen wir plötzlich vor dem Gebäude. Es war ein majestätisches Gebäude aus grauem Stein, mit einer Reihe von symmetrisch angeordneten Fenstern an der Hauptfassade, jedes mit präzisen gezogenen weißen Vorhängen. Das Gebäude schien die für deutsche Institutionen typische Ordnung und Effizienz widerzuspiegeln, als ob es ein Leuchtfeuer der Autorität, eine beruhigende Präsenz für die Gemeinschaft, der es diente, darstellen würde. Auf mich hatte es jedoch eine fast gegenteilige Wirkung, vielleicht auch wegen meiner momentanen Stimmung. Tatsache ist, dass ich mich überhaupt nicht beruhigt fühlte, schon gar nicht beim Betreten des Gebäudes, wo ich ein effizienteres und diszipliniertes Umfeld erwartet hätte. Stattdessen fühlte ich mich von einer Horde ernst dreinblickender Polizisten bedrängt, die scheinbar darauf bedacht waren, chaotisch, kalt und gleichgültig ihrer Arbeit nachzugehen.

Man sagte uns, wir sollten vor der Tür von Frank Rippes Büro warten. Während wir warteten, sah ich eine ältere Frau auf das Büro zukommen, deren weise Ausstrahlung mich sofort gefangen nahm. Sie blieb vor uns stehen und stellte sich als Madame Zephyra vor. Als sich unsere Blicke trafen, schien es, als ob die Zeit stehen bliebe. Wir sahen uns an, als wären wir von einem Zauberspruch hypnotisiert. Lina war völlig fasziniert, während die ältere Frau auf mich zukam, mutig meine Hand nahm und mich aufmerksam beobachtete. Dann verabschiedete sie sich mit einem undefinierbaren Lächeln, betrat das Büro ohne zu klopfen, drehte sich zu uns um und sagte, dass wir uns sicherlich auch in Zukunft wiedersehen würden

Diese kurze Begegnung hinterließ bei mir ein Gefühl der absoluten Verwunderung. Zugleich hatte sie mich verzaubert. Ich fühlte mich wie elektrisiert, wie von einer mystischen Wärme umhüllt. In Wahrheit wäre es nicht allzu überraschend gewesen, wenn ich bereits gewusst hätte, dass sie ein Medium war.

Dann betrat ich mit Lina das Büro. Wir wurden von Kommissar Wagner begrüßt, der uns einlud, auf der einen Seite des Raumes Platz zu nehmen, wo ein kleiner Tisch stand. Zu unserer Rechten, unter einem großen Fenster, war eine kleine Gruppe skurril aussehender Menschen versammelt, darunter Madame Zephyra, die uns als eine Gruppe von Esoterikern vorgestellt wurde. Auf der linken Seite, am Schreibtisch, saß der Kommissar zusammen mit Agent Rippe. Überraschenderweise ergriff Madame Zephyra sofort das Wort. «*Entschuldigung bitte, wenn ich gleich etwas sagen muss. Wir brauchen keine Zeit damit verschwenden, herauszufinden, ob unsere beiden "Besucherinnen" Mythoma-*

ninnen sind oder nicht. Sie sind es nicht! Sie sind beide auf der Suche nach Hilfe, und jede von ihnen hat mit inneren Konflikten zu kämpfen, weil sie sich zu diesem Schritt entschlossen haben. Ich weiß es, weil ich es spüre. In Anbetracht dessen würde ich ihnen raten, es ihnen wohlgefällig zu gestalten. Im Gegensatz zu dem, was man uns im Fernsehen weismachen will, ist der Kaffee hier übrigens gut…»

Es gab einen Moment der Stille, in dem niemand es wagte, die Worte des Mediums zu bestreiten, nicht einmal der Kommissar. In der Zwischenzeit verblüffte Madame Zephyra weiterhin alle, indem sie sich von ihrem Stuhl erhob, den sie in meine Richtung trug. Dann blieb sie stehen und setzte sich zwischen Lina und mich. Ihre tiefen Augen schienen unsere Seelen zu erforschen, als sie begann, unsere Hände zwischen den ihren zu halten. Es war, als hätten diese Gesten die Macht, uns mit einer unbekannten Welt zu verbinden, einer Welt voller Rätsel und Geheimnisse. Gleichzeitig, als ich ihre Hand spürte, verschwanden langsam alle Empfindungen, die ich seit meiner Fahrt zur Polizeistation empfunden hatte. Die Kälte begann zu entweichen, als hätte ihre Berührung die Kraft, sie zu schmelzen, und die Aufregung verwandelte sich in ein seltsames Gefühl der Ruhe und Gelassenheit. Ich begann einen Energiefluss zu spüren, eine Wärme, die aus diesem festen Griff zu fließen schien. Die Außenwelt verschwand und machte Platz für eine mystische Verbindung. Die Kälte, die Dunkelheit, alles schien weit weg, als ich mich von ihrer Hand ziehen ließ. Es war, als hätte ich in einer Oase der Ruhe mitten im Wald Zuflucht gefunden. Die Aufregung war nur noch eine ferne Erinnerung, und ich wusste, dass ich mich auf eine Reise ins Unbekannte begab, aber dieses Mal hatte ich keine Angst. Als der Moment kam, in dem ich erzählen musste, was ich erlebt hatte und was ich über die Sekte wusste, konnte ich mit fester Stimme sprechen und sah den Kommissar an, der mit ernstem Gesichtsausdruck aufmerksam zuhörte.

Madame Zephyra hielt weiterhin unsere Hände fest, als ob sie Informationen direkt von unseren Seelen erhalten würde. Es war ein außergewöhnlicher Moment, in dem die Mystik mit der Realität zu verschmelzen schien, und ich fühlte mich dankbar, diese faszinierende Frau an unserer Seite zu haben, deren Augen die Vergangenheit und die Zukunft zu durchleuchten schienen und uns durch die ungewisse Gegenwart führten.

Lina war, als meine Geschichte zu Ende ging, sehr ruhig und schien sich auf sich selbst zu konzentrieren und darauf zu warten, dass auch sie ihre Aussage machen konnte.

Ich schaute meine Freundin an. Es war offensichtlich, dass auch sie die mystische Verbindung zu Madame Zephyra spürte, und die Vorfreude war von großer Aufregung geprägt.

Dann begann Lina zu sprechen, mit Augen voller Entschlossenheit. Sie erzählte mit Nachdruck alles, was sie über die Sekte wusste, und fügte Details hinzu, die nicht einmal mir bekannt waren.

Das Medium hielt ihr unverdrossen die Hände fest, als würde es sie durch die Tiefen ihres Geistes und ihres Herzens führen.

Als die Minuten vergingen, endete Linas Aussage, und ein tiefes Gefühl der Erleichterung überkam uns.

Neben uns schien uns Madame Zephyra direkt ihre Stärke und ihren Mut zu übertragen und uns in einer unauflöslichen Verbindung zu vereinen. Für uns war dies der Beginn einer neuen Phase in unserem Kampf gegen die Sekte, und wir wussten, dass wir nicht mehr allein waren.

Der Kommissar hörte sich unsere Aussagen aufmerksam an und dann auch die Kommentare der Experten.

Ich fand es äußerst seltsam, dass sie vor uns offen über Elemente sprachen, die die Ermittlungen betrafen, ohne uns heraus zu schiechen. Ich dachte, es könnte vielleicht eine Art "polizeiliche Taktik" sein, um zu verstehen, indem sie uns im Auge behielten, wie wir uns danach verhalten haben, denn sie hatten sicherlich von unseren Beziehungen zu Alex und Luca erfahren. Aber was spielte das für eine Rolle, ich fühlte mich bereits in diese Affäre verwickelt und außerdem war Alex schon wieder verschwunden und Luca, nun ja, ich weiß nicht, ob ich ihn wirklich kontaktieren wollte. Er fing an, mir Angst zu machen, obwohl ich vielleicht spürte, dass er nicht das wirklich gefährliche Element war. Vielleicht, so dachte ich, würde er sich selbst bei mir melden? Auf jeden Fall ergriff der Kommissar dann das Wort und hielt eine Rede: *«Ich danke Lena und Lina für ihren Mut, hierher zu kommen und diese wichtigen Informationen über diese heidnische Sekte deren mutmaßliche kriminelle Aktivitäten weiterzuge-*

ben. Wir sind ernsthaft besorgt über das, was sich abzeichnet, und werden alle notwendigen Maßnahmen ergreifen, um diese Situation weiter zu untersuchen. Ich danke auch euch Experten im Team dafür, uns eine wichtige Perspektive bezüglich der möglichen Techniken zur Manipulation und Kontrolle des Verstandes, die vom Sektenführer verwendet wurden, geliefert zu haben. Zu diesem Zeitpunkt glauben wir immer stärker, dass es sich um David Krah handeln könnte, der derzeit nicht aufzufinden ist Dies könnte erklären, warum die Sekte anscheinend ständig ihre Anhängerschaft wechselt, mit Ausnahme einiger weniger Schlüsselmitglieder. Es ist weiterhin äußerste Vorsicht geboten. Die Handlungen dieser Sekte könnten besonders unberechenbar und gefährlich sein. Außerdem hat man den Eindruck, dass sie durch die oben erwähnten Manipulationen ständig... "wie Geiseln" nehmen. In naher Zukunft werden wir unsere Ermittlungen in enger Zusammenarbeit intensivieren. Die Sicherheit unserer Bürger hat für uns oberste Priorität, und wir werden nicht zulassen, dass eine kriminelle Organisation in unserem Zuständigkeitsbereich ungestört agieren kann. Bleiben Sie mit uns in Kontakt, um weitere Entwicklungen zu verfolgen, und zögern Sie bitte nicht, uns weitere Informationen mitzuteilen. Gemeinsam können wir die ganze Wahrheit über diesen heidnischen Kult ans Licht bringen und sicherstellen, dass den Opfern Gerechtigkeit widerfährt.»

Als ich das Büro des Kommissars verließ, das Herz noch immer schwer von den Worten, die ich ihm gesagt hatte, begegnete ich noch einmal den Augen des Mediums. In diesem flüchtigen Blick war es, als ob sich die "Welt der Zufälle" in diesem Zeitpunkt konzentrierte und mich zu den beunruhigenden Visionen zurückführte, die ich auf der esoterischen Kunstausstellung erlebt hatte.

Und dann, wie ein Blitz der Offenbarung, tauchte das Hexagramm, das ich auf Lucas Gemälde in der Ausstellung gesehen hatte, wieder vor meinen Augen auf und erstrahlte in goldenem Licht. Mein Geist projizierte es in einer Vision, und ich sah den Sektenführer, den geheimnisvollen David Krah, in einem verlassenen Leuchtturm auf einer kleinen Insel stehen. Es war ein Bild, das ich noch nie gesehen hatte, aber es war klar und deutlich.

In der Vergangenheit war ich immer ziemlich skeptisch gegenüber esoterischer Erfahrungen gewesen. Als ich Lina's Stimme hörte, die mich in die reale Welt zurückholte, fühlte ich mich daher wie vom Blitz getroffen und fiel halb ohnmächtig zu Boden.

22

«Wellen, dunkle Wellen, in eurem ewigen Wehklagen
seid ihr mein einziger Trost. Jede Welle ist Harmonie, ein
Lied, ein geheimes Ritual, das nur ich verstehe», murmelte
David Krah mit einem seltsamen Lächeln und betrachtete die Wellen mit geweiteten Augen, als ob er versuchte, ihnen einen tieferen Sinn zu entlocken. In dem
Rauschen der Wellen sah er eine Parallele zu den Ritualen der heidnischen Sekte, der er angehörte. Die ständige Wiederholung, die Feierlichkeit der Zeremonien,
war wie ein Widerhall des Meeres selbst.

«So wie die Wellen sich brechen und zurückgehen, so
tun es auch die Mitglieder meiner Sekte, in endloser Wiederholung. Aber unser Glaube ist wie das Meer ein ewiger
Kreislauf, eine Besessenheit, die uns noch immer verbindet.
Jeder von uns ist eine Welle im Ozean, die dazu bestimmt
ist, zu brechen. Die Aufopferung ist ein Teil von uns»
murmelte er weiter. Dann gönnte er sich eine Pause
und nahm sein Delirium wieder auf. «Doch in deinem
tiefen Abgrund, mein Meer, sind einige Wellen dazu bestimmt, andere Wege einzuschlagen. Unter uns sind die
Auserwählten, diejenigen, deren Schicksal untrennbar mit
einer höheren Aufgabe verwoben ist, einer göttlichen Mission, die weit über die gewöhnliche Wiedergeburt hinausgeht.
Diese besonderen Adepten tragen eine so mächtige spirituelle Last mit sich, dass selbst du, oh Meer, sie vor der Opferung bewahrst. Wie Wellen, die sich majestätisch über die

anderen erheben, erheben sie sich als Säulen unserer Ge-
meinschaft, als Hüter eurer tiefsten Geheimnisse und der
alten Riten, die euch ehren. Sie sind die Träger von Weisheit
und Führung, das lebendige Bindeglied zwischen uns, den
Sterblichen, und den Göttern, die über euer riesiges Reich
herrschen. Dass sie nicht geopfert werden müssen, ist ein
greifbares Zeichen für ihre Bedeutung und ihre Hingabe an
unsere Sache. Und während das Meer unseres Glaubens
unaufhörlich fließt, bleiben sie unverändert, der leuchtende
Leuchtturm, der uns den Weg weist und dafür sorgt, dass
unsere Sekte gedeiht und die alten Götter weiterhin auf
tiefste Weise geehrt werden.»

David Krah wandte sich bei seinen ständigen
Streifzügen direkt dem Meer zu und dachte dabei an
die Sekte und die Götter, wobei er sich wahrscheinlich
auf Aleister Crowleys "Thelema-Lehre" bezog. Er war
völlig von den Gedanken des englischen Esoterikers
eingenommen. Das Rauschen des Meeres, das sich mit
seinen mystischen Gedanken vermischte, verfolgte
ihn. In seinen Augen überlagerten sich göttliche Visionen mit dem Meer. Sein Delirium folgte jedoch einer
Logik, die sich auf das "Thelema" bezog, in dem die
Gottheiten "Nuit", die für die Unendlichkeit steht,
"Hadit", der zentrale Punkt oder das "Ich", und "Ra-
Hoor-Khuit", ein Kriegergott, zentrale geistige Wesen-
heiten waren.

Die Worte des Verbrechers gingen im Rauschen der
Wellen unter und ließen ihn plötzlich erschöpft zurück. Dann ließ er sich auf den Boden gleiten und rieb
sich mit dem Rücken an einer Innenwand des Leuchtturms. In diesem Moment gab er das Bild eines von

Besessenheit geplagten Mannes, der zwischen der realen Welt und der dunklen Welt seiner Rituale hin- und hergerissen war.

Als die Nacht auf der Nordseeinsel Sturmpilz hereinbrach, fiel David Krah in einen tiefen Schlaf. Doch niemand konnte ahnen, dass sich David Krah auf dieser abgelegenen Insel im Inneren des Leuchtturms von Rotsand befand. Ein verfallener Leuchtturm, der an diesem einsamen Ort majestätisch über dem Meer stand.

Nachts war es ein düsterer Ort. Seine ursprüngliche weiße Fassade war durch die Einwirkung von Meersalz und Regen verblasst und hatte eine gespenstische, abgenutzte Patina angenommen. Metallteile waren verrostet, und die Treppe, die einst zur Aussichtsplattform an der Spitze des Turms führte, war weitgehend zerstört, so dass der Zugang gefährlich und unpassierbar war. Rundherum herrschte eine unberührte Wildnis mit felsigen Ufern, windgepeitschten Bäumen und zerklüfteten Klippen, die die Ruine umgaben, während das ständige Rauschen der Wellen die Luft erfüllte.

In der Zwischenzeit war die Polizei in voller Aktion und versuchte, den Mann ausfindig zu machen, der anscheinend der Schlüssel zu den Ermittlungen war. Seine Spur schien sich jedoch immer wieder plötzlich zu verlieren. Paradoxerweise war die wichtigste Spur diejenige meiner Vision vor Madame Zephyra. Eine Vision, die sich in mein Gedächtnis eingebrannt hat. Eine dunkle und faszinierende Vision.

23

Die Neonlichter der Bordelle spiegelten sich in Lucas ruhelosen Augen, als er die Passanten auf der Suche nach seinem nächsten Opfer abtastete.

Die Hamburger Reeperbahn war für mich schon immer ein äußerst zwiespältiger Ort, voller elektrischer Lebendigkeit mit Touristen, oder ein Ort, der zu Randzeiten eine unheimliche, düstere Atmosphäre ausstrahlt. Ein Ort jedoch, an dem Sünde und Korruption immer wieder in der Luft zu liegen scheinen. Ich möchte nicht übertreiben, wenn er mir manchmal wie eine Art moderne Hommage an die dunkle Seite Londons zur Zeit von Jack the Ripper erscheint.

Als Luca durch die Schatten jener berühmten Straße schlenderte, konnte man tatsächlich den Eindruck haben, in eine vergangene Ära katapultiert zu werden, in eine verfallende Unterwelt des Grauens und des Bösen.

Luca ging durch Nachtclubs und Bordelle und suchte jede Straßenecke nach einsamen Frauengestalten ab. Ihre Schritte waren wie ein verweilender Schatten im düsteren Schein der Neonlichter, die auf das feuchte Pflaster projiziert wurden. Er hatte eine Erscheinung, die Aufmerksamkeit erregen konnte, aber seine wahre Absicht war hinter einem falschen Lächeln verborgen.

Dann, die junge Frau. Sie war allein, unsicher und verletzlich, und Luca wusste das. Er näherte sich ihr anmutig, wie ein Raubtier, das sich seiner Beute nähert, sein Blick kalt, aber charmant. «*Hallo, hast du dich verlaufen?*» sagte er mit samtiger Stimme. Das Mädchen hob den Blick und sah ihn mit einer Mischung aus Ehrfurcht und Neugierde an.

Zur gleichen Zeit befand sich Alex in Ninas Haus, die ihm, nachdem sie die Situation verstanden hatte, Zuflucht und Schutz bot. Der Künstlerin war es glücklicherweise gelungen, während der Polizeirazzia aus den Fängen der Sekte zu entkommen. Alex konnte sie später ausfindig machen, indem er die unterbrochene Beziehung wiederherstellte.

Die Atmosphäre im Haus des Künstlers war von einer verschleierten Sinnlichkeit geprägt: Duftkerzen flackerten im Halbdunkel und Kunstwerke mit unbestimmten Konturen schmückten die Wände. Nina, mit ihrer Schönheit und geheimnisvollen Aura, bewegte sich elegant zwischen den Zimmern. Alex saß auf einem Sofa und beobachtete sie, ohne widerstehen zu können, die großartigen Momente von Ninas künstlerischer Vorstellung, die noch immer in seinem Geist verankert waren, erneut zu erleben. Doch sein Geist wurde von Gedanken gequält. Die Ereignisse der Sekte, die seltsamen Aktivitäten, die er unternommen hatte, all das schien ihn wie ein Strudel zu umgeben, der ihm den Verstand raubte. Aber da war noch etwas, das tief in seinem Geist widerhallte, nämlich ein ständiger Gedanke, der auf mich selbst gerichtet war

Offensichtlich war ich zu einer ständigen Präsenz in seinen Gedanken geworden, so wie er es von dem Moment an, als ich ihn kennenlernte, immer für mich gewesen war. Ich hatte einen unerwarteten Einfluss auf sein Leben gehabt, besonders durch den leidenschaftlichen Kuss, den ich mit ihm teilte. Alex fragte sich, ob ich die gleichen Gefühle für ihn hegte und auch noch, ob diese gegenseitige Anziehung zu etwas Tieferem, zu echter Liebe werden könnte.

Irgendwann näherte sich Nina Alex mit einem sinnlichen Lächeln und versuchte, ihn von seinen turbulenten Gedanken abzulenken. Dann, immer noch langsam näher kommend, nahm sie ein Kissen vom Sofa, legte es sanft zu seinen Füßen auf den Boden und kniete sich darauf, während Alex bereits die Wärme ihrer Gegenwart spürte, ihre unwiderstehliche Nähe, die seinen Widerstand untergrub. Ninas Augen waren wie zwei unwiderstehliche Lichter in dieser Nacht der Versuchung, die ihn auf eine Reise des Verlangens und der Leidenschaft einluden, die er niemals ablehnen konnte.

Gleichzeitig verfolgte Luca seine Annäherung an die junge Frau, die er auf der Straße getroffen hatte. Das Gespräch begann ganz harmlos, aber schon bald begann Luca, das Netz seiner Täuschung zu spinnen. Da er ihren Namen kannte, sagte er zu ihr: «*Sophia ist ein schöner Name, genau so schön wie du. Ich bin Luca. Hast du Lust, spazieren zu gehen? Wir können ein Bier trinken, von dieser schlechten Straße runterkommen und* uns ein wenig entspannen, indem wir uns unterhalten. Was sagst du dazu?»

«Warum nicht!»

« Wunderbar. Während wir spazieren gehen, muss ich dir sagen, dass du eine sehr seltene Schönheit hast. Hast du jemals darüber nachgedacht, sie zur Schau zu stellen?»

«Danke, sehr freundlich von dir. Ehrlich gesagt, nein, daran habe ich noch nie gedacht.»

«Ich kann es nicht glauben. Das ist doch wohl ein Scherz, oder?»

Sophia zeigte einen geschmeichelten Gesichtsausdruck. Mit ihrem weiblichen Instinkt begriff sie jedoch schnell, dass in bestimmten Fällen Vorsicht geboten war. «Aber... Nicht dass du mich nur ausnutzen willst!?» Sagte die Frau und unterbrach damit eine kurze Schweigepause.

Luca zückte eine Visitenkarte, von der nur er wusste, dass sie unecht war. Dann zeigte er sie ihr und sagte: «Wie man sieht, arbeite ich mit einem befreundeten Fotografen in der Modebranche. Wie wäre es mit ein paar Fotos? Hättest du dazu Lust? Natürlich unter Bezahlung.»

«Das klingt für mich unglaublich! Aber ... was genau soll ich denn machen?»

«Es ist ganz einfach. Wenn du willst, können wir einen Fototermin vereinbaren, dir alles erklären und sehen, wie du rüberkommst. Ich denke, du könntest eine stralende Zukunft haben.»

Das Wort "strahlend" schien mit Absicht gesagt zu sein, denn in diesem Moment geschah etwas. Die hellen Scheinwerfer eines Autos standen vor ihnen.

Im Stadtviertel Eimsbüttel, nicht weit von dort, wo Luca und Sophia standen, versuchte Nina immer wieder, Alex mit geschmeidigen Bewegungen und süßen Worten zu verführen, aber Alex' Geist wurde von einem emotionalen Sturm überwältigt. Seine Seele war hin- und hergerissen zwischen dem Geheimnis der Sekte, den zweideutigen Gefühlen für mich und der Anziehungskraft von Nina. Alex' innere Zerrissenheit spiegelte sich in seinen Augen wider, die zwischen Ninas Blick und den verwirrten Gedanken, die ihn plagten, hin und her schwankten. In diesem Moment war sein Leben ein kompliziertes Labyrinth aus Wünschen, Geheimnissen und Zweifeln, und die Entscheidungen, die er treffen würde, würden sein Schicksal auf unvorhersehbare Weise beeinflussen. Die kleinste Andeutung von Zustimmung würde ihn sofort in einen Strudel der Leidenschaft einhüllen, der immer unwiderstehlicher wurde. Wie auf einem Silbertablett wurde ihm eine wunderbare Nacht voller Sex präsentiert. Trotzdem...

Die Scheinwerfer gingen aus. Luca und Sophia sahen sich einen Moment lang an. Dann tauchte plötzlich ein Polizistenpaar aus der Dunkelheit auf. Als sich die Polizisten schnell näherten, traute die erschrockene Sophia ihren Augen nicht. Sie wollte schreien, aber der Schrei blieb ihr vor Erstaunen im Halse stecken.

Ein Polizist sagte: «*Wir haben Sie schon eine ganze Weile beobachtet...*» Luca versuchte, sich zu wehren und die Situation zu erklären, aber sein Versuch war vergeblich. Sophia war sichtlich verängstigt, ihre Tränen

verrieten die Angst, die sie in diesem Moment empfand. Die Beamten legten Luca kurzerhand Handschellen an und zwangen ihn, sich zu ergeben. Die Nacht,
die mit einem trügerischen Plan begonnen hatte, hatte
eine unerwartete Wendung genommen.

Sophia, verwirrt und verängstigt, fühlte sich, als sei
sie in eine parallele Realität geraten. Mit ungläubigen
Augen beobachtete sie, wie Luca verhaftet wurde. Sie
war in eine Situation hineingezogen worden, die sie
nicht begreifen konnte, und der Schrecken, den sie
spürte, umhüllte sie wie ein dunkler Mantel.

Die Beamten begannen, Sophia die Art der Anklage
gegen Luca zu erklären, und fragten sie, ob sie Informationen habe, die sie mitteilen könne. Die junge Frau
fühlte sich verraten und seelisch verletzt, als wäre sie
in einen Strudel von Ereignissen hineingezogen worden, die sich ihrer Kontrolle entzogen. Noch ahnte sie
nicht, dass diese Nacht, obwohl sie zu einem Albtraum
geworden war, eine weitaus schlimmere, furchtbar
gefährliche Wendung hätte nehmen können.

Als Alex spürte, wie die Versuchung wuchs und
Ninas Worte ihn wie ein Netz der Verführung einhüll-
ten, wusste er, dass er widerstehen musste. Er war fest
entschlossen, die Kontrolle über sich selbst zu behalten
und sich in diesem Moment nicht der Leidenschaft
hinzugeben. Mit einer inneren Anstrengung entfernte
er sich ein wenig von Nina und versuchte, etwas Abstand zwischen sie zu bringen.

*«Ich glaube nicht, dass es der richtige Zeitpunkt ist, Ni-
na»*, sagte er mit fester Stimme, auch wenn das Ver-

langen in seinen Augen brannte. *«Du siehst wunder-schön aus, aber... Es gibt zu viele Probleme zu lösen, und wir müssen einen klaren Kopf bewahren.»*

Nina zog sich leicht zurück, enttäuscht, aber respektvoll gegenüber seinen Worten. Alex stand vom Sofa auf, ging zum Fenster und schaute hinaus in die Dunkelheit. Er spürte sein Herz klopfen, wusste aber, dass er der Versuchung widerstehen musste. Alex' Entscheidung spiegelte das Gewicht und die Wichtigkeit wider, mit der er sich auf die Probleme und Herausforderungen konzentrierte, mit denen er konfrontiert war.

Er war entschlossen, Lösungen zu finden, bevor er den Leidenschaften nachgab.

Während vor Alex' Augen Träume der Liebe erschienen, sah Luca durch das Bild in seinem Kopf den Weg seines Niedergangs. Er wurde von inneren Tränen überwältigt

24

«Ich denke, dass wir uns alle einig sind, wenn ich sage, dass das Bild benutzt worden sein könnte, um Menschen in einen veränderten Bewusstseinszustand zu versetzen, möglicherweise sogar durch Hypnose oder Subliminal Priming, anders gesagt: unterschwellige Reiz.»

Das Treffen der Experten wurde vom Experten Ferdinand Fogg ohne große Vorrede eingeleitet. Seiner bizarren Art entsprechend hatte er die Gruppe an einem ebenso bizarren Ort versammelt, um den Sektenfall zu besprechen: im Keller seiner Buchhandlung. Ein ungewöhnlicher, aber geschützter Ort, der dennoch leichten Zugang zu esoterischen und okkulten Texten bieten konnte, die mit dem Gemälde und der Sekte in Verbindung gebracht werden konnten.

Frida Hartmann reagierte entschlossen auf die Worte des eigenartig netten kleinen bärtigen Mannes. *Ja, ich denke, wir sind uns alle einig über die Absichten, den Bewusstseinszustand der Opfer zu verändern. Ich hoffe, dass jeder von uns auch die schriftlichen Informationen, die wir bei unserem letzten Treffen ausgetauscht und zumindest zum Teil besprochen haben, gut geprüft hat. Ich halte es für wichtig, bereits jetzt einen Aktionsplan in die Wege zu leiten, der unseren Fähigkeiten in dieser Angelegenheit entspricht, ohne die Arbeit der Polizei zu behindern.*

Nach dem Kunsthistoriker war das Medium Madame Zephyra an der Reihe, die den Diskurs ihres

"Kollegen" fortsetzen wollte. *«In dieser Hinsicht möchte ich persönlich die Beziehung zwischen dem Gemälde und dem Bewusstseinszustand ausnutzen, so wie es innerhalb der Sekte gemacht wurde. Natürlich werde ich aber versuchen, eine Art umgekehrtes Verfahren durchzuführen...»*

«Das hört sich für mich nach einem ausgezeichneten Ansatzpunkt an» sagte der esoterische Maler, der oft etwas zurückhaltend und etwas aus dem Zentrum der Diskussionen ausgeschlossen war, und fragte dann neugierig *«Und wie würde dieser "umgekehrte Vorgang" ablaufen?»*

«Jemand hat das Bild benutzt, um seine Opfer zu erobern, diesmal wird es dieser "Jemand" sein, der "erobert" wird. Aber zuerst möchte ich Lena treffen, das Mädchen, das wir auf der Polizeiwache getroffen haben. Ich bin mir sicher, dass an diesem Tag, als ich das Büro von Frank Rippe verließ, etwas Wichtiges passiert ist. Nachdem ich Lena beim Weggehen in die Augen gesehen hatte, bemerkte ich etwas Seltsames an dem Mädchen. Ich bin sicher, dass sie eine starke Vision hatte. Als ich mich wieder zu ihr umdrehte, sah ich, wie sie zu Boden sackte» sagte das Medium.

Helmut Beltran, der Maler, schien endgültig aus seinem Schneckenhaus der Verschwiegenheit herauszukommen und beteiligte sich mehr und mehr an der Gruppenarbeit, so sehr, dass er sich erneut mit einer Idee einmischte. *«Während ich mir die Geschichte anhörte, begann ich, Ideen zu sammeln. In Anbetracht der Tatsache, dass das Gemälde eine unbestreitbare esoterische Energie besitzt und das Mädchen eine gewisse, sagen wir mal, emotionale Empfänglichkeit dafür hat, würde ich vorschlagen, der Idee eines Treffens mit Lena zu folgen. Ich denke, es könnte sehr effektiv sein, wenn wir es gemeinsam tun und die Kraft des Gemäldes in Verbindung mit unseren Kenntnissen und Fähigkeiten nutzen würden. Schließlich könnte ich mich mit dem Thema und den Farben des Gemäldes beschäftigen und herausfinden, welche Wirkung sie auf die Menschen haben könnten. Madame Zephyra konnte ihre Intuitionen und übersinnlichen Wahrnehmungen sowie ihre große Fähigkeit, Energien auf Menschen, in diesem Fall Lena, und auf Gegenstände, in diesem Fall das Gemälde, zu übertragen und zu empfangen, eindeutig nutzen. Ferdinand könnte mit seinem Wissen über Hypnose Lena helfen, durch das Gemälde einen tranceähnlichen Zustand zu erreichen. Unsere Kunsthistorikerin Frida könnte den Ablauf koordinieren und analysieren, wobei sie sicherlich auch ihre Fähigkeiten und Kompetenzen einsetzen könnte.»*

Frida, die im letzten Satz des Malers erwähnt wurde, nahm den Vorschlag sofort mit Begeisterung auf. *«Perfekt! Ich habe keine Einwände! Es scheint mir sogar das Beste zu sein, was wir tun können. Da ich als Koordinator fungieren soll, möchte ich gleich sagen, dass wir besonders darauf achten sollten, dass Lena nicht ihre eigene psychische Gesundheit gefährdet. Außerdem sollten wir entscheiden, wo wir unser Vorhaben durchführen wollen.»*

Ferdinand Fogg schlug vor, dass sie sich wieder an dem Ort treffen sollten, an dem sie sich gerade befanden, der ja ein Ort voller Energie war. Madame Zephyra hatte es auf sich genommen, sich vorher mit mir in Verbindung zu setzen, um von dem Vorfall auf dem Polizeirevier zu erfahren und auch um bereits eine Art geistige Verbindung zwischen uns herzustellen. Aber nicht nur das: Da in meiner Vision ein verlassener

Leuchtturm auf einer Insel aufgetaucht war, wollte das Medium, dass wir uns an einem ähnlich eindrucksvollen Ort treffen, in einer abgelegenen Umgebung mit Wellenrauschen und einem Panoramablick. Ich nahm also den Vorschlag an, auf die kleine Halbinsel Priwall zu fahren, direkt neben Tavemünde und nicht weit von Hamburg entfernt. Für mich wäre es wie ein freier Tag gewesen, obwohl ich meine Arbeit in letzter Zeit schon genug vernachlässigt hatte, zwischen Urlaub und Krankheitstagen.

Als wir am Strand entlanggingen, erzählte ich ihr von meiner Vision, dann blieben wir an einem gewöhnlichen Punkt weit weg von allen, und ich stellte mit Erstaunen fest, dass von dort, wo wir saßen, der Travemünder Leuchtturm, der neben dem Wahrzeichen der Stadt steht, deutlich vor uns zu sehen war. Ich fragte mich, ob es wirklich ein Zufall war, dass sie mich vor einen Leuchtturm gesetzt hatte. Denn auch wenn dieser Leuchtturm nichts mit meiner Vision zu tun hatte, fühlte ich mich sofort wie elektrisiert von der Erinnerung an meine Vision.

Wir saßen auf einem alten roten Teppich, der auf dem Sand ausgebreitet war. Dann begann das Medium, mich in eine geführte Meditation zu führen. Ich weiß nicht, ob sie es geplant hatte oder nicht, aber es geschah alles auf eine so natürliche und angenehme Weise, dass ich nicht wagte, Fragen zu stellen. Wir schlossen unsere Augen und ich ließ mich von ihrer ruhigen und beruhigenden Stimme einlullen. *«Liebe Lena, wir sind hier, auch um die Geheimnisse zu erforschen, die dein Unterbewusstsein offenbaren kann»*, sagte sie, während ich mich bereits ihren Worten hingab und die Seeluft tief einatmete.

Das Medium leitete mich weiter und forderte mich auf, mir vorzustellen, am Strand entlang zu gehen, den Sand unter meinen nackten Füßen zu spüren und zum Leuchtturm hinaufzuschauen. Ihre Stimme, wie ein dünner Faden, führte mich durch eine mentale Reise.

«Jetzt stell dir vor, du gehst auf den Leuchtturm zu», sagte sie. *«Du siehst eine Geheimtür zwischen den Felsen, gehst vorsichtig hindurch und entdeckst die Geheimnisse, die der Leuchtturm birgt.»*

Ich ertappte mich dabei, wie ich mir den Leuchtturm vorstellte, den ich bereits in meinem Kopf gesehen hatte, und folgte ihrer Aufforderung durch die Vision. Die Schritte auf dem Steinboden, die dunklen Gänge, die Haupthalle mit dem alten Holztisch. Und dort, in der Mitte, das Hexagramm, das in goldenem Licht erstrahlt.

Die Vision entfaltete sich, und das Medium ermutigte mich, jedes Detail, jede Empfindung zu erforschen. David Krah trat wieder aus dem Schatten hervor, und sein intensiver Blick traf den meinen. Er stand in einer Aura der Macht, umgeben von rätselhaften Symbolen, die sich in der Luft manifestierten. Ich konnte seine magnetische Präsenz spüren, seinen Blick, der über das Sichtbare hinaus zu reichen schien.

Diese Vision war eine Erweiterung meiner ersten Offenbarung, eine tiefere und kompliziertere Dimension der Geschichte, die sich durch die Details eines verlassenen Leuchtturms auf einer abgelegenen Insel entfaltete.

Langsam zog sich mein Geist von der Vision zurück und kehrte zu einer Wahrnehmung zurück, die mit der umgebenden Realität verbunden war. Als ich die Augen wieder öffnete, hatte ich denselben Blick auf das Meer, Travemünde und den Leuchtturm, der das Hochhaus flankierte.

Madame Zaphyra fragte mich danach nichts mehr. Wahrscheinlich wusste sie, dass ich versuchen würde, mir die neuen Details zu merken, und dass ich Ruhe, Gelassenheit und absolute Konzentration brauchen würde. Vielleicht wollte sie mich auch nur auf eine intensivere und gründlichere Probe in Anwesenheit der anderen Esoterik-Experten vorbereiten.

Das Medium begann mich immer mehr zu faszinieren. Gleichzeitig interessierte ich mich immer mehr für die Geheimnisse meines Geistes und, wie ich zugeben muss, auch für die der Esoterik.

Dann, wer weiß, warum, fragte ich mich plötzlich, wo Alex diesmal sein könnte. In mir spürte ich wieder die Wärme der Liebe. Eine seltsame Liebe, die immer schwerer fassbar und unverständlicher wurde, die ich aber so real empfand wie einen Teil von mir selbst. Irgendetwas sagte mir, dass es wahre Liebe werden könnte, vielleicht gerade weil sie so absurd war, wie es die Liebe oft ist.

25

Lina konnte in dieser Vollmondnacht einfach nicht schlafen. Inzwischen hatte sie sich damit abgefunden, mit einer Tasse Kaffee wach zu bleiben, die so schwarz war wie der Nachthimmel, wenn auch diesmal mit einem Mondmantel geschmückt, der blass und silbrig zugleich war. In dieser turbulenten Zeit geriet Lina in einen Strudel von Sorgen und schlaflosen Nächten. Außerdem fühlte sie sich in dieser Nacht in dieser normalerweise ruhigen Ecke des Landes zwischen dem Wiehern der Pferde und dem unaufhörlichen Vibrieren ihres Handys wegen der zahlreichen Nachrichten von einer unbekannten Nummer aufgewühlt. Sie stammten jedoch alle von Alex, der sagte, er habe vorsichtshalber eine andere Nummer benutzt. Seine Nachrichten waren in der Tat eine Aneinanderreihung von Hilfeersuchen, ohne dass ich direkt beteiligt war, geschweige denn die Polizei. Der Mann schien in einer gefährlichen Situation gefangen zu sein, über die er nicht explizit sprechen wollte, von der Lina aber bereits annahm, dass sie etwas mit der Sekte zu tun haben könnte. Was Lina allerdings naiv ignorierte, war die Tatsache, dass die Polizei ihr Telefon abgehört hatte. Abgesehen davon würde Lina mich dieses Mal nicht vom Herumschleichen abhalten können, wie sie es bei der Infiltration der geheimen Ausstellung getan hatte. Sie wollte sich einfach nicht wiederholen, da sie ein schlechtes Gewissen hatte. Während dieser schwierigen und heiklen Zeit hallte in ihrem Kopf das Motto unserer Freundschaft *"Zwei Herzen, eine Seele"* wieder. *"Wir werden einander nie verraten"*. Später verließ sie das Haus, ohne die Polizei zu benachrichtigen, aber sie alarmierte mich mit einer Nachricht, die nicht detailliert war, aber dennoch einen Ort angab, an dem sie Alex treffen würde. Kurzum, sie wollte nur halbwegs Alex' Wunsch folgen, mich daraus zu halten. Diesmal hätte ich die Detektivin spielen können.

Im Gegensatz zu Lina schlief Frank Rippe in einem so tiefen Schlaf, dass man ihn fast mit einem Zustand des Scheintodes vergleichen konnte. Jeden Abend kam er erschöpft von seiner Arbeit, voller Action und Stress nach Hause. Der finale Schlag, der ihn prompt umhauen würde, war immer öfter eine schnelle und nachlässige Mahlzeit, gefolgt von einer ordentlichen Portion Alkohol, die er sich als Ritual und eine Art funktionierendes Selbstheilmittel einmal am Tag gönnte.

Wie Lina hatte auch Frank Gründe und Sorgen, nicht zu schlafen, aber abends war er wirklich erschöpft, und außerdem sagte er sich immer, dass die Arbeit nicht in sein Privatleben eindringen dürfe, was für Polizisten häufig und fatal ist. Doch Schlaf und Träume lassen sich nicht beliebig kontrollieren, und so... blieb Frank manchmal auch im Schlaf ein Polizist. Schließlich war er mit dem, was ihm über das Tagebuch von Alex Manetti erzählt worden war, in frischer Erinnerung eingeschlafen. Während er sich nervös im Bett hin und her wälzte, hörte er in seinem Kopf noch immer die Worte des Gerichtsmediziners, der wiederholte, was er bei der Analyse des Tagebuchs entdeckt hatte.

Im Traum erschien der Sachverständige wie von einer magischen Aura umgeben, mit leuchtenden Farben und ätherischen Schattierungen, und er hatte das Aussehen, das in der volkstümlichen Vorstellung typisch für einen Magier ist: einen langen Bart und einen langen, wogenden Umhang voller bewegter Sterne und Galaxien. Der Gerichtsmediziner flüsterte ihm im Schlaf zu: «*Ignorieren Sie nicht, was ich Ihnen gesagt habe. Bei einer Untersuchung hat jedes kleine Detail seine Bedeutung, und glauben Sie nicht, dass es für die analysierten Hinweise nur wissenschaftliche Erklärungen gibt. Der Stein ist magisch!!!!! Ahahah!*»

Frank fing an zu schwitzen und wachte ruckartig auf, als im Traum die Gestalt des in einen Magier verwandelten Gerichtsmediziners in einen Lichtstrahl gesaugt wurde, der ihn schrumpfen ließ und ihn in den erwähnten magischen Stein einschloss.

«Verdammte Scheiße» dachte der Polizist. "*statt von der schönen, jungen, neuen Kollegin zu träumen, träume ich von diesen verrückten Dingen! Verdammt! Übrigens, wie heißt sie? Karin? Karen? Oder Katrin? Oder vielleicht Katharina? Ich glaube, sie heißt eigentlich Katharina. Übrigens sieht sie auch aus wie die Schauspielerin Katharina Stark!*»

Inzwischen war der Polizist hellwach. Nach einem langen Gähnen zerzauste er sich die Haare, wie es üblich war, wenn er aufstand, und ging in die Küche, um sich einen Kaffee zu machen. Mit einem Blick auf

147

die Uhr, die fünf Uhr anzeigte, beschloss er, seinen Geist zu ordnen, da er dachte, dass Träume manchmal hilfreich sind. Wie immer in solchen Fällen nahm er sein Taschenbuch, das er immer bei sich trug, und begann mit einem Brainstorming, indem er aus dem Nichts Sätze schrieb und versuchte, den Gedankenfluss spontan einzufangen. Während er schrieb, las er laut vor. «*Warum hat Alex diese beiden Tagebuchseiten zusammengeklebt? Warum zog er es vor, sie zu kleben, anstatt sie zu zerreißen?*» Auf die doppelte Frage schrieb er nacheinander, immer noch mit einer Spur von Stimme lesend: «*Vielleicht, ganz banal, als eine Form des Respekts für das Tagebuch selbst. Vielleicht, um den Text vorübergehend zu entfernen, denn er hat die Seiten nur an den Rändern geklebt. Vielleicht wollte er die geschriebenen Sätze besonders versteckt halten, sie aber nicht entfernen.*» Dann dachte er daran, sich auf den Auszug der beiden fraglichen Seiten zu konzentrieren, den er beschloss, noch einmal laut aus der digitalen Kopie vorzulesen, die er sich besorgt hatte, und den anfänglichen Teil, der nur erzählerischen Sinn ergab, zu übergehen. «*Blah blah blah... Also... Das Gemälde hat etwas Magisches an sich, und die Magie ist im Gemälde selbst verborgen. Was verborgen ist, ist nicht leicht zu erkennen, wenn man es nicht weiß. Ich habe es jedoch von Luca erfahren, der es als Künstler sicherlich weiß. In das Gemälde ist ein Mineral, ein kristalliner Stein eingebettet, der unmerklich aus dem Gemälde herausspringt, und zwar genau in der Mitte des Einheitshexagramms. Praktisch aus dem Zentrum der fünfblättrigen Rose, die ihrerseits das Zentrum des Symbols darstellt. Nachdem ich nachgelesen hatte, stellte ich fest, dass viele Mineralien strukturell Kristalle bilden, die aus vielen Teilchen bestehen, die einander in Form und Winkel bemerkenswert ähnlich sind, was als Kristallgitter bezeichnet wird. Ich glaube nicht, dass es ein Zufall ist, dass die Form des fraglichen Kristalls, des Covellins, genau sechseckig ist, wie das Symbol auf dem Bild. Kristalle haben wichtige Eigenschaften und Merkmale, so sehr, dass sie sehr oft für therapeutische Praktiken verwendet werden. Der Covellin wird auch als Stein des Unterbewusstseins bezeichnet und ist der am häufigsten von Wahrsagern, Hellsehern und Medien verwendete Kristall! Dieser Stein hat ein einzigartiges Schillern, mit Schattierungen, die von dunkelblau über violett bis hin zu intensivem Rot und messingfarbenem Gelb reichen können. Ein schöner Stein mit vielen Nuancen. Aber ohne weiteres, obwohl ich so sehr von ihm fasziniert bin, möchte ich zu dem Bild zurückkehren. Nun, in einem Zustand hypnotischer Trance gelingt es dem Kristall, im malerischen und symbolischen Kontext eine magische Kraft anzunehmen und ein subtiles Leuchten auszustrahlen. Dieser Kristall scheint mit einer mystischen Energie verbunden zu sein, die übersinnliche Fähigkeiten verstärkt.*

Um ehrlich zu sein, weiß ich nicht, welchen künstlerischen Wert das Gemälde wirklich hat, aber es scheint auf jeden Fall einen bedeutenden esoterischen Wert zu haben, wenn man das Interesse bedenkt, das es in bestimmten... "besonderen Kreisen" gefunden hat...»

Als er seine Lektüre beendet hatte, kam ein Anruf von der Polizeiwache. Er wurde über die Telefonüberwachung informiert. Man teilte ihm mit, dass auf

Linas Telefon häufig nächtliche Nachrichten eingingen, die von einiger Bedeutung sein könnten.

Frank, der schon lange wach war und die frühen Morgenstunden bemerkte, beschloss, sich anzuziehen und direkt zu Lina zu gehen, um die Sache in Angriff zu nehmen. Er versuchte zunächst, sie anzurufen, aber sie ging nicht ran. Sie öffnete nicht einmal die Tür, als er bei ihr ankam, auch weil sie nach Alex' Hilferufen bereits gegangen war. Die Falle hatte funktioniert. Die Nachrichten waren tatsächlich von David Krah verschickt worden, der sich in der Hamburger Innenstadt in Sicherheit gebracht hatte, um nicht aufgespürt zu werden.

Lina schaltete das Telefon aus, nicht ahnend, dass sie in das trügerische Netz einer geschickt gesponnenen Falle sank. Sie merkte nicht, dass jeder Schritt ein gespannter Faden der Illusion war, der sie immer fester einwickelte.

David Krah wartete wie eine Spinne auf ihre Beute.

Ich beschloss, stattdessen Frank Rippe zu kontaktieren. Ich hatte keine Lust mehr, Entscheidungen zu riskieren, die sich in irgendeiner Weise als gefährlich erweisen könnten. Wir trafen uns und ich erzählte ihm das Wenige, das ich wusste.

26

Ich habe nie verstanden, wie es Nina geschafft hat, mich aufzuspüren, es sei denn, es war ein Trick von Alex. Aber ich habe gelernt, dass die Dinge im Leben zufällig passieren. Manchmal passiert nichts Bestimmtes und manchmal passiert alles auf einmal, wie eine Kettenreaktion. Ich will gar nicht auf dieses Thema eingehen und von Statistik oder Fatalismus sprechen, sondern nur darauf hinweisen, dass dieser Tag einer dieser Tage war, an denen alles auf einmal passiert. Alles begann schnell mit einer langen kryptischen Nachricht von Lina: **Liebe Lena, ich folge den Anweisungen, um Alex zu erreichen. Im Moment bin ich alleine unterwegs, um dich nicht in Gefahr zu bringen. Ich darf die Polizei nicht alarmieren. Der Ort ist in Wilhemsburg, in der Nähe eines verlassenen Luftschutzbunkers. Ich kenne weder den genauen Ort noch den genauen Treffpunkt, aber ich denke, er ist da in der Nähe. Ich schreibe dir, um dir Informationen zu geben, für den Fall, dass mir auch etwas zustößt oder du beschließt, mir zu folgen. In diesem Fall kannst du mich vielleicht schon aus der Entfernung beobachten. Wie auch immer du dich entscheidest, sei vorsichtig, Lina.**

Nachdem ich die Nachricht gelesen hatte, beschloss ich sofort, Frank Rippe anzurufen und ignorierte die

Tatsache, dass ich die Polizei fernhalten sollte. Keine weiteren Kopfstöße.

Wenige Augenblicke später war es Nina, die sich bei mir meldete.

Innerhalb einer halben Stunde, dank der Schnelligkeit der Polizei, während Nina vielleicht schon auf dem Weg nach Wilhelmsburg war, fand ich mich in einem Streifenwagen wieder. Am Steuer saß Frank Rippe, flankiert von einem weiteren Beamten, und ich saß hinten, neben Nina. Ich wusste immer noch nicht, wie die Polizei vorgehen würde. Allerdings wurde mir der Ort beschrieben. Der massive Flakbunker, wie ich erfuhr, war ein Schutzraum, der während der alliierten Luftangriffe im Zweiten Weltkrieg bis zu 30.000 Menschen aufnehmen konnte. Obwohl ein Teil des Gebäudes in den 1970er Jahren abgerissen wurde, blieb das Hauptgebäude in der Nähe des Stadtzentrums verlassen, bis vor kurzem beschlossen wurde, es in eine Anlage für erneuerbare Energien umzubauen. Zu diesem Zeitpunkt war es jedoch immer noch verlassen und lag neben einer ebenfalls verlassenen Industrieaußenanlage. Sobald ich das Wort hörte, hatte ich keinen Zweifel mehr, dass ich es mit der Sekte zu tun hatte. Wieder ein verlassenes Industriegelände, genau wie am Hafen. Das musste wirklich ein typischer "Modus Operandi" der kriminellen Gruppe sein.

Nach den informativen Gesprächen wurde es plötzlich still im Auto. Der Gedanke, dass Lina sich ins Unbekannte wagt, hat mich so aufgewühlt, dass ich nur noch das schnelle Schlagen meines Herzens hören konnte.

Dann begann Frank wieder zu sprechen und erzählte uns weitere Einzelheiten über den Luftschutzbunker: «*Das Bauwerk ist imposant, ein riesiger Raum, voller versteckter Winkel und Ritzen. Wenn Lina ihn betreten würde, wäre es schwierig, sie zu entdecken. Es ist ein dunkler Ort und kompliziert zu navigieren.*»

«*Wenn man die Nachricht gut liest*», antwortete ich, «*kann man verstehen, dass das Treffen nicht direkt im Bunker geplant ist, sondern in der Nähe des Bunkers! Wahrscheinlich auf der Industrieaußenanlage.*»

«*Das ist aber überhaupt nicht auszuschließen, und die Anwesenheit am Bunkerstandort ist sicher nicht zufällig! Vielleicht ist der Bunker doch der Treffpunkt, denn Lina wollte dich in der Nähe haben, aber nicht zu nahe, so dass du an einen Ort in der Nähe gedacht hast. Aber auch wenn das Treffen nicht direkt dort stattfindet, könnte der Bunker der Bezugspunkt für die weiteren Schritte sein. Die Polizei wird ohnehin das gesamte Gebiet umstellen. Obwohl...*» sagte Frank weiter und ließ mich an große Action im Stil der "Blues Brothers" denken.

«*Obwohl?*» fragte Nina, die entschlossen war, sich auch einzubringen. Unter anderem begann ich mich zu fragen, warum Frank sich entschlossen hatte, sie zu nehmen.

«*Wir haben Grund zu der Annahme, dass die Sekte bestimmte Bereiche der Sicherheitskräfte infiltriert hat. Im Moment müssen wir mit äußerster Vorsicht vorgehen.*»

Während der Fahrt versuchte ich gelegentlich, mich mit einem Blick aus dem Fenster abzulenken. Der Blick änderte sich, als wir in der Nähe des Industriegeländes ankamen. Im Morgenlicht tauchte der Flugabwehrbunker auf, eine imposante Erscheinung, die an eine Vergangenheit erinnerte, die von den Gräueltaten des Krieges geprägt war.

An einem strategisch günstigen Punkt in der Nähe des Bunkers und der Industrieaußenanlage stiegen wir aus dem Streifenwagen aus. Wir fanden uns im oberen Stockwerk eines teilweise verfallenen Gebäudes wieder, das wahrscheinlich ein Treffpunkt für einige Herumtreiber war. Wir begaben uns dann zu einem geeigneten Fenster, um das Geschehen aus der Ferne zu beobachten.

Es lag Spannung in der Luft, und allein der Gedanke, dass Lina bereits am Treffpunkt sein könnte, ließ mich die Fäuste ballen.

Lina war tatsächlich schon da, aber wir konnten sie immer noch nicht sehen, auch weil wir nicht wußten, wo wir suchen sollten, wenn sie sich nicht in einem Innenraum befand, Bunker hin oder her.

Die Atmosphäre war angespannt, als ich den Horizont durch das Fenster mit dem Fernglas absuchte, und die Beklemmung wuchs mit jeder Minute, die verstrich.

Frank beriet sich mit den anderen Agenten, studierte Karten und besprach die Strategie. Nina stand neben mir, und ihr Gesichtsausdruck spiegelte die gleiche Besorgnis wider, die ich in mir spürte.

In einem Moment der Stille spürte ich das Vibrieren meines Handys. Ich zog das Gerät aus meiner Tasche und hoffte, dass es Lina war, die mir Neuigkeiten mitteilte. Es war eine Nachricht von einer unbekannten Nummer.

"Deine Freundin ist bei uns. Vergiss die Polizei. Jeder ihrer Schritte wäre nutzlos. Du ziehst dich und Nina in einen gefährlichen 'Tanz' hinein. Jeder Schritt ist ein Tanz in unserem Netz. Wir sind die Meister der Szene. Wenn ihr sie aufdecken wollt, müsst ihr lernen zu warten."

Meine Hand umklammerte automatisch das Telefon. Meine Finger waren vor Angst erstarrt. Die Sekte war sich unserer Anwesenheit bewusst. Frank und die anderen Agenten konzentrierten sich auf die Landkarten, ohne die Bedrohung zu bemerken, die sich materialisierte.

«Frank!» rief ich unterdrückt und zeigte ihm das Telefon. «Wir haben ein Problem.»

Seine Augen verengten sich, als er die Worte las.

Nina und ich blieben an unseren Beobachtungsposten, die Augen auf die Landschaft gerichtet, und ließen den Polizisten ungestört nachdenken. Jeder Schatten schien potenziell bedrohlich zu sein. Zwischen dem Bunker und der Industrieaußenanlage konnte ich eine seltsam trostlose und unregelmäßige Fläche ausmachen, die zahlreiche Verstecke bot, wie alte eingestürzte Mauern, Trümmerhaufen und verfallene Gebäude. Das Licht spielte zwischen den Details der Trümmerhaufen und den Rissen der schäbigen Strukturen und schuf schattige Bereiche, in denen sich die Menschen leicht verstecken und dem unaufmerksamen Auge entgehen konnten. Selbst das unwegsame Gelände sorgte für ein Element der Unberechenbarkeit.

Dann, ohne ein Wort zu sagen, sah ich Lina in der Ferne auftauchen. Ihr Blick schien sich zu erhellen, als ich mir vorstellte, dass sie meinem begegnete, was angesichts der Entfernung unmöglich war, aber ihr Gesichtsausdruck machte mir klar, dass die Situation komplexer war, als ich es mir denken konnte. Plötzlich geschah etwas. Ich hörte Geräusche und versuchte, sie mit dem Fernglas zu identifizieren, dann sah ich, wie eine Gruppe vermummter Personen auftauchte und Lina ohne zu zögern packte und an einen unüberschaubaren Ort zerrte. Ich rief ihren Namen, aber es war wie ein ungehörtes Echo. Die Drohung aus der Nachricht war wahr geworden, und Linas Schicksal lag nun in den Händen der Sekte.

Unmittelbar danach wurde das Gebiet von einer hektischen Polizeiaktion heimgesucht. Uniformierte Männer strömten aus allen Ecken: aus dem Bunker, aus der Halde, aus der Umgebung. Auch wir kamen schnell an: ich, Nina, Frank und die anderen Beamten, die das Trümmerfeld durchquerten. Wir hatten keine Zeit zu verlieren. Die Gruppe der Spezialagenten war bereits um eine kniende Gestalt, offenbar Lina, versammelt. Mit angehaltenem Atem näherte ich mich ihr, in der Hoffnung, ihr vertrautes Gesicht zu sehen.

«Lina!», rief Frank, aber meine Erleichterung verflog schnell, als Lina sich umdrehte. Sie war es nicht. Es war eine völlig anders aussehende Frau, deren Gesicht mit einer trügerischen Unschuld glänzte. Ihre Haut war blass und in ihren klaren Augen spiegelte sich eine Art Schüchternheit wider, die gleichzeitig einen Ausdruck von Verwirrung und Angst verriet. Ihre zarten Gesichtszüge erinnerten sehr an Lina.

Der Trick der Sekte zielte auf eine Täuschung ab, um die Polizei abzulenken und eine Flucht mit Lina als Gefangene zu ermöglichen. Sogar der Bunker war wahrscheinlich so gewählt worden, dass er wie ein idealer Ort der Gefangenschaft aussah. In diesen wenigen Augenblicken des Chaos war es ihnen gelungen, eine große Anzahl von Agenten abzulenken und gleichzeitig geheime und unterirdische Wege zu benutzen, die nur ihnen bekannt waren, um schnell vom Ort der Entführung wegzukommen. Alles war sorgfältig geplant worden, und zwar von nur wenigen Personen, um das Risiko einer Entführung zu verringern. Selbstverständlich Alex, der von allem nichts wusste, war nur als Köder für Linas Entführung benutzt worden. Nina hatte mich zu spät kontaktiert, um die Falle zu verhindern. Wäre Lina dann allein gekommen, wirklich ohne die Polizei, wie gefordert, und hätte Nina mich nicht kontaktiert, dann hätten die Verbrecher vielleicht sowohl Lina als auch mich entführt, was für sie ein noch besseres Ergebnis gewesen wäre, ideal, angesichts unserer Zusammenarbeit mit der Polizei.

Ninas Augen trafen meine, in denen eine Mischung aus Frustration und Wut zum Ausdruck kam. Der Gedanke an das, was passiert war, war wie ein Schlag in die Magengrube. Die echte Nina befand sich noch immer in den Fängen der Sekte, die entkommen war, während wir damit beschäftigt waren, die Schritte der, wie es in der Nachricht hieß, "Meister der Szene" zu verfolgen.

Unser Feind war cleverer, als wir es uns vorgestellt hatten, und nun mussten wir uns anpassen und einen neuen Weg suchen, um den Vorhang des Geheimnisses zu lüften und Lina nach Hause zu bringen.

27

«*I am the snake that giveth Knowledge & Delight and bright glory, and stir the hearts of men with drunkeness. To worship me take wine and strange drugs whereof I will tell my prophet, & be drunk thereof! They shall not harm ye at all. It is a lie, this folly against self. The exposure of innocence is a lie. Be strong, o man! Lust, enjoy all things of sense and rapture: fear not that any Gods hall deny thee for this.*»

David Krah war zum Leuchtturm zurückgekehrt. Diesmal nicht allein. Vorsichtshalber hatte er sich Lina von zwei seiner besten und vertrauenswürdigsten Männer an einem Ort weit weg vom Leuchtturm übergeben lassen. Wie das Sprichwort sagt: "Vertrauen ist gut, Kontrolle ist besser." Jetzt war er am Leuchtturm nicht mehr allein. Lina war betäubt und war sowohl körperlich als auch geistig unfähig, die geringste Reaktion oder Rebellion zu zeigen. Die beiden saßen auf dem Boden, einander gegenüber: er saß aufrecht mit verschränkten Beinen, sie lehnte wie ein Sack an der Wand. David hatte eine mystische Atmosphäre geschaffen und begann, Verse aus Aleister Crowleys "Liber Al vel Legis" zu rezitieren, angefangen bei Punkt 22 (II. Hadit). Offensichtlich neigte David Krah dazu, diesen Abschnitt sowohl symbolisch als auch in Bezug auf Illusion, Freude und spirituelle Transformation zu überhöhen. Vielleicht lag es daran, dass er sich mit Hadit identifizierte, der sich wiederum, ich zitiere, als die Schlange beschreibt, die Wissen und Vergnügen schenkt, leuchtenden Ruhm bringt und die Herzen der Menschen mit Rauschzuständen aufwühlt. Es war jedoch schwer zu verstehen, warum er sein Delirium auf Lina projizierte, deren Worte aufgrund ihres veränderten Geisteszustandes langsam und gedämpft, ungeordnet und verwirrt waren.

Der Mann schien all dies zu ignorieren und begann, als er sie in ihrer drogenbedingten Ausdruckslosigkeit reglos sah, mit ihr zu sprechen. Hätte jemand die beiden gesehen, hätte er absurderweise geglaubt, dass es sich um einen Vater handelte, der seiner Tochter geduldig die Dinge des Lebens erklärte.

«Weißt du, Lina, du wirst viele Dinge lernen müssen. Nach dem Bild, das du gesehen hast, hast du in gewisser Weise deine eigene spirituelle Reise begonnen, die sich erst noch in ihrer ganzen Fülle entwickeln muss. Du musst verstehen, dass Hadit eine der beiden Hauptfiguren in Crowleys thelemitischen System ist, zusammen mit Nuit. Nuit steht für den unendlichen Raum, während Hadit der zentrale Punkt ist, die "innere Facettierung", die dynamische, zentrale Essenz des Universums. Hadit ist Bewegung, Wille, Lebenskraft, kreative Energie. Es ist eine Sonnengottheit, das Prinzip des individuellen Bewusstseins und des persönlichen Willens. Nuit und Hadit stehen für die Einheit der Gegensätze.»

Stille.

Hüsteln von Lina.

Die junge Frau konnte kein einziges Wort aussprechen, keine Silbe. Jeder Gedanke schien ihr zu entkommen und bildete eine Collage aus verschwommenen Ausdrücken und Labyrinthen in ihrem veränderten Bewusstsein. Lina hatte das Gefühl, in ein Meer von Worten einzutauchen, in dem sich die Sätze wie unregelmäßige Wellen bewegten, mit dem realen Hintergrund von Meeresrauschen und echten Wellen. Die Worte schienen in einer chaotischen und undeutlichen Abfolge an den Ufern ihres Geistes zu brechen.

David zeigte jedoch keine besondere emotionale Reaktion auf Linas Trägheit; im Gegenteil, er schien den Dingen ihren Lauf lassen zu wollen, als ob nichts geschehen wäre. Er schloss die Augen und wechselte von seinen Monologen zu einer Meditation. *«Ich gebe alles.»*, sagte er, dabei auf seine Atmung achtend. *«Und verlange nichts»*, fuhr er fort, die Luft anhaltend, um sie dann herauszulassen. *«Denn ich bin alles.»* Er setzte sein Mantra fort, indem er sprach und dabei immer langsamer und leiser atmete.

Dann herrschte absolute Stille im Leuchtturm. Nur von draußen ertönte weiterhin das sanfte, angenehme Rauschen des Meeres.

Eine unwirkliche Ruhe legte sich über den Leuchtturm, während sie beide, jeder auf seine Weise, in sich versunken blieben.

28

Sie waren wieder einmal im Keller der Bibliothek von Ferdinand Fogg versammelt. Alle waren da, diesmal auch Wachtmeister Frank Rippe, die neue Psychologin Michaela Ditt und sogar Kommissar Wagner, der in die ungewöhnliche Aktion verwickelt war. Und dann war da noch ich.

Ferdinand, der Hausherr, sah sich genötigt, das Wort zu ergreifen. *"Wir sind wieder hier versammelt, um mehr über die Vorgänge um die Sekte zu erfahren. Diesmal haben wir die Polizei dabei, die uns mit nützlichen Informationen unterstützt und Lena, der ich schon jetzt dafür danke, dass sie sich für diesen Versuch zur Verfügung gestellt hat, dem man oft sehr skeptisch gegenübersteht."*

In der Zwischenzeit war der Kommissar etwas nervös, wahrscheinlich fühlte er sich in der ungewöhnlichen Situation nicht wohl. Er fühlte sich, kurz gesagt, fehl am Platz. Immerhin, so dachte er, war die Untersuchung hundertprozentig esoterisch, es hatte keinen Sinn, diesen Aspekt zu ignorieren. Er musste sich also in dieses noch nie dagewesene Gebiet einarbeiten und natürlich auch die "traditionelle" Suche nach den Verbrechern und Lina koordinieren, die leider weiterhin gefangen gehalten wurde. Wie auch immer, es war seine Zeit zu sprechen gekommen: «A- pro- pro- AAA propro». Als die Psychologin ihn stammeln hörte, versuchte sie ihm zu helfen, während Kommissar Wagner den Blick von Frank Rippe suchte, in Erwartung von spöttischen Gesten gegenüber ihm. Seltsamerweise wirkte sein Kollege stattdessen fast bedauernd. *«Atmen Sie tief durch.»* sagte die Psychologin *«Lassen Sie die Anspannung von sich abfallen und denken Sie, zumindest bevor Sie anfangen zu reden, an etwas Entspannendes.»* Der Kommissar gehorchte, obwohl er nicht wusste, woran er so plötzlich denken sollte, und ließ sich von seinem Instinkt leiten, oder besser gesagt von seinen Augen, die direkt auf die Brüste der Psychologin gerichtet waren. Alle bemerkten es, es war zu offensichtlich. *«Das klingt nicht gerade nach einer entspannenden Sache, über die man nachdenken sollte!»* Sagte Frank Rippe mit einem halben Lächeln. Es folgte ein sehr langer, beruhigender Seufzer von Wagner, der ihn aber wirklich befreite. Dann gelang es ihm, normal zu sprechen, sogar sehr viel. *«Ich wollte sagen... Was den Sektenführer angeht, so gibt es kaum Zweifel, dass es sich um David Krah handelt. Leider gibt es keine Spuren von dem Verbrecher. Er scheint sich wirklich in Luft aufgelöst zu haben. Wir haben jedoch sehr nützliche Informationen von dem verhafteten Maler, auch um viele Dinge über die Sekte zu verstehen. Wir wissen jetzt zum Beispiel, dass sie oft einer gewissen geistigen Autonomie folgen und nicht den starren hierarchischen Strukturen der offiziellen Organisationen. Kurz gesagt, sie haben die Freiheit, Crowleys Lehren zu erforschen und an ihre persönlichen Erfahrungen anzupassen, wobei sie bestimmte Aspekte der Thelema-Philosophie betonen. Kurz gesagt, sie sind oft motiviert durch die Suche nach ihrem individuellen, dualen "Willen" und der Selbstverwirklichung, wie sie von dieser Philosophie gefördert wird.»*

Frank Rippe versuchte zusammenzufassen: «*Letzt-lich ist die Gemeinschaft der unabhängigen Praktizierenden, die Aleister Crowley folgen, vielfältig und offen. Ich weiß nicht einmal, ob wir deshalb von einer Sekte sprechen kön-nen, wenn wir dem Begriff eine vertrautere Bedeutung geben.*» Der Kommissar fuhr fort: "*In der Praxis wech-seln Menschen und Orte, so dass uns nur wenige nützliche Hinweise zur Verfügung stehen, obwohl ich überzeugt bin, dass es eine kleine Gruppe von Menschen gibt, die dem Führer dauerhaft nahe stehen. Vielleicht die gleichen Leute, die Lina entführt haben. Aber das ist, sagen wir mal, der eher ... äh ... polizeiliche Aspekt. Nun möchten Sie sich viel-leicht näher mit Ihrem Thema befassen. Ich übergebe daher wieder das Wort an ...*»

«*Nur noch einen Moment!*» Sagte Frank wieder, der es für nötig hielt, die Seiten von Alex' Tagebuch zu lesen, die das Gemälde betreffen.

Alle hörten aufmerksam zu. Dann kommentierte der Maler Beltran einige Aspekte des Gemäldes und fügte einige künstlerische Details hinzu, um die Be-schreibung abzuschließen.

Ferdinand Fogg war dann an der Reihe, und er meldete sich zu Wort. «*Was mir in dieser ganzen Angele-genheit nicht klar ist, ist der kriminelle Aspekt. Dem Crow-ley'schen Glauben zu folgen, sollte an sich nicht zum Ver-brechen führen! Ich stelle mir mehrere Fragen. Werden die Grundsätze der Thelema-Lehre falsch interpretiert? Viel-leicht werden Begriffe wie "individueller Wille" absichtlich verzerrt, um kriminelle Handlungen zu rechtfertigen? Viel-leicht hat der Leader die individuelle Freiheit entsprechend seiner verzerrten Auffassung von Macht und Kontrolle*

umgedeutet und die Sekte auf den Weg der Opferriten ge-
führt? Vielleicht ist es sogar eine Mischung aus persönli-
chem Ehrgeiz, psychologischer Manipulation (man denke an
das Gemälde) und Missverständnissen? Schließlich könnten
Missverständnisse leicht entstehen, wenn man, wie gerade
erwähnt, die individualistische Natur der Lehre selbst be-
denkt! Die Thelema-Lehre beinhaltet die Idee: "Liebe ist das
Gesetz, Liebe unter Willen", könnte das auch als Erlaubnis
für amoralische und gewalttätige Praktiken missverstanden
werden, wenn es auf eine verzerrte Weise interpretiert
wird? Kann die Psychologin uns helfen, indem sie ein mög-
liches psychologisches Profil des Anführers wagt?»

«Ich stimme zu», sagte Wagner. *«Nicht nur aus diesem*
Grund haben wir Dr. Ditt hier bei uns. Bitte sagen Sie uns
etwas.»

«Der Sektenführer kann ein komplexes psychologisches
Profil aufweisen, das Charisma, Manipulation und starke
verzerrte Überzeugungen kombiniert. Er könnte sehr über-
zeugend sein, ein typisches Merkmal von Sektenführern im
Allgemeinen, und so in der Lage sein, Anhänger durch seine
Eloquenz anzuziehen. In psychologischer Hinsicht könnte er
Anzeichen von Narzissmus zeigen und glauben, dass er
über den üblichen moralischen Standards steht. Seine Hand-
lungen könnten dann mit einer Art Größenwahn verwech-
selt werden, der ihn glauben lässt, er sei der Vermittler
höherer Mächte oder Götter. Letztlich könnte der Sektenfüh-
rer ein komplexes Individuum mit einer Kombination aus
narzisstischen, manipulativen und wahnhaften Eigenschaf-
ten sein.»

Es folgte ein Austausch von Meinungen und
Kommentaren. Madame Zephyra kam nach vorne und

hielt meine Hand, wie sie es zuvor getan hatte. Als wir uns in die Mitte des Raumes begaben, wo sich das Gemälde befand, wurde es still. Die ältere Frau, die auf "Die Anrufung von Crowley" starrte, sagte einfach: *«Ich denke, es ist an der Zeit, mit unserem Versuch fortzufahren, mit David Krah in Kontakt zu treten, wenn er es ist.»*

Alle schwiegen zustimmend, Ferdinand schaltete die Lichter aus, so dass nur noch die kleinen Notleuchten an den Seiten des Raumes und auf dem Gemälde ein Strahler mit weißer, neutraler LED-Beleuchtung übrig blieben, um unerwünschte Reflexe zu vermeiden.

Das Gemälde schien jedoch nicht in der Lage zu sein, in einem "neutralen" Kontext zu bleiben. Es schien lebendig zu sein. Es schien mit seinen leuchtenden Farben zu pulsieren, die sich in Schlangenlinien über die Leinwand zu bewegen schienen. Die Symbole leuchteten und vermittelten den Eindruck einer energetischen Präsenz. Alles schien sich ständig zu verändern, was der Komposition ein Gefühl von dynamischem Leben verlieh.

«Enter the realm of artistic mysticism as Crowley himself whispers through the strokes: "every intentional act is a magical act, and every magical act is an expression of the will"» rief Madame Zephyra aus.

29

Nina dachte an den Tag der Aufführung in der Werft zurück und was danach geschah.

Sie erinnerte sich daran, wie sie, immer noch nackt und blutbespritzt, auf der Bühne von vermummten Männern gepackt und auf ein Ritualbett gezerrt wurde. In ihre Gedanken versunken, schien sie die Momente der Überraschung davor und der Angst danach wieder zu erleben.

Sie dachte an eine Bühnenimprovisation an diesem Tag, auch in Anbetracht der Kleidung der Eindringlinge auf der Bühne, aber nicht lange, denn ihre Art, sich zu bewegen, war eher zielgerichtet als künstlerisch. Als sie diese Momente des Schreckens auf der Bühne noch einmal durchlebte, wurde sie daran erinnert, wie wenig sie zu diesem Zeitpunkt verstanden hatte. «*Wie oft werden wir im Leben mit Situationen konfrontiert, die wie Bühnenimprovisationen erscheinen, nur um später festzustellen, dass sie dramatisch real waren?*» fragte sie sich mit leiser Stimme, den Blick ins Leere gerichtet.

Dann erinnerte sie sich an den Übergang vom Schrecken zu den anschließenden Momenten der Verwirrung, als die Polizei die Kontrolle übernahm. Sie erinnerte sich aber auch daran, dass sie später mit einem der drei Kapuzenmänner allein war, dem einzigen, der nicht weglief und sogar seine Kapuze senkte, um sich der anrückenden Polizei zu zeigen. Er war eindeutig der Sektenführer, dachte sie. Es konnte gar nicht anders sein. Dieser eisige Blick, der nur teilweise von einer schweren Brille verdeckt wurde, hatte sich ihr eingeprägt. Diese intensiven grünen Augen waren ebenso faszinierend wie geheimnisvoll und sogar magisch. Und es waren genau diese Augen und diese Blicke, die Nina nicht mehr aus dem Kopf gingen. *«Erst jetzt, wenn ich mich an diese Augen erinnere, wird mir bewusst, wie anziehend und geheimnisvoll sie waren. Vielleicht hätte ich in jenem Moment die Bedeutung dieser Verbindung erkennen müssen, aber ich war zu sehr von der Angst gefangen, um ihre wahre Natur zu erkennen»* überlegte sie.

Nina saß im Halbdunkel ihrer Wohnung und ließ die Erinnerungen wie die Ufer eines dunklen Flusses fließen. Sie erinnerte sich an die Wiederbegegnung mit ihm, diesem geheimnisvollen Mann mit der bewegten Vergangenheit. Sie sah erneut die Szene klar vor sich, als wäre sie tief in ihrer Erinnerung eingraviert *«Er hat mir das Geld für die Aufführung gegeben»* dachte sie, als der Klang der Worte ihren Weg in den Kopf fand. *«Und diese Geste hatte vielleicht auch eine tiefere Bedeutung, als ich damals verstehen konnte.»* Ninas Hände begannen leicht zu zittern, als sie völlig in Erinnerungen versunken war.

Er begann von Aleister Crowleys Thelema-Religion zu erzählen und öffnete damit ein Fenster zu einer unbekannten Welt. *«Ich hatte schon etwas von Crowley gehört, aber in diesem Moment, als ich Zeuge einer solchen Eloquenz und Leidenschaft wurde, schien alles so schön*

168

und... wahr zu sein! Ich spürte, wie sich ein Feuer in meiner Seele entzündete» flüsterte sie vor sich hin. *«Er schlug mir vor, mich seinen spirituellen Aktivitäten anzuschließen, aber ich brauchte Zeit, um zu antworten. Sein Vorschlag war wie ein Köder, eine zweideutige Anziehungskraft zwischen dem Gefährlichen und dem Faszinierenden.»* Er flüsterte und versuchte, so viel wie möglich von diesem Treffen zu rekonstruieren.

Plötzlich erhellte ein Geistesblitz ihre Gedanken. *«Aber ich könnte mit ihm in Kontakt treten! Ich hatte gar nicht mehr daran gedacht! Ich hatte ihm keine Bedeutung mehr beigemessen und beschlossen, mich da rauszuhalten!»*

Nina tauchte so tief in die Tiefen ihres Gedächtnisses ein. Um mit David Krah in Kontakt zu treten, hatte er ihr gesagt, müsse sie verschlüsselte Botschaften erstellen. Dazu sollte sie auf einer öffentlichen Anzeigetafel, genau dort, wo sie sich getroffen hatten, Phrasen und Symbole einfügen, die mit der Philosophie von Aleister Crowley in Verbindung standen. Zum Beispiel hätte eine einfache "93" für den "Willen" gestanden, einen der Schlüsselbegriffe in Crowleys Philosophie. Wiederum hätte Nina beispielsweise ein Signal der Zustimmung zu Krahs Vorschlag senden können, indem sie schrieb: "Ich werde tun, was immer ich will, es wird das ganze Gesetz sein", in Abwandlung von Crowleys bekanntem Satz: "Tu, was immer du willst, es wird das ganze Gesetz sein".

Auf diese Weise würde jede Nachricht, die Nina an den geheimnisvollen Mann senden würde, zu einer Art "Riddle", Rätsel, das die Kenntnis der geheimen Sprache Crowleys erforderte, um richtig interpretiert zu werden, was die Kommunikation sicher, aber gleichzeitig geheimnisvoll machte.

All dies könnte für die Polizei von einiger Bedeutung sein, nicht zuletzt, weil es auf einen Ort hindeutet, an dem David Krah von Zeit zu Zeit auftaucht, um die Mitteilungen entgegenzunehmen, die er erhält, und auf die er wahrscheinlich auch antwortet.

Nina hörte in ihrer Wohnung, wie Alex die Küche betrat, als sie gerade dabei war, Kaffee zu kochen.

«Alex, willst du auch Kaffee?»

«Kaffee? Gerne, solange er so schwarz wie meine Seele ist und stark genug, um selbst die Leichen in meinem Keller aufzuwecken!»

«Hör mal Alex, wir müssen reden.»

Nina teilte Alex alles mit, was ihr durch den Kopf ging, einschließlich ihrer Absicht, zur Polizei zu gehen.

Alex nutzte die Gelegenheit und beschloss, etwas zu tun, um aus seiner Situation voller Komplikationen und Spannungen herauszukommen. Mit Festigkeit verkündete er seine Bereitschaft, sich seiner Verantwortung zu stellen und sich nicht länger zu verstecken. Er war entschlossen, die Transparenz in seinem Leben wiederherzustellen. Er versprach, Nina zur Polizei zu begleiten und sogar selbst bei den Ermittlungen zu helfen. Die Gewissheit, dass Luca in den Händen der Polizei war, gab ihm unter anderem ein Gefühl der Freiheit. Er würde nicht mehr erpressbar sein. Das einzige wahre Problem bestand in Bezug auf die Sektenmitglieder, die ihn kannten und ihn in Gefahr bringen konnten. Der günstigste Zeitpunkt schien jedoch gekommen zu sein, um an die Öffentlichkeit zu gehen, auch auf die Gefahr hin, rechtliche Konsequenzen tragen zu müssen. In diesem Zusammenhang schoss ihm der gleiche beunruhigende mögliche Vorwurf durch den Kopf: "Anstiftung und Betrug". Obwohl eigentlich auch andere Straftatbestände, wie Verschwörung, hinzukommen könnten, wenn man ihn als direkt Beteiligten ansieht. Wenn er von kriminellen Aktivitäten wüsste und sie nicht den zuständigen Behörden meldete, würde er außerdem riskieren, wegen "Unterlassene Hilfeleistung" und wer weiß was noch alles angeklagt zu werden.

Nina sah Alex in die Augen und erkannte die Entschlossenheit in seinem Blick. Sie hatte befürchtet, dass er aus Angst oder aus dem Wunsch heraus, sich zu schützen, einen Rückzieher machen würde. Aber jetzt, mit ihrer Entscheidung, sich der Situation zu stellen, fühlte sie sich endlich unterstützt.

«*Danke, Alex*» sagte Nina mit einem leichten Lächeln. «*Gemeinsam sind wir stärker. Wir werden zur Polizei gehen und uns dem stellen, was da auf uns zukommt.*»

Alex nickte und spürte, wie die Last der Ungewissheit von seinen Schultern abfiel. Die Aussicht, endlich frei von Erpressung und Drohungen zu sein, beflügelte ihn. «*Ich bin es jedoch, der dir zu danken hat, und zwar nicht nur dafür, dass du mich beschützt hast. Es ist an der Zeit, dem Ganzen ein Ende zu setzen. Ich will die Kontrolle über mein Leben zurückgewinnen.*»

Das Schicksal hatte sein verworrenes Netz gewoben, aber es schien endlich an der Zeit zu sein, sich zu outen und die Bindung an Intrigen und Unklarheiten aufzugeben. Doch die unbekannten Schatten der Sekte

171

hingen noch in der Luft, bereit, in den nächsten Kapiteln ihres Schicksals wiederaufzutauchen.

«*Manifestiere deinen Willen klar und ohne Angst, denn nur im offenen Ausdruck deiner selbst wirst du wahre Freiheit finden.*» sagte Alex schließlich zu Nina und zitierte dabei Aleister Crowley, der ihn inzwischen ein wenig psychologisch miteinbezogen hatte. Diese Lehre blieb den beiden noch lange im Gedächtnis, als sie plötzlich verstummten.

30

Die Gruppe war verzaubert von der Magie, die scheinbar aus dem Gemälde strömte, als stünde sie vor einem geöffneten Fenster zu einer mysteriösen Welt. Stille umhüllte den Raum, während die Anwesenden das Werk betrachteten, jeder gefangen in seinem eigenen Spiegelbild.

Es war Ferdinand Fogg, der die Stille brach und mit einer gewissen Wichtigkeit die Worte sprach: «*Wir sind bereit zu beginnen. Jeder von uns muss sich konzentrieren und alle Zweifel und Ängste beiseiteschieben. Unser Ziel ist es, mit David Krah über seine Verbindung zu diesem Gemälde Kontakt aufzunehmen.*»

Madame Zephyra, die Augen immer noch auf die Leinwand gerichtet, begann eine uralte Beschwörungsformel zu rezitieren, einen Gesang, der aus einer vergessenen Zeit zu stammen schien. Das Licht im Keller verdunkelte sich weiter und schuf eine Atmosphäre, die mit mystischer Energie aufgeladen war.

Die anderen Personen in der Gruppe, darunter auch Kommissar Wagner, folgten diesem Beispiel, schlossen die Augen und tauchten in die Tiefe ihres Wesens ein. Die Psychologin Michaela Ditt beteiligte sich unter Wahrung ihrer Professionalität an dem Ritual und versuchte, die psychologischen Mechanismen hinter dieser seltsamen Erfahrung zu verstehen.

Frank Rippe, der solchen Phänomenen normalerweise skeptisch gegenüberstand, ließ sich auf die einzigartige Atmosphäre des Augenblicks ein, schloss die Augen und ließ sich von der Energie, die den Raum durchdrang, mitreißen.

Die Zeit schien sich zu dehnen, und die Grenze zwischen der Realität und der geheimnisvollen Welt, die auf dem Bild gemalt war, wurde immer dünner. Jeder in der Gruppe spürte eine Präsenz, eine Kraft, die sich durch die Magie der Kunst und den kollektiven Willen manifestierte.

Plötzlich begannen farbige Lichter um das Gemälde zu tanzen, und eine zarte Brise brachte die Luft zum Vibrieren. Das Licht des kleinen Covellitsteins in der Mitte des Hexagramms verstärkte sich und erzeugte einen kaleidoskopischen Effekt von irisierenden Reflexen, die sich im ganzen Raum ausbreiteten. Es war, als ob der Stein selbst ein magisches Leuchten ausstrahlte und die Atmosphäre um das Gemälde herum veränderte.

Das Rauschen der Brise verwandelte sich in ein melodiöses Flüstern, fast wie ein uraltes Lied, das aus dem Stein strömte. Die schillernden Farben des Covellits spiegelten sich in den Gesichtern der Gruppe und schufen eine surreale, verzauberte Atmosphäre. Jede Farbe, die von dem Stein ausging, schien eine eigene Stimme zu haben, eine Melodie, die sich mit der magischen Energie des Untergrunds verband.

Der Raum schien lebendig zu werden, als ob das Gemälde auf den Ruf des magischen Steins reagierte. Die in dem Gemälde verborgene Magie manifestierte sich durch das Spiel von Licht und Klang und schuf für alle Anwesenden ein einzigartiges Sinneserlebnis.

Madame Zephyra, deren Augen immer noch auf die Leinwand gerichtet waren, holt einige schamanische Gegenstände aus einer kleinen Umhängetasche. Sie trug bunte Vogelfedern, ein kleines Tamburin und eine Flöte mit hypnotischen Melodien. Mit gemessenen und düsteren Gesten begann sie, einen Schamanengesang zu intonieren, einen Ahnenruf, der sich mit der Melodie der Flöte und dem Rhythmus des Tamburins verband.

Die Anwesenden sahen inzwischen aufmerksam zu und staunten über die unerwarteten schamanischen Fähigkeiten der alten Frau, die eher für ihre Kunst als übersinnliches Medium bekannt war.

Federn vibrierten leicht, angehoben von unsichtbaren Energien, während der Klang der Flöte die Atmosphäre des Verlieses durchdrang. Das Tamburin schlug den Rhythmus, einen Takt, der aus dem Herzen der Erde selbst zu kommen schien. Die Magie der schamanischen Verbindung entfaltete sich durch die Musik und hüllte den Raum in eine mystische Umarmung.

Das Licht im Keller verdunkelte sich nicht, sondern vibrierte im Einklang mit der Musik. Der Raum wurde zu einem Ort der Konvergenz zwischen der materiellen und der spirituellen Welt, wo Töne und Klänge mit der dem Gemälde und dem Covellit innewohnenden Kraft verschmolzen.

Madame Zephyras Gesang wurde zu einem Ruf, der über Worte hinausging, zu einer lebendigen Brücke zu unbekannten Dimensionen. Die Anwesenden wurden von der Magie umhüllt, die von der Verbindung zwischen der Melodie und dem Stein des Unterbewusstseins ausging.

Die Malerei schien auf diese neue Harmonie zu reagieren, die Symbole tanzten auf der Leinwand, als würden sie von der Musik selbst geführt. Die Gruppe bereitete sich darauf vor, die Grenzen zwischen dem Konkreten und dem Unsichtbaren zu überschreiten, bereit, David Krah in der Welt jenseits des Bildes zu treffen.

Das Gemälde wirkte nun wie ein lebendiges Portal, ein offenes Fenster zu unbekannten Dimensionen. Die Gruppe, gefangen im Staunen über ein solches Schauspiel, bereitete sich mental auf die bevorstehende Begegnung mit David Krah vor, wohl wissend, dass die dem Gemälde innewohnende Magie sie durch Grenzen jenseits der Vorstellungskraft führen würde.

Es war Madame Zephyra, die das Wort ergriff, ihre Stimme verklang nun zu einem geheimnisvollen Echo: *«David Krah, wenn du hier bist, komm zu uns und lass uns verstehen, was passiert!»*

Ein Schatten schien sich von dem Gemälde zu lösen und nahm in der Mitte des Raumes eine menschliche Gestalt an. Es war eine ätherische Präsenz, die von einem Geheimnis umhüllt war. Alle in der Gruppe waren atemlos. Sie waren wie hypnotisiert; wenn jemand den Raum betreten hätte, hätte er keine menschliche Gestalt vor dem Gemälde gesehen, sondern nur den Rauch des Weihrauchs, der mit den Schatten verschmolz.

Dann die wahre Magie.

Das Unmögliche schien möglich zu werden.

Madame Zephyra begann wie ein Bauchredner einen Dialog, der aus zwei leicht unterschiedlichen Stimmen bestand.

«David Krah, wandernde Seele, zeige dich durch den Schleier der Kunst und sprich zu uns. Enthülle dein Geheimnis, das in dem Gemälde verborgen ist», sagte sie leise, in einem alten und weisen Ton.

Dann wurde die Stimme tiefer und durchdringender und ertönte erneut im Raum. *«Du hast die Grenze zwischen den Welten erreicht. Die Verbindung ist hergestellt.»*

Madame Zephyra fasste Mut und fragte: *«Bist du wirklich David Krah, der Anführer dieser Sekte?»*

«Ich bin derjenige, der den individuellen Willen umarmt und sich von den Fesseln der allgemeinen Moral befreit. Der Weg, den ich beschreite, ist ein dunkler Weg, aber es ist der Weg zur wahren Freiheit.»

Die Frau gönnte sich eine Pause für ein langes Durchatmen, als wolle sie Kraft für eine wichtige Frage sammeln. *«Wo bist du, David Krah? Was ist dein Reich jenseits des Bildes?»*

Die Stimme selbst antwortete verändert: *«Inmitten der Nebel des Daseins, wo der Himmel auf den Meereshorizont trifft, da bin ich. Mein Wesen ist wie der Leuchtturm, der in den Schatten verborgen ist, und ein leuchtender Wegweiser für diejenigen, die in den Windungen der Seele die Wahrheit suchen.»*

Madame Zephyras Augen weiteten sich, als sie ihre Arme ausstreckte, als ob sie sich von etwas entfernte, das nur sie sehen konnte. In diesem Moment schwankte die Gruppe zwischen Staunen und Furcht angesichts dieser übernatürlichen Präsenz.

«Ich sehe dich» sagte die erschöpfte Frau, als sie auf die Knie fiel. *«Ich sehe dich! Ich sehe dich!»* schien sie endlos wiederholen zu wollen. Dann gewann sie die Kontrolle über sich zurück, unterbrach die Verbindung durch die Anstrengung und änderte ihre Worte. *«Ich habe ihn gesehen! Er ist in einem Leuchtturm.»*

Ich blieb, wie das Medium es wünschte, neben dem Gemälde, in Meditation versunken.

Was geschah, war eine außergewöhnliche Verschmelzung von Hypnose, Schamanismus und Meditation, ein sinnlicher Jubel, der sich wie ein einhüllender Zauber entfaltete. Die drei Praktiken verwoben sich in zeitloser Harmonie und schufen eine Atmosphäre, die mit subtiler, magischer Energie aufgeladen war und jeden Winkel des Raumes durchdrang. Alle Anwesenden waren emotional voll involviert.

Im Untergeschoss der Bibliothek schien David Krahs Wesen in einem unbestimmten Raum zu schweben, zwischen dem Schillern der Klangwellen und der rätselhaften Leuchtkraft seiner Präsenz.

Im gleichen Moment, im Leuchtturm, war David Krahs körperliche Präsenz, um Linas Schönheit zu sublimieren.

31

Auf den Tennisplätzen, die in die Dämmerung des Nachmittags getaucht waren, herrschte eine Stille, die nur durch das ferne Klirren der Schläger und die leichte Brise unterbrochen wurde. Ich hatte das Treffen mit Alex im Tennisclub mit einer seltsamen, aber berechtigten Aufregung akzeptiert. Seit wir uns kennen gelernt hatten, wechselten sich Momente der Verliebtheit mit Momenten der Unsicherheit und sogar der Angst ab.

Als ich die Sandauffahrt entlangging, hob sich ein Schatten vom tiefen Rot des Sonnenuntergangs ab. Und dort, am Ende von Tennisplatz drei, auf der Bank, fand ich Alex wieder. Sein Blick, verstärkt durch das goldene Licht, kreuzte den meinen, und ein Schauer lief mir über den Rücken. Die Zeit, die vergangen war, seit wir uns das letzte Mal gesehen hatten, hatte ein komplexes Netz um unser Leben gewoben.

«*Lena!*» sagte seine Stimme. «*Ich bin froh, dass du gekommen bist!*»

Unsere Blicke trafen sich, und in dem Moment der Stille konnte ich eine subtile Spannung in der Luft spüren. Es war, als wäre der Tennisclub zur Bühne eines Theaterstücks geworden, in dem sich die Vergangenheit und die Gegenwart als Hauptdarsteller verflechten.

Mit dem Bewusstsein, dass sich die Stimmung verändert hatte, atmete ich tief durch und spürte das Gewicht der unausgesprochenen Worte. Es war der richtige Moment, der Moment, in dem die Masken fallen und die Herzen sich öffnen konnten.

«Alex! Wo warst du die ganze Zeit?»

Alex fuhr sich mit einer Hand durch die Haare, eine nervöse Geste, die seine Angst verriet. *«Lena, es gibt etwas, das ich dir schon lange sagen wollte. Etwas, das ich zu lange verborgen gehalten habe.»*

«Sprich offen mit mir, bitte. Ich halte dieses "Schachspiel" nicht mehr aus. Vertrau dich mir an!»

Der Wind trug den Duft von zirkulierendem Grün mit sich, eine Mischung aus frischem Gras und Blumen in der Ferne. Es war, als warte die Natur selbst gespannt auf die Enthüllung eines Geheimnisses, das den Lauf der Dinge verändern würde.

Alex fixierte seinen Blick mit seinen Augen auf den meinen. *«Ich liebe dich, Lena. Das habe ich immer getan, auch wenn das Schicksal uns auf unterschiedliche Wege geführt hat.»*

Ich war von Freude und Wut ergriffen. *«Ich denke, du schuldest mir wirklich ein paar Erklärungen, bevor du von Liebe sprichst.»*

«Du hast Recht.» sagte Alex. *«Leider hat alles auf eine kranke Art und Weise begonnen. Schon bevor wir uns kennenlernten, war mein Leben von einem Gemälde geprägt, das du jetzt auch kennst: "Crowleys Anrufung". Von diesem Moment an hatte ich mein Leben nicht mehr voll im Griff und war Erpressungen und Druck jeglicher Art ausgesetzt. Anfangs war ich mir jedoch nicht der Ernsthaf-*

180

tigkeit dessen bewusst, was das Gemälde bewirken konnte, oder besser gesagt, der Personen, die mit dem Gemälde zu tun hatten. Die Absichten der Sekte schienen sich in Worten auf Religion, Lebensphilosophie und Kunst zu beschränken. Ich beugte mich dem Willen der Leute, die Menschen, insbesondere Frauen, für die Sekte gewinnen wollten. Ich dachte wirklich nicht, dass ich jemanden in Gefahr bringe, oder vielleicht war das meine Hoffnung. Als ich dich sah, war ich sofort hingerissen. Aber um Zeit zu gewinnen und dich trotzdem wiedersehen zu können, beschloss ich, meine "Show" fortzusetzen. Später, als mir die Sekte im Nacken saß, war ich verwirrt, und wusste nicht, was ich tun sollte. Aber wenn ich an dich dachte, fühlte ich immer das Flattern von Schmetterlingen und mein Herz schlug schneller.»

«Aber ist dir bewusst, dass Menschen gestorben sind! Vielleicht wusstest du es nicht? Meine beste Freundin Lina ist entführt worden» sagte ich und merkte, dass sich der Ton meiner Stimme spontan erhöht hatte.

«Wieder einmal hast du Recht. Du hast tausendmal recht. Aber gerade weil ich sehe, was passiert, habe ich beschlossen, mich meiner Verantwortung zu stellen. Besser spät als nie.»

Seine Worte klangen in der Luft wie ein unterbrochenes Melodrama, und mein Herz blieb einen Moment lang stehen.

Trotz allem spürte ich, dass er es aufrichtig meinte und ich ihn trotzdem liebte. Niemals mehr als in diesem Moment wurde mir bewusst, wie blind die Liebe ist.

Aber ich war erstaunlich stark, eine vernünftige und vor allem rationale Position einzunehmen.

Als ich wegging, sagte ich zu Alex: «*Gut. Du hast gesagt, du willst dich deiner Verantwortung stellen. Ich glaube dir. Wenn du das getan hast, können wir uns wieder treffen.*»

Als ich mich umdrehte, glaubte ich, eine Träne auf Alex' Wange zu sehen. In meinem Kopf sagte ich: «*Ich liebe dich auch, Alex.*» Als ich an alles dachte, vor allem an Lina, verspürte ich den großen Wunsch zu weinen.

Ich weinte und weinte und merkte, dass ich vergessen hatte, nach Erklärungen für sein Tagebuch zu fragen.

32

Der kalte Nachtwind ließ Ninas Haare leicht zucken, als sie sich dem vorgesehenen Platz näherten. Alex sah sie mit fragenden Augen an und versuchte zu verstehen, was hier vor sich ging.

Nina blieb vor einer alten, verlassenen Werbetafel stehen, die nur vom schwachen Licht des Mondes beleuchtet wurde. «*Alex, das ist der Punkt. Hier können wir anfangen, die Mauer des Schweigens um uns herum zu durchbrechen.*»

Alex warf einen verwirrten Blick auf, sagte aber nichts und wartete auf eine Erklärung.

Mit einem angestrengten Lächeln begann Nina zu erklären. «*David Krah sagte mir, dass wir, um mit ihm in Kontakt zu treten, eine Sprache benutzen müssen, die nur wenige verstehen können, indem wir verschlüsselte Botschaften, Phrasen und Symbole schaffen, die mit der Philosophie von Aleister Crowley verbunden sind.*»

Das Mondlicht fiel auf Alex' Gesicht, als er versuchte, die Informationen zu verarbeiten. «*Also, was sollen wir tun? Verdammt, du hast versprochen, zur Polizei gehen zu wollen!*»

«*Wie oft muss ich dir das noch sagen! Wir werden morgen zur Polizei gehen, keine Sorge. In der Zwischenzeit werden wir uns, ohne ein Risiko einzugehen, umsehen, eine Nachricht hinterlassen und dann schnell weg.*»

Während Alex im Zweifel schweigend verharrte, zog Nina ein gefaltetes Blatt Papier aus ihrer Tasche und reichte es Alex. *«Wir müssen eine verschlüsselte Nachricht erstellen. Etwas, das seine Aufmerksamkeit erregt und ihn davon überzeugt, dass wir zur Zusammenarbeit bereit sind.»*

Alex nahm das Papier und betrachtete es neugierig. *«Es ist wie ein Puzzle...»*

«Genau!» bestätigte Nina. *«David Krah liebt Rätsel, und das ist unsere Eintrittskarte. Wir müssen ihm zeigen, dass wir einfallsreich genug sind, seine Geheimsprache zu übernehmen.»*

Alex' Augen leuchteten vor plötzlicher Erkenntnis auf. *«Wir werden also unsere kodierte Botschaft erstellen und sie aufhängen. Aber ...»* Er deutete an, dass er eine Frage hinzufügen wollte.

«Alex!» unterbrach ihn Nina und zeigte ihm einen Zettel aus ihrer Handtasche *«Wir haben eine Botschaft ohne die übliche "93" kreiert, dafür aber voll mit Crowleys Geheimsprache.»*

«"93" ist die Zahl des Willens, laut Crowley.»

«Stimmt, aber unser Rätsel ist ein wenig spezieller. Es gibt andere Symbole. "93" eben nicht. Wir werden ihm Folgendes sagen: "Zwischen den Windungen der schwarzen Schlange wird sich der Schlüssel unseres Willens offenbaren. Im Auge des Sturms wird die Weisheit unser Wegweiser sein"»

Alex untersuchte die Nachricht und versuchte, die Komplexität der okkulten Symbolik zu erfassen. *«Es ist ein faszinierendes Rätsel, Nina. Aber wird Krah in der Lage sein, es zu entschlüsseln?»*

Nina nickte zuversichtlich. «*Mit dieser Botschaft wollen wir zeigen, dass wir das nötige Wissen besitzen, um in die Welt des Willens und der Weisheit einzutreten, die sich um Crowley dreht.*»

Mit dem Zettel in der Hand ging Nina auf die Werbetafel zu. «*Jetzt müssen wir die Botschaft an der richtigen Stelle anbringen. Nur dort, im Schatten dieses Rätsels, können wir Kontakt zu Krah aufnehmen.*»

Alex folgte Nina, während ein Wirbelsturm von Gefühlen in Alex' Seele kroch.

Kaum hatten sie die Nachricht hinterlassen, eilten sie beide davon. Es folgten lange Momente der Stille, in denen Alex nachzudenken begann. Ein Teil von ihm war angezogen von dem geheimnisvollen Abenteuer inmitten von Crowleys okkulter Symbolik, das ihnen bevorstand. Die Aufregung wurde jedoch von einem Gefühl der Angst und Unsicherheit begleitet. Das Bewusstsein um die Gefährlichkeit der Situation und die Tragweite der Handlungen, die sie unternahmen, warf einen Schatten der Nervosität auf seine Entscheidungen. Außerdem spürte er Ninas Entschlossenheit, die in ihm eine Mischung aus Bewunderung und Angst auslöste.

Das Wissen um seine Verwundbarkeit vor den Behörden, der Sekte und vielleicht auch vor sich selbst gab ihm das Gefühl, sich auf einem schmalen Grat zwischen Mut und Angst zu bewegen.

Doch trotz seiner Unsicherheiten hegte Alex eine schwache Hoffnung. Die Aussicht, sich von den Fesseln der Erpressung und der Drohungen zu befreien, gab ihm ein Gefühl der Erleichterung. Vielleicht war es ein Schritt in die Freiheit, wenn auch von der Angst vor den Konsequenzen begleitet.

Immerhin würden sie am nächsten Tag zur Polizei gehen.

Nina ihrerseits war von einer unerschütterlichen Entschlossenheit erfüllt, von dem Geheimnis fasziniert, besorgt um Alex' Sicherheit, jedoch zugleich beseelt von einer inneren Hoffnung auf Befreiung. Sie war jedoch bereit, mit Kühnheit Risiken einzugehen.

Nach einem langen Spaziergang zogen sich Nina und Alex in ein überfülltes Café in der Stadt zurück. An einem kleinen Tisch sitzend, begannen sie zu diskutieren.

«Ich habe tausend Fragen im Kopf.» sagte Alex sofort *«Angefangen bei der Frage, wie viel und was wir morgen der Polizei sagen werden, wie wir die Werbetafel kontrollieren wollen? Auf eigene Faust? Mit welchen Vorsichtsmaßnahmen? Oder überlassen wir das der Polizei? Aber erst einmal musst du mir das Rätsel erklären!»*

«Hey, immer mit der Ruhe! Das Rätsel ist ein bisschen kompliziert, aber nur sozusagen, denn wie ich dir schon sagte, will er uns nur unser Wissen vermitteln, was uns zu einer neuen Annäherung an die Sekte führen könnte.»

Alex gab ihr mit einer Geste zu verstehen, dass er das schon verstanden hatte. Er fragte jedoch: *«Aber die Windungen? Die schwarze Schlange und all das? Und wie kommt es, dass du so viel weißt?»*

Nina stieß einen Seufzer aus, bevor sie antwortete. *«Die letzte Antwort ist sehr banal: Ich habe mich erkundigt! Die schwarze Schlange wird in Crowleys Philosophie oft mit der Symbolik der Verwandlung und der Weisheit in Verbin-*

dung gebracht. In unserem Zusammenhang könnten die Windungen der schwarzen Schlange für die Komplexität und Tiefe des Weges stehen, den wir gehen. Der "Schlüssel" ist also oft ein Symbol für geheimes Wissen oder den Zugang zu verborgenen Wahrheiten, nicht nur in Crowleys Philosophie. Das Auge des Sturms kann als ein Ort der Ruhe und der Weisheit inmitten der stürmischen Ereignisse interpretiert werden. Es steht für die Fähigkeit, in schwierigen Situationen Klarheit und Orientierung zu bewahren. Weisheit als Führung" ist ein wichtiges Konzept in Crowleys Philosophie und wird hier meiner Meinung nach als Führung durch Schwierigkeiten dargestellt. Insgesamt erfordert das Verständnis des Rätsels eine Vertrautheit mit der Symbolik und Philosophie Crowleys, die eine Brücke zwischen dem Absender (uns) und dem Interpreten (mit Glück David Krah) bildet.»

Alex hatte die ganze Zeit über geschwiegen, Nina aufmerksam zugehört und ihre Schönheit im Schatten des Kerzenlichts an ihrem kleinen Tisch eingehend betrachtet. Doch schon jetzt brütete er die Idee aus, dass auch er sie mit etwas überraschen wollte.

«Ausgehend von dem, was du mir erzählt hast, möchte auch ich dich zumindest ein wenig mit einer Art Rätsel verblüffen: "Im Tanz der Krähen findest du den Widerschein der Seele, wo die schwarze Schlange mit der brennenden Flamme tanzt. Der Schlüssel zu deinem Wesen leuchtet im Auge des Sturms, wo die Weisheit den Weg weist und die Liebe das Festmahl ist. Wer sind wir, wenn nicht die Verzauberung Crowleys, die in das Netz unseres Geheimnisses eingewoben ist?"»

Nina, die Alex' Ablehnung der Liebe nicht vergessen hatte, reagierte schnell auf das, was ein Umwerben hätte sein können. Sie schien die Fähigkeit eines Poeten-Komödianten erworben zu haben. Sie sagte: "*Zwischen den Windungen der Schlange ist das Rätsel subtil, wo der Schlüssel Weisheit und das Herz eine Zuflucht ist. Aber sei vorsichtig, Reisender, im Tanz der Liebe, denn wenn die Schlange sich weigert, wird es dein Leid sein.*"»

Nachdem Nina ihren Satz beendet hatte, mischte sich eine fremde Stimme ein: «*Hier ist die Rechnung!*» Pause «*Ihr Dichter!*»

Am Ende lachten sie wie 14-Jährige.

33

Kommissar Wagner begann zu stottern, ohne dass Frank Rippe ihm einen seiner üblichen Tricks vorgespielt hätte. Er war einfach nur aufgewühlt. Der Sektenfall zermürbt ihn. Die höheren Stellen bei der Polizei und die Presse setzten ihn immer mehr unter Druck. Frank, der nur gekommen war, um seinen Vorgesetzten über den Stand der Ermittlungen zu informieren, schaute dem Kommissar direkt in die Augen, mit einem Ausdruck, als wollte er sagen: *«Diesmal mache ich dir nichts vor!»* Wagner unterbrach diese Begegnung der Blicke, indem er die Augen schloss und regelmäßig tief ein- und ausatmete. Dann fuhr er fort, ein scheinbar feststehendes Ritual durchzuführen, eine Routine, die sich immer und immer wiederholte. Er begann kleine Bewegungen zu machen, um seinen Nacken, seinen Oberkörper und seine Schultern zu entspannen. Dann begann er, wie ein Fisch seinen Mund zu bewegen, indem er ihn öffnete und schloss, dann begann er, "Luft zu kauen", um die Gelenke seines Mundes zu erwärmen. Schließlich begann er, an seiner Stimme zu arbeiten, mit sehr kurzen und sehr langsamen Aussprache- und Intonationsübungen, als ob er eine Fremdsprache lernen würde.

Nach ein paar Minuten öffnete er wieder die Augen und erhielt einen ebenso langsamen und vorsichtigen

Applaus von seinem besten Agenten, der dann sagte: «Kunsttherapie?»

Von diesem Moment an begann der Kommissar allmählich zu sprechen, ohne zu stottern. Er antwortete langsam und versuchte, jedes Wort zu erfassen, wobei er auf seinen Atem achtete. «*Ich mache so etwas, weil ich auch die Beziehung zwischen Stimme und Gefühl erforsche, in einer Art künstlerischem Ausdruck. Stell dir den Monolog eines Theaterschauspielers vor, der jedes einzelne Wort betonen will, indem er es durch gezielte Pausen zwischen den einzelnen Wörtern unterstreicht. Aber... jetzt wollen wir über etwas anderes reden!*»

«*Ja, eigentlich wollte ich über das Experiment berichten, das außergewöhnlich war und alle unsere Erwartungen übertroffen hat. Die Sitzung begann sofort in einer magischen und geheimnisvollen Atmosphäre, wobei Madame Zephyra die Gruppe durch einen erfolgreichen Versuch der Kontaktaufnahme mit David Krah führte. Während des Rituals erlebten wir ungewöhnliche visuelle und akustische Phänomene, aber die eigentliche Überraschung kam, als sich eine ätherische Gestalt scheinbar in der Mitte des Raumes manifestierte und auf Madame Zephyras Bitten reagierte. David Krah sprach durch die Stimme der Frau von einer Dimension zwischen den Welten und gab sogar Hinweise auf seinen Aufenthaltsort, so dass Madame Zephyra erklärte, sie könne ihn in einem Leuchtturm sehen. Die Sitzung war intensiv, fesselnd und irgendwie jenseits des rationalen Verständnisses.*»

Kommissar Wagner zeigte eine kontrollierte Skepsis, aber auch ein vorsichtig offenes Interesse an der

Möglichkeit, dass David Krah wirklich in einem Leuchtturm sein könnte.

«Frank, was du gerade beschrieben hast, ist wirklich außergewöhnlich. Ich kann nicht leugnen, dass das, was du geschildert hast, eine einzigartige und fesselnde Atmosphäre geschaffen hat. Wir müssen diese Erlebnisse jedoch kritisch und rational betrachten. Die Vorstellung, dass sich David Krah in einem Leuchtturm aufhält, klingt zugegebenermaßen etwas ungewöhnlich, aber es ist dennoch ein konkreter und interessanter Ort. Wir müssen alle möglichen Erklärungen in Betracht ziehen, einschließlich der Suggestion und der kollektiven Wirkung auf die Gruppe. Trotz meiner Skepsis bin ich daran interessiert, dies weiter zu erforschen. Wenn es sich um einen Leuchtturm handelt, gibt es vielleicht etwas Greifbareres zu überprüfen. Stell Nachforschungen über die mögliche Verbindung von David Krah zu einem Leuchtturm an. Versuchen wir zu verstehen, ob das, was du erlebt hast, eine Grundlage in der physischen Realität hat. Achte in der Zwischenzeit darauf, jedes Detail des Erlebnisses zu dokumentieren und alle Beweise zu sammeln. Es mag wichtige Elemente geben, die sich unserem anfänglichen Verständnis entziehen. Wir sind für alle Möglichkeiten offen, aber wir werden immer einen rigorosen Ermittlungsansatz verfolgen.»

Es war immer wieder erstaunlich, wie Kommissar Wagner es schaffte, so entschlossen aus seinem Stottern herauszukommen und plötzlich zu sprechen, als wäre nichts geschehen.

«Da ist noch etwas.» sagte Frank *«Heute Morgen ist ein gewisser Alex, den Lena kennt, auf dem Revier aufgetaucht, zusammen mit Nina, die Künstlerin, die bei unserer*

Polizeikontrolle während des "künstlerischen Treffens" der Sekte aufgetreten ist.»

«Ist das zufällig derselbe Alex, von dem Luca, der Künstler, so viel gesprochen hat?» fragte der Kommissar.

«Ja, genau der! Er hat unter anderem zugegeben, direkten Kontakt mit der Sekte gehabt zu haben, wenn auch nicht gewollt. Aber abgesehen von der Verantwortung könnte er uns nützlich sein, ebenso wie Luca, um wichtige Informationen über die Sekte zu sammeln.»

«Sehr gut! Und die Frau? Warum ist sie mit ihm mitgekommen? Was hat sie uns zu sagen?»

Frank Rippe berichtete alles, was Nina ihm über die Sekte erzählt hatte, auch die Sache mit den geheimen Botschaften auf der Werbetafel.

Nachdem Wagner aufmerksam zugehört hatte, kommentierte er: *«Interessant! Aber machen wir uns nicht zu viele Illusionen! Ich glaube nicht, dass David Krah persönlich hingehen wird, um die Botschaften zu überprüfen, es reicht, wenn ein anderer Verantwortlicher hingeht, der dann Bericht erstattet, vielleicht mit einer Fotoaufnahme.»*

«Stimmt, aber es könnte auch eine einsame Aktion des Sektenführers sein. Ich glaube sogar, dass es zu seinem psychologischen Profil passt. Ich erinnere mich an einige Punkte, die unsere Expertin genannt hat. Insbesondere der Narzissmus, bei dem der Sektenführer eine grandiose Sichtweise von sich selbst und einen Mangel an Empathie gegenüber anderen zeigt. In diesem Fall könnte David Krah es also vorgezogen haben, die Dinge selbst in die Hand zu nehmen, um mehr Macht über die Menschen zu haben, da sie direkt mit ihm zu tun haben.»

Der Kommissar überlegte einen Moment und nahm dann eine Entscheidung vorweg. "*Frank, was du sagst, macht Sinn. Ich bin grundsätzlich entschlossen, eine Ermittlungslinie beizubehalten, die nichts ausschließt. Deshalb möchte ich zunächst noch einmal persönlich mit allen unseren Informationsquellen sprechen, einschließlich Alex und Nina. Außerdem werden wir ab sofort damit beginnen, neue Ermittlungen zu koordinieren, wobei wir uns auch auf die neuen Informationen über den Leuchtturm, die Werbetafel und alles andere konzentrieren werden.*»

Frank blieb stumm, den Blick ins Leere gerichtet.

Der Kommissar sah ihn entgeistert an. «*Frank!*»

Keine Antwort. Frank war völlig in seine eigenen Gedanken vertieft.

«*Frank!!!*» Wiederholte der Kommissar, der aufgeregt weiterstotterte. «*Bist du da? Kannst du mich hören?*»

«*Luca! Der verhaftete Maler!*» schaffte es Frank schließlich zu sagen.

«*W-Wa-Was ist m-m-mit dir lo-o-los?*»

«*Plea bargain!*» sagte Frank und fuhr dann fort: «*Chef! Es ist nichts Außergewöhnliches, woran ich denke. Aber im Moment könnte uns eine Kooperationsvereinbarung, ein plea bargain, mit dem verhafteten Maler wirklich helfen. Wir könnten Luca im Gegenzug für seine Kooperation eine geringere Strafe anbieten. Man könnte versuchen, eine moralische Verbindung zu ihm herzustellen, indem wir ihn ermutigen, sein Verhalten zu reflektieren und durch die aktive Mitarbeit bei den Ermittlungen zum Wohle der Gemeinschaft beizutragen. Vielleicht ist er die einzige Person, die einen direkten Kontakt zu David Krah herstellen kann.*»

Kommissar Wagner wurde wieder ruhig und nahm seine normale Sprechweise wieder auf, wenn auch langsam und wieder mit seiner eigenen Technik. *«Ja, vielleicht ist die Zeit für einen neuen Versuch gekommen. Jetzt können wir auch auf eine "emotionale Beteiligung" abzielen und Alex' Wissen über ihn nutzen. Sicherlich könnten die beiden ehemaligen Mitarbeiter, die auch ein freundschaftliches Verhältnis zueinander hatten, versuchen, wieder zueinander zu finden. Das ist gut. Wir haben eine Menge zu tun. Lass uns loslegen!»*

An dieser Stelle zeigte Frank sein bestes spöttisches Grinsen und sagte, ohne sich ein Lachen zu verkneifen: *«Kommissar Wagner, ich hoffe, dass unsere Ermittlungen zu einer echten Erfolgsgeschichte werden! Mit einem so bekannten Nachnamen in der Welt der Musik haben wir vielleicht den perfekten Soundtrack, um dieses Rätsel zu lösen. Hoffen wir nur, dass es nicht in einem dissonanten Duett endet! Lass uns damit beginnen, die Noten auf dem Ermittlungspentagramm zu setzen und prüfen, ob wir zu einem erfolgreichen Abschluss kommen, der Applaus verdient!»*

Der Kommissar kommentierte sofort. *«Da haben wir es wieder. Das ist immer dasselbe mit dir! Ich habe mich schon so sehr an deinen Unsinn gewöhnt, dass ich mich nicht einmal mehr ärgere. Schau an, dieses Mal hast du nicht die Genugtuung, mich stammeln zu hören. Ich bin sehr ruhig! Wie auch immer, Frank, hin und wieder wäre es schön, einen Fall zu lösen, ohne einen Abend im Theater des Humors überstehen zu müssen. Aber das macht nichts, machen wir weiter mit dem Witzekonzert. Ich hoffe, unsere*

194

Ermittlungen sind wenigstens erfolgreicher als diese musikalischen Witze!»

«Natürlich! *Wie ich schon sagte, wir werden ein Schluss haben, der Applaus verdient!»* Dann schloss er, sich vom Kommissar verabschiedend, mit einer Anspielung auf eine Melodie mit der Stimme, beginnend mit einem leichten «*Pling*», gefolgt von einer schnellen Abfolge von aufsteigenden «*doo-doo-doo.»* Dann ein kurzer Moment der Spannung mit einem «*tadum*», gefolgt von einer Reihe von hüpfenden und spielerischen «*ti-ti-ti*»-Tönen, dann ein verstärkter und leidenschaftlicher Rhythmus, der von einer Folge von «*dum-dum*» gebildet wurde. Schließlich öffnete Frank die Tür, um das Büro zu verlassen, blieb aber noch einen Moment auf der Schwelle stehen, um die Melodie mit einem leisen, beruhigenden «*Plong!*» zu beenden.

Schweigend und ironisch die Hände zum Gebet zusammenhaltend, sah Kommissar Wagner zu, wie er die Tür hinter sich schloss.

34

Lina fror.

David Krah beobachtete sie immer noch. Er bewunderte immer noch ihre Schönheit. Er fühlte sich, als würde er einen zitternden, hilflosen kleinen Vogel betrachten.

Lina drehte sich um, als sie seinen Blick auffing.

Sie fühlte sich innerlich leer und müde.

David schien alles an ihr zu spüren. Er beschloss, sich ihr behutsam zu nähern, ohne etwas zu sagen, um sie nicht zu erschrecken. Dann hüllte er sie in eine beruhigende Umarmung und versuchte, ihr inmitten der Kälte, die sie umgab, Wärme zu geben.

«*Ich werde dir nicht wehtun*», flüsterte er und versuchte, ihr ein Gefühl der Sicherheit zu vermitteln. «*Ich weiß, es mag seltsam klingen, aber in Wirklichkeit möchte ich dich nur verstehen und mich selbst verstehen. Ich wünschte, du könntest dich sicher fühlen, wenigstens für einen Moment.*»

David Krah hatte in seinem Leben schon immer die Schönheit der Frauen bewundert, manchmal in einer so intensiven Weise, dass er manisch wurde. In dieser besonderen Situation begann er über sich selbst nachzudenken und fragte sich, ob er auch Empathie für Frauen und schließlich für Menschen im Allgemeinen empfinden könnte. Auch wenn er es sich nicht eingestehen wollte, war er sich in gewissem Maße seines

Individualismus und seiner Egozentrik mit Tendenzen zur Dominanz bewusst. Vielleicht nahm er unbewusst nur ihre Gefühle wahr. Hatte er es wirklich nötig, sie zu entführen? Hielt er sie wirklich für gefährlich aufgrund dessen, was sie wusste und tat? Warum hatte er also beschlossen, sie bei sich in seinem Versteck zu behalten?

Lina indessen konnte, obwohl sie eine Gefangene war, eine unerwartete Freundlichkeit in Davids Handlungen spüren, die sie über die Komplexität des Geschehens nachdenken ließ.

Dann fuhr David fort, mit ihr zu sprechen.

«Lina, ich verstehe, dass dies seltsam und beängstigend erscheinen mag. Ich bin mir dessen bewusst, was ich repräsentiere, aber ich versichere dir, dass meine Absichten nicht böse sind. Ich verehre die Schönheit, aber ich will dir nichts Böses. Ich versuche mich mit dir auf eine andere Art und Weise zu verbinden, auch wenn ich mir bewusst bin, dass die Situation nicht ideal ist.»

David versuchte, einen Dialog herzustellen, wobei er darauf spekulierte, dass Lina in irgendeiner Weise reagieren würde. Was auch immer sie zu tun beschloss, würde entsprechend einfacher sein.

«Wir können diskutieren, wenn du willst.»

Da keine Antwort von ihr kam, machte der Sektenführer kurz Pause und setzte dann das Gespräch mit ihr fort. *«Lina, Schönheit ist eine mächtige Kraft, ein Weg zur Selbsterkenntnis und zum Verständnis. Ich habe immer die Schönheit der Frauen angenommen, aber nicht nur die oberflächliche Schönheit. Ich beziehe mich auf die tiefere Schönheit, die Schönheit der Seele. Ich habe versucht zu verstehen, wie diese Schönheit sich mit unserem innersten Wesen verbinden kann, wie sie uns auf unserer inneren Suche leiten kann.*»

Es folgte weiteres Schweigen, während Linas Augen aufmerksamer wurden. Der körperliche Kontakt mit dem Mann machte ihr seltsamerweise keine Angst, im Gegenteil, durch die plötzliche Wärme fühlte sie sich sowohl äußerlich als auch innerlich ein wenig besser.

David, der immer noch auf die Körpersprache der Frau achtete, erkannte, dass er weiterreden konnte, auf die Weise, die ihm auch bei seinen Anhängern immer leicht fiel. Dann fuhr er fort. *«Die Philosophie von Aleister Crowley, einem der umstrittensten Männer der Geschichte, besagt, dass wir durch das Verständnis der Schönheit eine Form der Selbsterkenntnis und Transzendenz erlangen können. Es ist ein komplizierter Weg, und vielleicht ist diese Situation, in der wir leben, eine Art Experiment für mich. Ich versuche, mit meiner Fähigkeit zur Empathie zu experimentieren, und zwar auf eine Weise, die über die Oberfläche hinausgeht.*»

David versuchte, seine Weltanschauung zu erklären, wobei er sich ihrer Komplexität und der Nuancen, die sie mit sich brachte, bewusst war. Er wartete auf Linas Reaktion, gespannt darauf, wie sie diese Worte interpretieren würde und ob sie den vorgeschlagenen Dialog akzeptieren oder ablehnen würde.

Lina fühlte sich zunächst verwirrt und verletzlich. Die Fremdheit der Situation, in der sie sich befand, war ihr unangenehm, und die Einführung in philosophische Konzepte schien sie zu befremden. Allerdings

198

konnte sie auch einen leichten Schimmer von Verständnis für den Geisteszustand des fremden Mannes und seine Erfahrungen erkennen.

Davids Worte, diese beunruhigende Gestalt, erweckten in Lina eine seltsame Mischung aus Angst und Neugierde. Sie spürte eine Unsicherheit, wie sie reagieren sollte, aber auch eine leichte Überraschung über die unerwartete Freundlichkeit, die er ihr entgegenzubringen schien.

Linas ständige Sehnsucht nach Liebe und Geborgenheit ließ sie sich nach einem tieferen Dialog sehnen, doch die Komplexität der Situation ließ sie zögern. Da sie sich ihrer Verletzlichkeit bewusst war, bewertete sie Davids Worte sorgfältig und versuchte herauszufinden, ob dahinter ein aufrichtiger Versuch der emotionalen Annäherung oder nur ein weiterer manipulativer Aspekt ihrer Gefangenschaft steckte.

Diesmal war es also Lina, die David unter die Lupe nahm. Für einen Moment waren die Rollen vertauscht.

«David!» sagte Lina mit fester, aber unsicherer Stimme. «*Das ist doch dein Name, nicht wahr? Es ist schwierig, deine Philosophie und deine Motive zu verstehen. Deine Freundlichkeit steht im Gegensatz zu der Situation, in der ich mich befinde. Willst du mich wirklich verstehen, oder ist das nur eine weitere Möglichkeit, deine Taten zu rechtfertigen?*»

Der Leuchtturm blieb still, bis auf das leise Summen der spannungsgeladenen Luft.

Angesichts von Davids Schweigen beschloss Lina, getrieben von einem irrationalen und unerwarteten Impuls, die Sackgasse zu durchbrechen. Sie zog ihren

Mund näher zu seinem und drückte David zaghaft einen leichten Kuss auf die Lippen. Als sie ihn reumütig zurückzog, fühlte sie sich erregt, aber nicht ängstlich. Sie war noch verwirrter als zuvor und empfand gemischte Gefühle angesichts der Vielschichtigkeit dieses Mannes, der auf seine Weise faszinierend war.

«*Ich weiß nicht, was das alles zu bedeuten hat*» sagte Lina und unterbrach den Kuss. «*Ich bin verwirrt von dieser surrealen Situation.*»

David schaute ihr wieder in die Augen, diesmal so, als ob er versuchte, ein Rätsel zu entschlüsseln, das in ihren Augen eingraviert war. Dann sprach er wieder und nahm seine alte Rolle als Prediger wieder auf. «*Siehst du, liebe Lina, um noch einmal auf Crowley zurückzukommen, sein Gedanke besagt, dass jede Handlung, selbst die kleinste, als magischer Akt betrachtet werden kann, als eine Art, die Realität um uns herum zu gestalten. In gewisser Weise könnte dein Kuss ein magischer Akt sein, ein Versuch, die Dynamik zwischen uns zu verändern. Wie wäre es, wenn wir uns weiter unterhalten und versuchen, unsere Gründe und Wünsche besser zu verstehen?*»

Lina schien wieder zu Kräften gekommen zu sein, vielleicht auch, weil das Reden ihr half, nicht das Gefühl einer hilflosen Gefangenen zu erleiden. «*Ich weiß nicht, ob ich an die Magie der Taten glaube, aber ich gebe zu, dass Handlungen eine tiefere Bedeutung haben, als wir verstehen können.*»

Lina nahm sich einen Moment Zeit und versuchte, ihre Gedanken zu ordnen. «*Vielleicht müssen wir uns weiter unterhalten, wie du gesagt hast. Aber ich würde wirklich gerne verstehen, wer du bist, was du suchst und ob es eine Möglichkeit gibt, eine gemeinsame Basis zwischen uns zu finden.»*

«Die gemeinsame Basis kann Aleister Crowley heißen!»

«Ich denke, wir sollten lieber wir selbst sein!»

Das Gespräch gewann allmählich an Schwung und Lebendigkeit, als Lina ihre Kräfte wiedererlangte.

David schaute sie mit durchdringenden Augen an, als wolle er die Energie seines Blicks zur Unterstützung seiner Überzeugungen einsetzen. *«Lina, versteh doch, die Magie, von der Crowley spricht, ist nicht nur eine Sache von Zaubersprüchen und Ritualen. Es ist eine Philosophie, die davon ausgeht, dass jede unserer Handlungen, jeder Gedanke, mit magischem Potenzial durchdrungen ist.»*

Lina schien zu zögern, aber David fuhr inbrünstig fort. *«Stell dir deinen Kuss als einen Willensakt vor, eine Beschwörung der Veränderung. Es ist nicht nur eine physische Geste, sondern eine Manifestation deiner Absicht, die Realität um uns herum zu verändern.»*

Lina hob eine Augenbraue, offensichtlich fasziniert. *«Aber ist Magie nicht nur Fantasie?»*

David schüttelte den Kopf. *«Crowley glaubte, dass Magie eine fortgeschrittene Form der Wissenschaft sei, ein tiefes Verständnis der Gesetze, die unser Universum regieren.»*

Lina war zwar skeptisch, aber sichtlich angetan. *«Du glaubst also wirklich, dass Reden magisch sein kann?»*

«Auf jeden Fall. Jedes Wort, das wir austauschen, könnte unser Schicksal auf unerwartete Weise beeinflussen.»

Der Dialog zwischen den beiden intensivierte sich und entwickelte sich zu einer Art Konfrontation zwi-

schen Linas Pragmatismus und Davids eher esoterischen Ansichten.

Schließlich war es David Krah, der die Diskussion
mit einem weiteren Zitat von Crowley beendete: *«Jeder
Dialog ist ein Akt der Magie, und jedes Wort ist eine Rune,
die das Gewebe der Existenz durchschneidet.»*

35

Ich konnte nur noch an Lina denken.

Dann träumte ich von Alex als guten Menschen, der nur in die falschen Hände geraten ist, und dass er mir Lina, wie ein Märchenprinz, wohlbehalten nach Hause bringt. Endlich ein Happy End voll ewiger Liebe.

Aber ich träumte zu viel. Die Zeit verging, und es wurde immer schwieriger, sich der Realität zu stellen. Meine Gedanken waren ein Wirbelwind mit widersprüchlichen Gefühlen, während ich versuchte zu verstehen, wie ich Alex, trotz meiner Enttäuschung über ihn immer noch lieben konnte.

Ich irrte ziellos durch die dunklen Straßen Hamburgs, die kalte Brise drang mir bis in die Knochen, aber die Kälte war nichts im Vergleich zu dem Frösteln, das ich in mir spürte.

Lina war immer noch in den Fängen der Sekte, und ich konnte nicht umhin, mich zu fragen, wie Alex, der Mann, in den ich mich verliebt hatte, in diese verworrene Geschichte verwickelt war.

Die Sorge um meine beste Freundin überfiel nicht nur meinen Verstand, ich spürte einen so starken Schmerz in meinem Magen, dass jeder einzelne Gedanke an sie einen noch engeren Knoten in meinem Bauch zu verursachen schien.

Es war, als hätte sich die Last seines ungewissen Schicksals körperlich auf mich übertragen, eine Angst, die sich in einem Gefühl von Übelkeit und Beklemmung äußerte und jeden Schritt in der Dunkelheit der Straßen der Stadt noch schwerer erträglich machte.

In Bezug auf Alex spürte ich, wie meine Enttäuschung in Wut umschlug, auch wenn sich im Grunde meines Herzens ein schwacher Hoffnungsschimmer regte, der dem Ansturm der Verzweiflung zu widerstehen versuchte. Ich konnte nicht glauben, dass ich in den Augen dieses ebenso charmanten wie herrlich melancholischen Mannes das Falsche gesehen hatte. Selbst die Worte in seinem Tagebuch spiegelten nicht die Persönlichkeit eines böswilligen Menschen wider, ganz im Gegenteil, eher die eines Menschen, der an leidvolle Situationen gewöhnt ist. Aber ich fragte mich, wie es möglich war, dass er sich so leicht erpressen ließ und dann so naiv war, nicht zu erkennen, wie gefährlich die Sekte sein konnte.

Mein Herz war gebrochen, aber meine Entschlossenheit, Lina zu finden und die Wahrheit herauszufinden, gab mir die Kraft, weiterzumachen.

So kam es, dass ich am nächsten Tag eine Entscheidung traf. Indem ich nachdachte und auf mein Herz hörte, hatte ich die Intuition, Madame Zephyra zu kontaktieren. Ich dachte laut: «*Wenn das Medium durch das Gemälde mit der Sektenführerin in Kontakt treten konnte, kann sie vielleicht auch durch mich mit Lina in Kontakt treten. Vielleicht wäre es dann sogar möglich, die beiden Sinneserfahrungen miteinander in Beziehung zu setzen und so ein mögliches Bild der Entführung zu rekonstruieren.*»

Madame Zephyra stellte sich sofort zur Verfügung, um mich in ihrer alten Praxis zu treffen, die in einer abgelegenen Ecke Hamburgs lag. So stand ich ihr im nur schwachen Kerzenlicht gegenüber, das mir nur einen flüchtigen Blick auf die Gegenstände um uns herum erlaubte. Zwischen dunklen Vorhängen an den Wänden erblickte ich auf massiven Holzregalen Kristallkugeln, verstaubt wirkende alte Bücher, kleine Skulpturen und andere unerkennbare Gegenstände.

Die Atmosphäre war in eine unwirkliche Stille gehüllt, die nur durch das Knistern der Flammen und das sanfte Klirren der von der Decke hängenden kristallenen Anhänger unterbrochen wurde.

Der durchdringende Geruch von Weihrauch erfüllte die Luft und erzeugte einen duftenden Nebel, der jeden Winkel des Ateliers einhüllte. Kerzen warfen tanzende Schatten an die Wände und schufen flüchtige und schwer fassbare Bilder.

Das Sofa, auf dem ich saß, war mit violettem Samt bezogen, einer Farbe, die oft mit Magie assoziiert wird.

Während ich in den durchdringenden Blick der alten Dame starrte, spürte ich, wie sich meine Hände in ihre verschränkten. Dann schlossen wir beide die Augen, ohne etwas zu sagen. Nach einer Weile öffneten wir sie wieder, und Madame Zephyra sagte mit gedämpfter Stimme: «*Ich kann eine geistige Verbindung versuchen, aber du musst bereit sein, dich völlig zu entspannen. Die Reise könnte intensiv sein, und wir können nicht vorhersehen, was wir entdecken werden.*»

Ich willigte entschlossen ein, und schon bald fühlte ich mich mit geschlossenen Augen in ein tranceartiges

Gefühl eingetaucht. Es war, als würde die Grenze zwischen der Realität und dem Jenseits immer dünner. In meinem veränderten Zustand begann ich, Empfindungen, Bilder und Stimmen wahrzunehmen, die von einem fernen Ort zu kommen schienen. Linas Anwesenheit wurde immer stärker, und ihre Stimme hallte, wenn auch nur schwach, in den Tiefen meines Geistes wider. Im Gegensatz zu meiner Erfahrung mit dem Ritual vor dem Gemälde war es diesmal nicht das Medium, das mit Lina Kontakt aufnahm, sondern ich selbst!

«Es ist alles so verwirrend» glaubte ich Linas Stimme in meinem Kopf zu hören. *«Ich weiß nicht, wie viel Zeit vergangen ist. Helft mir, bitte!»*

Madame Zephyra verstärkte ihre Bemühungen und versuchte, eine stärkere Verbindung herzustellen.

«Ich bin allein mit diesem geheimnisvollen Mann» sagte Linas Stimme weiter, während sich eine Vision in meinem Kopf zu verdichten begann. Ich weiß nicht, ob es Suggestion, Phantasie oder vielleicht wirklich eine mystische Energie war, Tatsache ist, dass ich auch einen Leuchtturm sah. Das Bild, das ich wahrgenommen habe, glich der Szene eines Traums, die sich dann zu einer Bildfolge entwickelte. Wie in einem Film folgte auf das Bild des Leuchtturms die Zoomaufnahme einer nach innen gerichteten Kamera. Lina lag regungslos in den Armen eines Mannes, den man von hinten sah. Die Situation erschien mir sehr verwirrend, vor allem, weil ich bei meinem Versuch, alles klarer zu fokussieren, unerwartet ein weiteres Bild überlagern sah, nämlich das des Gemäldes. Das Licht projizierte

Linas Gesicht, das auf einen verlorenen Punkt vor ihr blickte. Schließlich, bevor ich aus meinem tranceartigen Zustand aufschreckte, hörte ich das Wort "Sturmpilz" scharf von ihren Lippen klingen.

«Sturmpilz» wiederholte ich ängstlich und nachdenklich, als ich meine Augen wieder öffnete.

36

Lina wachte mit einem Ruck auf, ihr Herz pochte in ihrer Brust, als sie versuchte, sich in den Schatten des Leuchtturms zurechtzufinden. Was sie weckte, war das vertraute Geräusch des ständigen Meeresrauschens, das an ihre Ohren drang.

Zuerst dachte sie, sie sei immer noch in einen Traum eingetaucht, umhüllt vom Ruf der Wellen, die in ihren Gedanken tanzten, doch dann wurde ihr mit einem Schauer des Bewusstseins klar, dass das Geräusch nicht aus ihrem Geist kam, sondern aus der sie umgebenden Wirklichkeit.

Das Meer war da draußen, jenseits der Steinmauern des Leuchtturms, mit seiner Kraft und seinem Geheimnis.

Später, hellwach, stellte sie fest, dass sie allein war. Sie sprang auf. Keuchend schaute sie sich um, und ihre Aufmerksamkeit wurde sofort von einem kleinen Tisch erregt, auf dem ein Tablett mit Essen stand. Auf dem Tablett befand sich auch ein Blatt Papier, das sie wie einen Anker der Realität in einem Meer von Ungewissheiten betrachtete.

Zitternd ergriff sie es und begann mit leiser Stimme die darauf geschriebenen Worte zu lesen. *«Liebe Lina, ich stelle mir gerne vor, dass unsere Begegnung auf dem Leuchtturm unser Leben geprägt hat, indem sie Bande in die Unendlichkeit schuf, wo unsere Worte und die Wärme un-*

serer Nähe zwischen den Sternen verstreut wurden. Ich muss oft an Crowley denken, an seine Vision von der Welt als einem Theater der Magie, in dem jede Geste ein Zauberspruch und jedes Wort eine Formel ist. Durch seine Linse können wir hinter den Schleier der Realität blicken und verborgene Wahrheiten entdecken, die wie Edelsteine in der Nacht leuchten. Ich frage mich, ob auch du die Verlockung des Okkulten spüren kannst, den Ruf der uralten Weisheit, die in den Tiefen der Seele wohnt. In diesem Tanz der Schatten und des Lichts können wir vielleicht einen Punkt der Annäherung finden, einen Weg, das Labyrinth unserer Seelen zu erforschen, auf der Suche nach einer tieferen Verbindung, einem Verständnis, das über Worte hinausgeht. Ich lade dich ein, mit mir die dunklen Pfade des Wissens zu erforschen, gemeinsam nach den verlorenen Schlüsseln zu suchen, die die Türen des Schicksals öffnen. Vielleicht finden wir mitten in der Nacht Antworten, die schon seit Jahrhunderten darauf warten, offenbart zu werden. Aber nur, wenn du es willst. Verzeih mir die Art und Weise, wie wir uns kennengelernt haben. Ich hoffe, ich habe dir nicht zu sehr wehgetan. Mit dunkler Hoffnung, David"

Lina spürte, wie ihr die Gefühle bis zum Hals stiegen. Es war alles zu viel, um es zu verarbeiten und zu ertragen. Sie verspürte einen unwiderstehlichen Drang zu weinen.

Sie weinte.

Als sie wieder zu Atem kam, versuchte sie zu verstehen, warum sie sich so leicht in Menschen verliebte, fast immer in die falschen. Sie konnte einfach nicht verstehen, warum sie keine Angst vor diesem David hatte. Jeder Gedanke war ein Fragezeichen. Selbst als sie dann zu essen begann, dachte sie laut. «*Aber warum in aller Welt versuche ich jetzt nicht zu fliehen, anstatt zu essen? Vielleicht ist die Tür sogar offen! Die Nachricht klang fast wie eine Einladung zur Freiheit.*»

Während Lina zweifelte, traf Alex Kommissar Wagner und Wachtmeister Rippe in der Nähe der Werbetafel, auf der der Nachrichtenaustausch mit David Krah stattfand.

Bevor sie zur Tafel hinübergingen, setzten sich die drei Männer auf eine Bank und begannen zu reden.

«*Wie ich schon bei der Polizei gesagt habe, haben wir es nicht mit einer klassischen Sekte zu tun, sondern eher mit einer Art "wechselnder spiritueller Gemeinschaft", wenn man das so nennen kann, bei der die Anhängerschaft ständig wechselt, mit Ausnahme der treuesten. Auch die Orte, an denen sie sich zu spirituellen Praktiken versammeln, sind oft temporär*» antwortet Alex auf eine Frage von Rippe.

«*Ich verstehe das. Aber da es keine festen Orte und Mitglieder gibt, ist die Kommunikation von entscheidender Bedeutung. Die Gruppe muss auf jeden Fall über effiziente Kommunikationssysteme verfügen, damit die Mitglieder in Kontakt bleiben und über die Aktivitäten der Gruppe informiert werden*» sagte Kommissar Wagner.

«*Die Kommunikationssysteme sind in der Tat oft rudimentär, und die Werbetafel beweist das. Vor allem aber bleibt alles, auch das Organisationssystem, wie gesagt, grundsätzlich sehr flexibel und anpassungsfähig. Das gilt auch für die Kommunikation. Alles ist, kurz gesagt, darauf ausgerichtet, diese Flexibilität zu ermöglichen und den Mit-*

gliedern entgegenzukommen, die sich möglicherweise stän-
dig bewegen», so Alex in einer etwas unübersichtlichen
und sehr vagen Rede. Der Kommissar gab sich daher
mit Alex' Worten nicht zufrieden und fuhr mit seiner
Argumentation fort. *«Trotz der Wechselhaftigkeit der*
Mitglieder und Standorte sollte die Gruppe eine gewisse
Konsistenz in ihrer Philosophie und ihren Zielen beibehal-
ten. Dies erfordert eine klare Vereinbarung zwischen den
Gruppenmitgliedern darüber, was ihre gemeinsame Vision
und ihre Grundwerte sind. Für all dies ist die Kommunika-
tion wichtig. Ich würde gerne mehr davon erfahren!»

«Nun, die Treuesten, wie der Anführer, aber auch Luca,
Markus und andere, standen die ganze Zeit über in engem
Kontakt. Aber jetzt, wo Markus weg ist, Luca verhaftet
wurde und der Anführer verschwunden ist, ist alles noch
weniger greifbar. Wer weiß, vielleicht bricht ja alles zusam-
men! Obwohl... Ich muss sagen, dass es unter den "Gläubi-
gen" auch zwei Leute gibt, die sehr wenig sprechen und sehr
wenig gesehen werden. Ich kann nicht viel über sie sagen,
aber ich glaube, sie stehen dem Anführer am nächsten und
halten sich deshalb eher im Schatten auf.»

Kommissar Wagner nickte langsam, als ob er über
jedes Wort von Alex nachdachte. *«Diese Flexibilität im*
Kommunikationssystem und die Tatsache, dass sich manche
Leute im Hintergrund halten, macht es uns echt nicht leich-
ter» dachte er laut nach. *«Wir müssen besser verstehen,*
wie diese Individuen in den allgemeinen Rahmen der Ge-
meinschaft passen und ob dies einen signifikanten Einfluss
auf die Aktivitäten der Gruppe hat.»

Frank Rippe nickte seinerseits und gab damit zu
verstehen, dass er mit dem Kommissar einverstanden

war. «*Ja, es ist nötig, die interne Dynamik der Gruppe tiefer zu ergründen, um ihre Struktur und Funktionsweise vollständig zu verstehen. Das tun wir im Übrigen bereits. Wir könnten auch in Erwägung ziehen, die Überwachung der Mitglieder zu intensivieren, die sich im Verborgenen halten.*» Dann fügte er hinzu «*Außerdem könnten wir den Einsatz ausgefeilterer Mittel in Betracht ziehen, um die Kommunikation der Gruppe zu überwachen, über die einfache Kontrolle des Werbetafels hinaus. Wir sollten nicht all unsere Energie darauf verwenden, David Krah zu erwischen.*»

Kommissar Wagner schien über diese Vorschläge nachzudenken, seine Miene war ernst, als er die verfügbaren Optionen abwog. «*Ja, wir müssen stärkere Maßnahmen ergreifen, um wichtige Informationen zu erhalten*» stimmte er schließlich zu. «*Wir werden weiter an dieser Front arbeiten und unsere Ermittlungen vertiefen.*» Zum Abschluss des Gesprächs erhoben sich die drei Männer von der Bank und gingen zielstrebig auf die Anzeigetafel zu.

Lina hatte sich inzwischen entschlossen, nachzusehen, ob die Tür des Leuchtturms wirklich offen war. Als sie feststellte, dass sie tatsächlich offen war, sah sie sich unsicher um und beschloss dann, zu gehen.

Die Insel Sturmpilz, auf der sie sich überhaupt nicht auskannte, ist eine sehr kleine Insel. Lina empfand sofort ein Gefühl der Beklemmung, als wäre die ganze Welt auf diesen winzigen Landstreifen geschrumpft, der von der Unermesslichkeit des Meeres umgeben war. Die Wellen schlugen mit voller Wucht gegen die umliegenden Felsen und erzeugten einen dunklen, unaufhörlichen Gesang, der die ganze Atmosphäre durchdrang. Auf dem grauen Sand wuchsen nur ein paar Büschel hartnäckiger Gräser, die in einer solch feindlichen Umgebung zu überleben versuchten. Lina fühlte sich erneut isoliert, wenn auch auf eine andere Art und Weise, da sie sich dieses Mal im Freien befand. Es war, als hätte das Meer ihre Vergangenheit und ihre vertrauten Orte in einer Parallelwelt verschluckt, in der die Zeit stehen geblieben war und alle Spuren des Lebens ausgelöscht hatte. Tatsächlich war keine lebende Seele in Sicht, kein Anzeichen von menschlicher oder tierischer Präsenz. Nur der eisige Wind, der ihm ins Gesicht peitschte, und der verzweifelte Ruf der Wellen, die gegen die Felsen schlugen. Ihre Freiheit war flüchtig, illusorisch.

Ein Gefühl der Verwirrung überkam sie, als sie sich ihrer Situation bewusst wurde. Wie sollte sie die Insel verlassen, wenn sie nicht über Mittel verfügte, die ihr das Meer zur Verfügung stellte? Die Hoffnung auf eine schnelle Flucht verflog schnell. Mit unsicheren Schritten erkundete Lina die Umgebung der Insel, auf der Suche nach einem Lebenszeichen oder einem Ausweg, der ihr vielleicht entgangen war. Doch die Insel blieb unbeweglich und still, eingehüllt in ihr unergründliches Geheimnis.

Mit jedem Schritt spürte sie, wie die Kälte und das Gefühl der Bedrückung zunahmen. Lina fühlte sich wie eine Gefangene in einem Labyrinth, aus dem es keinen Ausweg gab. Also ging sie zurück zum Leuchtturm, dem einzigen Orientierungspunkt in dieser trostlosen Weite, wohl wissend, dass David gewollt hatte, dass sie sich freier fühlte, aber in Wirklichkeit war sie immer noch eine Gefangene. David Krah hatte mit Lina einen anderen Plan verfolgt, indem er die Gefühle und Emotionen der Frau ausnutzte, die trotz ihrer demonstrativen Kühnheit sehr verletzlich zu sein schien.

37

In der Morgendämmerung, als die ersten Sonnenstrahlen den Himmel in Orange- und Rosatönen färbten, fuhr ein Polizeiboot durch die rauen Gewässer um die Insel Sturmpilz.

Ich befand mich auf diesem Boot, das von den Wellen des Meeres geschaukelt wurde, neben Madame Zephyra, während sich die entschlossenen und konzentrierten Beamten um uns herum darauf vorbereiteten, an der einsamen Insel anzulegen, die immer näher kam.

Der Motor des Schiffes, der zuvor unaufhörlich brummte, wurde plötzlich langsamer, als es sich dem felsigen Ufer der Insel näherte. Ich sah, wie die schäumenden Wellen mit Getöse gegen die Felsen prallten, und das war die erste Überraschung, die ich über die Insel empfand. Eigentlich, und ich weiß nicht warum, hatte ich nur Sandstrände mit Dünen erwartet, wie ich sie schon auf einigen größeren Ostseeinseln gesehen hatte.

Die Agenten sprangen flink an Land, bereit, ihre Mission zu beginnen. Wir Frauen folgten ihnen, zusammen mit einer freundlichen Polizistin.

Die Atmosphäre auf der Insel war von einer beruhigenden Stille geprägt, die nur durch das Rauschen der Wellen und den Gesang der Seevögel unterbrochen wurde. Der Leuchtturm stand hoch und einsam in der Mitte der Insel. Als ich ihn von unten betrachtete, erlebte ich eine zweite bizarre Überraschung. Der felsige Vorsprung der Insel erhob sich nämlich majestätisch aus dem tiefen Blau des umgebenden Meeres und hatte eine Form, die stark an einen Pilz erinnerte. Das erklärte plötzlich den Namen der Insel. Bei einem langsamen Spaziergang hatte ich viel Zeit, diese faszinierende geologische Formation zu beobachten, die ebenfalls aus steilen Wänden besteht, die durch das ständige Küssen der Wellen geglättet wurden.

Der untere Teil der Formation nahm sanftere Kurven an, ähnlich wie der Stiel eines runden Pilzes, und endet in harmonisch verstreuten Felsen, die mit dem Meer in Berührung kommen. Auf dem höchsten Punkt der Insel ragte der Leuchtturm majestätisch in den Himmel, wie ein einsamer Herd inmitten der Unermesslichkeit des Meeres. Beim Anblick des Leuchtturms empfand ich sofort Verwunderung und Erstaunen über die Größe des Bauwerks und seine Bedeutung im Vergleich zu der kleinen Insel und der Unermesslichkeit des umgebenden Meeres.

Der Morgenwind peitschte uns auf die Wangen, als wir uns dem Leuchtturm näherten, dessen Schatten sich wie ein anklagender Finger auf dem Boden abzeichnete. Aber auf wen gerichtet? Ich selbst fühlte mich ein wenig schuldig, weil ich vor der Entführung nicht näher bei Lina geblieben war. Mit dem Bild des Schattens im Kopf dachte ich über viele Dinge nach, vor allem über die Beziehung zwischen Natur und Religion. Mir wurde klar, dass viele Religionen die Natur als Abbild des Göttlichen betrachten, als leben-

216

digen Tempel, in dem man die Größe des Universums manifestieren und betrachten kann. Jedes natürliche Element wird zu einem Symbol für Transzendenz und Heiligkeit, das zu Kontemplation und Dankbarkeit für das Geschenk des Lebens einlädt.

Ich habe versucht, die Argumentation umzukehren und mich gefragt: "Was wäre, wenn die Natur stattdessen selbst göttlich ist? Vielleicht ist die Natur Gott!". Dann, ganz in der Nähe des Leuchtturms, schüttelte ich den Kopf über meine Gedanken. Warum in aller Welt machte ich mir diese Gedanken? Vielleicht wollte ich mich von der Spannung ablenken, was mich am Leuchtturm erwarten würde. Wer weiß! Vielleicht war der langgezogene Schatten ein übernatürliches, magisches oder esoterisches Zeichen? Ich hätte Madame Zephyra gerne gefragt, aber ich hatte keine Zeit, denn die ersten Polizisten waren bereits auf dem Weg zum Leuchtturm. Die Zeit schien für einen Moment still zu stehen. Bald würden wir wissen, ob unsere Mission nur ein Reinfall war oder ob wir unerwartete Überraschungen erleben würden. Aber in diesem Moment blieb ich nicht lange zum Nachdenken. Ich begann zu rennen.

Als ich sie sah, saß Lina auf dem Boden, ihre Kleidung war zerknittert und ihre Haare waren durcheinander. Sie sah aus wie ein Vogel, der aus dem Nest gefallen war. Zwei Polizisten standen neben ihr, einer hüllte sie in eine Wärmedecke aus leichtem Metall, der andere schenkte Kaffee aus einer Thermoskanne ein, bereit, ihr die ersten Fragen zu stellen. Dann trafen sich unsere Blicke. Die Blicke schienen alles zu sagen.

Nach einem stillen Einverständnis überrollte uns beide eine plötzliche Welle von Gefühlen. Wie ein ausbrechender Vulkan sprang Lina vor den Augen aller auf. Wir näherten uns einander und umarmten uns in einer befreienden Umarmung. Ich vergoss Tränen, als ich ihr blasses Gesicht sah, das von einem inneren Kampf gezeichnet war, den nur sie kennen konnte. Selbst ihre Augen, tief und intensiv wie immer, waren gerötet und leuchteten feucht, bereit, mir in meinem Weinen zu folgen.

In diesem Moment standen Kommissar Wagner und Frank Rippe weit weg von der Insel vor der Werbetafel, auf die Alex und Nina hingewiesen hatten und die schon seit einiger Zeit von der Polizei überwacht wurde. Alex und Nina hatten der Polizei die rätselhaften Botschaften anvertraut, mit denen die Sekte aus der Ferne kommunizierte, ohne jedoch zu erwähnen, dass sie selbst eine Nachricht hinterlassen hatten.

Nun beschlossen die beiden Polizisten zum ersten Mal, die ihnen zur Verfügung gestellten Fotos der Werbetafel beiseite zu legen und direkt vor Ort zu gehen, um sie selbst zu betrachten. Sie waren zusammen mit Alex gegangen, mit dem sie diskutiert hatten. Dann beschlossen sie, allein zu bleiben, um die Details ruhig und gründlich zu beobachten. Sie begannen also, die Tafel genau zu untersuchen, wie es ein Kunstliebhaber vor einem Meisterwerk tun würde. Inmitten des fast vollständig durchgerosteten Tafelbildes konnten sie noch Spuren von Farbe erkennen, die durch die Zeit verblasst und rissig geworden war.

Auf der zerkratzten und korrodierten Oberfläche des Metalls konnte man noch Spuren von alten Plakaten erkennen, die von Wind und Regen abgerissen worden waren. Hier und da klammerten sich Reste von Aufklebern und Papierfetzen verzweifelt fest, wie hartnäckige Wurzeln, die sich während eines Sturms an die Erde krallen.

Auf der abgenutzten Oberfläche konnten die beiden Polizisten die kleinen, sorgfältig eingravierten Zeichen ohne allzu große Schwierigkeiten erkennen. Rätselhafte Symbole, die mit millimetergenauer Präzision angeordnet waren, verwoben Phrasen mit obskuren Bedeutungen und unergründlichen Geheimnissen.

Ihre aufmerksame Beobachtung wurde von dem beißenden Geruch von Schimmel und Rost begleitet, der die Luft rund um die dekadente Tafel durchdrang, die ein Klagelied der Verlassenheit und Verzweiflung zu schreien schien.

Dieser Geruch zwang Wagner dazu, sich für einen Moment von der Schalttafel zu entfernen, obwohl er im Freien war. Rippe hingegen war zu konzentriert, um ihn wirklich zu bemerken, und als Wagner sich gerade entfernte, sagte er: «Chef! *Schau dir das an! Diese beiden Botschaften scheinen sehr aktuell zu sein. Sie sind weniger korrodiert oder beschädigt als die anderen.*»

Mit einer Grimasse näherte sich der Kommissar wieder der Tafel und richtete seinen Blick auf dieselbe Stelle wie Wachtmeister Rippe, der bereits begann, die Botschaft von Nina und Alex zu lesen, von der er nicht wusste, dass es sich um sie handelte. *"Zwischen den Windungen der schwarzen Schlange wird sich der Schlüssel* unseres Willens offenbaren. Im Auge des Sturms wird die Weisheit unser Wegweiser sein"»

Der Kommissar las dann ohne zu stottern die sehr lange Antwortnachricht unterhalb der Reihe vor. «*In der Stille der Morgendämmerung, unter dem flammenden Blick von Nuit, wird sich der Tempel unseres Willens erheben. Zwischen den gitterartigen Gängen der Milchstraße, wo die kosmische Schlange tanzt, werden wir den Schlüssel zur Ewigkeit finden. In den Abgründen des Unbekannten, wo das Herz der Nacht auf das Auge der Sonne trifft, erwartet uns das Wissen. Lasst unser Treffen ein Ritual der Transmutation sein, wenn der Neumond im Zeichen des Löwen aufgeht, wenn der Schleier zwischen den Welten durchbrochen und die Ewigkeit enthüllt wird.*»

Rippe blinzelte erstaunt und rief: «*Ach du meine Güte!*» Dann fuhr er mit nachdenklicher Miene und einer Hand am Kinn fort. «*Zunächst einmal herzlichen Glückwunsch zum Lesen mit fester und überzeugender Stimme. Dennoch frage ich mich, was zum Teufel diese Worte bedeuten könnten. Beide Botschaften klingen wie unverständliches Kauderwelsch.*»

Der Kommissar beobachtete Rippe mit einer leichten Neigung des Kopfes und seufzte leise angesichts der Ratlosigkeit, die er selbst zu teilen schien. «*Das sind doch sicher Rätsel, die ein bestimmtes Wissen erfordern, das nur derjenige verstehen kann, der sich auf das Geheimnis einlässt.*» sagte er mit erstaunlich ruhiger Stimme

Rippe kratzte sich wieder am Kinn und dachte verblüfft nach. «*Ich habe keine Worte! Ich bin verblüfft! Erst diese absurden Botschaften, dann dein souveränes Lesen wie* ein Radiogespräch, das dann auch noch in die gleiche Sprache übergeht wie derjenige, der die Botschaften geschrieben hat. Unglaublich!»

«Dabei weißt du ganz genau, dass ich, wenn du mich nicht mit deinem Blödsinn provozierst, sprechen kann wie ein Fink singen kann. Aber entweder auf dem Revier oder unsere Esoterik-Experten werden sicher in der Lage sein, den Sinn hinter den kryptischen Worten zu entschlüsseln. Mit etwas Glück wissen wir vielleicht sogar, wann ein Treffen stattfinden wird...»

Rippe nickte mit einem dünnen Lächeln. «Es ist ein Tanz zwischen Dunkelheit und Licht, zwischen Bewusstem und Unbewusstem.» sagte er mit flüsternder, spöttischer Stimme. «Bereiten wir uns also darauf vor, diese Symphonie des Okkulten zu dirigieren,» fügte Rippe hinzu und begann bereits zu kichern, als er seinen Vorgesetzter ansah, «wo jeder Ton geheimnisvoll erklingt, wie in Wagners komplizierten und faszinierenden Opern.»

Der Kommissar: «Ver-ver-ver, Verdamm-verdammter Mi-mi-mi-mi-Mist… Verdammter Mist!!!»

In diesem Augenblick kam Nina auf sie zu.

38

«*N*uit, Blut, Opfer.
Nuit und Tod, ewige Vereinigung.

Nuit, Blut, Opfer.
Nuit und Tod, ewige Vereinigung.

Nuit, Blut, Opfer.
Nuit und Tod, ewige Vereinigung."

Als Nina sich der Werbetafel näherte, wiederholte
sie in ihrem Inneren wie ein Mantra die Worte, die ihr
in den Sinn gekommen waren, als sie an ihre künstlerische Performance auf der Werft zurückdachte. Nina
hatte ein echtes Flahback.

Sie erinnerte sich an das Ereignis, als ob es gestern
gewesen wäre. Als wäre sie wieder dort, in der Dunkelheit der Bühne, nur umgeben von den flackernden
Kerzen und dem Geflüster der Menge. Jedes Detail
tauchte wie von Zauberhand wieder auf. Sie ließ ihre
eigene nackte Anwesenheit geistig Revue passieren
und schien den Zauber des Ablaufs und die Kraft des
Augenblicks wieder wahrnehmen zu können.

Als wäre sie von einer Halluzination mitgerissen
worden, schien sie den Film dieses besonderen Tages
vor Augen zu haben.

Die liturgische Vase, die Nina in den Händen hielt, schien ein uraltes Licht auszustrahlen, heilig und profan zugleich, während das Blut, das über sie floss, Reinigung und Opferung symbolisierte. Opfer, in der Tat: *Nuit, Blut, Opfer.*

Nuit und Tod, ewige Vereinigung.

Diese Worte, gesprochen von zwei vermummten Gestalten, waren die wahre Erleuchtung der Erinnerung.

Die vermummten Gestalten waren in Wahrheit drei, aber eine von ihnen (vielleicht David Krah?) hatte nie etwas gesagt...

Auf jeden Fall sah sie in ihrem "Film", wie die drei Männer plötzlich auf der Bühne erschienen, wie Gespenster, die aus der Dunkelheit auftauchten, und dann auf sie zukamen, sie energisch packten und zu einem rituellen Bett trugen.

Als sie die Momente der Vergangenheit noch einmal durchlebte, erinnerte sich Nina mit einem Schaudern an ihre Überraschung und ihren Schreck. Und dann die Worte, die ihr von zwei der drei geheimnisvollen Personen zugeflüstert wurden. "Aber wer könnten sie sein?" dachte sie. "Und wie konnte ich dieses Detail vergessen? Welches besondere psychologische Phänomen könnte es sein? Verzögertes Abrufen von Erinnerungen?" Die Fragen türmten sich auf, aber vor allem die Worte der Kapuzenmänner nahmen sie gefangen. Sie konnte nicht anders, als sie in ihrem Kopf immer wiederholte, und so wiederholte sie: «*Nuit, Blut, Opfer. Nuit und Tod, ewige Vereinigung.*»

Als Nina an der Werbetafel ankam, sah sie sich um. Keine Menschenseele war zu sehen. Sogar die Polizisten waren weg, sowohl Rippe und Wagner als auch zwei in der Nähe stationierte Polizisten. Dennoch verspürte die Frau ein seltsames Gefühl, das sich nach einigen Minuten durch die Ankunft von David Krah bestätigte.

«Hallo Nina. So sieht man sich wieder! Ich hätte nicht gedacht, dass ich so lange warten muss.»

«Um ehrlich zu sein, dachte ich wirklich, wir würden uns nie wiedersehen. Nach dem, was passiert ist und nach allem, was ich gehört habe.»

Nina und David sprachen sofort offen miteinander, während der Mann seine Gesprächspartnerin einlud, in Richtung des Geländes der nahegelegenen alten Fabrik zu gehen.

Während ihres Gesprächs bemerkte Nina, dass David angespannter wirkte als sonst. Seine Augen suchten ständig das umgebende Halbdunkel mit einer unheimlichen Entschlossenheit ab, als ob er mit jemandem in Kontakt stünde. Kurzum, Nina erkannte, dass dieser seltsame spirituelle Meister bestimmte Absichten verfolgte.

Die Luft um sie herum wurde schwer, und der Drang, zu fliehen, wurde unwiderstehlich. Sie wusste jedoch, dass sie nicht das geringste Anzeichen von Panik zeigen durfte. Sie musste ruhig und konzentriert bleiben, sonst riskierte sie, sich in noch mehr Schwierigkeiten zu bringen. Vor allem aber war es an der Zeit, Alex zu warnen, indem sie das Telefon von ihm klingeln ließ. So hatten sie sich für den Fall der Fälle verabredet. Daher drückte Nina, als sie den alten, inzwischen verlassenen Fabrikeingang erreicht hatte, mit der Hand in der Tasche die Ruftaste des bereits eingestellten Mobiltelefons. Alex konnte dann sofort die Polizei alarmieren.

«Nina, gefällt dir dieses hübsche Plätzchen?» sagte David, während Nina sich umsah, ohne ihm zu antworten.

Mit Schrecken beobachtete sie, wie sich der Eingang der Fabrik wie ein dunkles Portal aus dem dichten Vorhang aus hohem Unkraut und Schlingpflanzen abhob, der das umliegende Gelände umhüllte.

Die vergilbten und verrottenden Blätter bildeten eine Art Teppich, der jeden Versuch zu verschlingen schien, sich dem nun fast unpassierbaren Tor zu nähern, an dem sich mehrere Unkräuter wie hungrige Tentakel festhielten.

David deutete auf das rostige Tor vor ihnen. Die verbogenen Gitterstäbe schienen ebenso um Gnade zu flehen wie Nina.

Stille lag in der Luft, die nur durch das schlaue Rascheln von windverwehten Blättern oder das wehmütige Knarren des Tores, das sich langsam mit einem klagenden Stöhnen öffnete, unterbrochen wurde.

«Mein Gott!» dachte sie *«Ich darf auf keinen Fall hineingehen. Ich muss mir etwas einfallen lassen, eine Initiative ergreifen!»*

Leider halfen ihre Gedanken ihr nicht weiter. Sie hatte keine Zeit, etwas zu tun. David Krah schob sie buchstäblich durch den Spalt, in dem Dunkelheit herrschte. Nur durch die Risse in den vergitterten

225

Fenstern und durch Spalten im verrosteten Dach drang zaghaft Licht.

«David, warum hast du mich hierhergebracht?» fragte Nina mit zitternder Stimme und versuchte, ihre wachsende Angst zu verbergen.

Diesmal war es David Krah, der mit einem seltsamen Grinsen schwieg, ohne zu antworten.

39

Azoth Aleph und Aeon 93, die beiden engsten Gefolgsleute von David Krah, verkörperten Dunkelheit und Manipulation innerhalb der Gruppe. Sie standen als zentrale Figuren im den Schatten und setzten ihre manipulativen Fähigkeiten ein, um ihre eigenen makabren Pläne zu verwirklichen. Sie waren der Philosophie der Sekte zutiefst ergeben und legten einen religiösen Fanatismus an den Tag, der ihre Grausamkeiten rechtfertigte.

Die Wahl weiblicher Opfer in rituellen Zusammenhängen, die nicht allen zugänglich waren, zeugte von einem intrinsischen Sadismus, einem Verlangen nach Beherrschung und Kontrolle, das sich durch den Schmerz, den sie anderen zufügten, manifestierte. Ohne Empathie und Reue betrachteten sie ihre Opfer als bloße Werkzeuge, um ihre Ziele zu erreichen, und hielten sich im Verborgenen, um sich vor den Behörden und den neugierigen Augen der Sektenmitglieder zu schützen.

Nachdem ich all dies erfahren hatte, wurde mir klar, dass Wahrheiten oft zu spät ans Licht kommen. Selbst David Krah ahnte nichts von dem Komplott, das die beiden als "Liber Le-gis Wächter" oder "Aleph-Aeon Bruder" bekannten Mitglieder gegen ihn schmiedeten.

Die Anwesenheit von David Krah war nach der von Markus zu einem Problem für die "Wächter" geworden. Markus vor seinem Tod und David danach mischten sich ständig ein, insbesondere in Frauenangelegenheiten, und zogen sogar die Aufmerksamkeit der Polizei auf sich. Davon waren sie überzeugt. Außerdem würden sie durch die Beseitigung ihres Anführers immense Macht erlangen und vielleicht sogar selbst zu den neuen charismatischen Anführern der Sekte werden.

Der Moment war also gekommen: Sie waren die Einzigen, die von David Krahs Versteck im Leuchtturm auf der einsamen Insel Sturmpilz wussten, und sie sollten es zu ihrem Vorteil nutzen. Die Abgeschiedenheit des Ortes würde ihnen ungestörte Handlungsfreiheit garantieren. Außerdem würden sie so die Kontrolle über Lina erlangen können. Alle Umstände schienen günstig und sie hatten keine Zweifel. Sie zogen jedoch nicht die Möglichkeit in Betracht, dass die Polizei sie vorhersehen könnte....

40

Im Polizeirevier lagen auf dem Schreibtisch von Kommissar Wagner neben der Mappe mit den Akten zu David Krah Unterlagen, die der Polizeipsychologe hinterlassen hatte. Noch bevor er sich setzte, griff der Kommissar eifrig nach ihnen, um sie zu lesen. Nachdem er Platz genommen hatte, konzentrierte er sich ganz auf die Lektüre. Das erste Blatt enthielt ein paar Zeilen der Psychologin Xena Körner, die das zweite Blatt einleitete. Auf dem zweiten Blatt hatte die Psychologin, die mit der Untersuchung der Persönlichkeit von David Krah beschäftigt war, einen Entwurf in Form einer Krankenakte verfasst. Es handelte sich um einen Entwurf, da der Mann zu diesem Zeitpunkt nicht für eine direkte Beobachtung verfügbar war, da er verschwunden war. Die Informationen basierten auf dem Material, das der Polizei zur Verfügung stand, einschließlich der medizinischen Berichte über den "Patienten".

Dies las der Kommissar auf dem zweiten Blatt vor:

Psychiatrische Krankenakte von David Krah (Entwurf)

Klinische Diagnose: Narzisstische Persönlichkeitsstörung mit dissoziativen Elementen

David Krah zeigt Anzeichen einer narzisstischen Persönlichkeitsstörung, die durch ein übermäßiges

Bedürfnis nach Bewunderung, mangelndes Einfühlungsvermögen und ein starkes Verlangen nach Anerkennung gekennzeichnet ist. Seine Persönlichkeit weist auch dissoziale Elemente auf, die sich in Momenten der Abkehr und Trennung von der Realität äußern.

Klinische Vorgeschichte:

- David Krah scheint ein komplexes psychologisches Profil aufzuweisen, das durch narzisstische Tendenzen und verzerrte Überzeugungen gekennzeichnet ist. Sein Verhalten deutet darauf hin, dass er sich selbst als über den üblichen moralischen Standards stehend betrachtet und möglicherweise ein wahnhaftes Gefühl von Größe hat, da er glaubt, er sei das Sprachrohr übergeordneter Kräfte oder der Göttlichkeit.

Indirekt beobachtetes Verhalten:

- Manipulatives Verhalten und starke Überzeugungskraft, wie sie für Sektenführer typisch sind, wurden berichtet. David Krah zeigt Anzeichen für charismatisches Verhalten und die Fähigkeit, durch seine Eloquenz Anhänger anzuziehen.

Risikobewertung:

- Trotz des komplexen psychologischen Profils von David Krah gibt es keine direkten Beweise, die ihn mit Gewaltverbrechen in Verbindung bringen. Sein narzisstisches Verhalten und sein Glaube an Überlegenheit könnten jedoch möglicherweise zu gefährlichem Verhalten führen, insbesondere in Situationen, in denen er sich bedroht oder herausgefordert fühlt.

Klinische Überlegungen:

- Es ist unbedingt zu bedenken, dass Personen mit narzisstischen Zügen und wahnhaften Tendenzen eine komplexe und potenziell gefährliche Kombination darstellen. Es ist ratsam, David Krah mit Vorsicht zu behandeln und ihn regelmäßig zu überwachen, um etwaige Risiken zu mindern.

Es ist zu bedenken, dass die derzeit vorliegenden Beweise nicht ausreichen, um David Krahs direkte Mitbeteiligung an Gewaltverbrechen zu bestätigen. Seine Persönlichkeit könnte auch darauf hindeuten, dass er andere zu solchen Straftaten beeinflusst haben könnte.

Nach der Lektüre saß Kommissar Wagner lange schweigend da und dachte nach, in der Hoffnung, eine Erleuchtung zu haben.

ENDAKT

"Im finalen Akt verwebt das Schicksal seine Fäden mit erbarmungsloser Kraft." *(Unbekannt)*

A Ω

(Sturmpilz Insel)

Das Patrouillenboot der Polizei war bereit zum Auslaufen. Zwei Beamte, darunter der Kapitän, waren an Bord geblieben. Es war der Kapitän selbst, der etwas auf dem Meer entdeckte, nachdem er das schwache Geräusch eines Motors gehört hatte, das dem Summen einer Mücke ähnelte. Er beobachtete mit einem Fernglas, ohne die Instrumente an Bord zu benutzen, und entdeckte ein kleines Boot, das sich dem östlichen Teil der Insel näherte. Es schien weder ein Fischerboot noch ein Touristenboot zu sein, was angesichts der Abgeschiedenheit des Ortes ungewöhnlich war. Die beiden Offiziere beschlossen daraufhin, den Rest der Gruppe zu warnen, der sich noch am Leuchtturm befand, wo Lina und ich mit dem Medium waren.

(Hamburg, bei der Werbetafel)

Alex spürte das Handy in seiner Hosentasche vibrieren, gefolgt vom Klingelton, der nicht länger als zwei Sekunden dauerte. Ein Anrufsignal. Da war er sich sicher, und er bestätigte es, als er auf dem Display den verpassten Anruf von Nina sah. Das hatte er erwartet.

Er rief sofort die Polizei an, aber ohne auf sie zu warten, näherte er sich der alten Fabrik in der Nähe der Werbetafel. Von seinem Versteck aus glaubte er Nina und David Krah auf das Gebäude zugehen zu sehen. Er war entsetzt, dachte aber, dass jede Sekunde einen Unterschied machen könnte. Er betete, dass die Polizei bald eintreffen würde, und machte sich auf den Weg zur alten Fabrik.

(Sturmpilz Insel)

Die Brüder Aleph-Aeon nähern sich an Bord eines kleinen Motorbootes immer mehr der Insel Sturmpilz. Die Atmosphäre war angespannt, was den Verbrechern ein noch beängstigenderes Aussehen verlieh als sonst. Jetzt, da sie ihre üblichen Gewänder, die sie regelmäßig im religiösen Bereich angezogen hatten (wenn man das so nennen kann), nicht mehr trugen, sahen sie aus wie zwei Figuren aus einem Horrorfilm. Aleph wirkte durch seine Größe imposant und durch seine ausgeprägten Muskeln, die auf eine gewaltige Kraft schließen ließen, mächtig. Sein Gesicht wurde von einer Brandnarbe dominiert, die seine linke Wange bis zur Nase hinaufzog, ihre Form leicht veränderte und seinem Gesicht einen strengen und entschlossenen Ausdruck verlieh. Alephs Augen, tief und intensiv, leuchteten mit scharfer Intelligenz und kompromissloser Entschlossenheit.

Aeon hingegen war ein eher rätselhaftes und wild aussehendes Individuum. Sein Körper war mit einem verschlungenen Labyrinth von Tätowierungen bedeckt, die seinen ganzen Körper umgaben, bis hinunter zu seinem Hals und seinem Gesicht, wo sein dunkles Haar in ungeordneten Strähnen um sein Gesicht fiel und den rebellischen und wilden Aspekt seines Charakters noch unterstrich.

Aleph, dessen Augen vor Aufregung leuchteten, starrte Aeon entschlossen an. *«Aeon, es ist an der Zeit. Wir haben lange genug gewartet. Er muss für immer verschwinden und uns die Führung überlassen. Für ihn wird der Tod die Grenze sein, an der das wahre Leben beginnt, wie Crowley sagte, für uns wird es die Wiedergeburt der Hoffnung und der endgültigen Freiheit sein.»*

Aeon nickte mit kalter Entschlossenheit *«Ja, Aleph. Wir haben nur eine Chance, es zu beenden. Dies ist unser Augenblick. Wenn wir ihn sehen, müssen wir ihn glauben machen, dass die Polizei hinter ihm her ist, und ihn überzeugen, dass wir gekommen sind, um ihn zu retten. Wir müssen ihn dazu bringen, seine Wachsamkeit aufzugeben. Wenn die Zeit reif ist, werden wir ihn angreifen und an die Fische verfüttern.»*

«Wie oft willst du mir das noch sagen? So kompliziert ist das nicht! Lass uns lieber daran denken, konzentriert zu bleiben, vor allem ohne Zweifel aus unseren Worten sickern zu lassen.»

Inzwischen erreichten sie das Ufer.

(Hamburg, Polizeipräsidium)

Alex' Warnung erreichte auch schnell Kommissar Wagner, der ohne zu zögern ein Einsatzteam mobilisierte. Er war vor kurzem von der Werbetafel weggegangen. «*Pech gehabt oder gibt es einen Grund? Er dachte: Vielleicht waren Frank und ich nicht allein? Alex haben wir auch nicht gesehen! Und wer auch immer in die Nähe der Tafel wollte, wollte sicherstellen, dass er nicht gesehen wurde! Ja, natürlich! Das muss es sein! Aber das spielt jetzt keine Rolle...*»

Der Kommissar unterbrach seine Gedanken und eilte zu seinem Team an den Ort des Geschehens.

(Hamburg, Polizeiwache, kriminaltechnisches Labor)

Das Tagebuch von Alex und das Gemälde von Luca befanden sich noch immer im Raum für die Spurensicherung des kriminaltechnischen Labors der Polizei, der mit speziellen Werkzeugen und Geräten ausgestattet war. Die beiden Untersuchungsobjekte waren mehr oder weniger nebeneinander platziert.

Im Labor arbeitete ein Polizist, Manfred Alers, eine Art Handwerker, der hauptsächlich für die Verwaltung, Wartung und Sicherheit des Labors zuständig war. Unter seinen Kollegen war er unter dem scherzhaften Spitznamen "Spürmaus" bekannt.

Auch an diesem Tag befand sich die Maus in ihrer "Höhle", dem Labor, umgeben von Instrumenten und Geräten, und wartete auf seine Kollegen, die später eintreffen würden.

Wie so oft ruhte sein Blick auf Lucas Gemälde, und er spürte ein seltsames Gefühl, das ihn schon seit Tagen begleitete, als wäre da etwas Ungewöhnliches, etwas Beunruhigendes.

Seine Finger glitten nervös über die Tastatur des Computers, während er sich auf seine täglichen Aufgaben konzentrieren musste. Doch der Gedanke an das Gemälde ließ ihn nicht los. Es schien, als hätte das Bild ein Eigenleben, eine eigene Seele, die sich in ihm regte, als wären die Pinselstriche lebendig und fast pulsierend.

Manfred wagte nicht, mit jemandem darüber zu sprechen. Er fürchtete, verspottet zu werden, für seine Fantasie ausgelacht zu werden, oder, noch schlimmer, er fürchtete, man könnte denken, er würde den Verstand verlieren. Schon der Name " Spürmaus " passte ihm nicht, obwohl er immer für einen Scherz zu haben war. Doch in ihm selbst wuchs die Überzeugung: Das Bild war anders, veränderte sich und verwandelte sich, als wäre es lebendig.

Die Leuchtstoffröhren im Labor wirkten kälter als sonst, aber vor allem die reflektierenden Materialien im Bild, Mineralien und Spiegelscherben, schienen anders zu schimmern als sonst. Die Lichtreflexe schienen sich ständig selbstständig zu verändern. Manfred schüttelte den Kopf und versuchte, sich von diesen dunklen Gedanken zu befreien. Er setzte seine Arbeit fort, aber das Gefühl des Unbehagens ließ ihn nicht los.

Die Maus arbeitete weiter in der Stille um ihn herum, während Lucas Gemälde ihn weiterhin mit stummen Augen beobachtete und darauf wartete, sein dunkles Geheimnis zu lüften. Seine Gedanken schweiften zwischen Hypothesen und Theorien hin und her, während das Ticken der Uhr das Verstreichen der Zeit anzeigte. Die Wartezeit auf die Ankunft seiner Kollegen war an diesem Tag ungewöhnlich lang.

(Sturmpilz Insel)

Luca war bei mir, zusammen mit der Polizei-sprechergruppe. Er hatte sich bereit erklärt, mit der Polizei zusammenzuarbeiten, und bei dieser Gelegenheit auf der Insel Sturmpilz, hätte er bei einer möglichen Konfrontation mit David Krah helfen können. Dies geschah jedoch nicht, sondern es traten andere, unerwartete Umstände ein. Nach dem Auffinden von Lina wurde die Ankunft eines verdächtigen Bootes gemeldet, das mit der Zeit an der Küste der Insel anlief, wo die Insassen nervös von Bord gingen.

Die Polizei beschloss, abzuwarten und die Türen des Leuchtturms gut zu bewachen, um den Verbrechern auf die Spur zu kommen. Die Strategie war sehr einfach und bestand darin, einen kontrollierten Übergriff zu inszenieren. Wenn es sich wirklich um Kriminelle handelte, was zu erwarten war, würden sie ihnen direkt ins Netz gehen, so wie die Spinne es mit ihrer Beute macht. Es war jedoch notwendig, dass die beiden entdeckten Personen keinen Verdacht schöpften.

Leider bemerkten die Brüder Aleph und Aeon auf dem Weg zum Leuchtturm, dass etwas nicht stimmte. Als sie auf die Küste blickten, sahen sie nicht das Boot, das David Krah gewöhnlich benutzte, sondern ein

anderes Boot. Ihre Blicke trafen sich in stiller Kompli-
zenschaft, denn sie wussten, dass etwas seltsam war.

Wir in der Gruppe, einschließlich Luca, befolgten
die Anweisungen der Polizei, still zu bleiben, genau
Ausschau zu halten und einfach zu warten, während
die Türen des Leuchtturms ständig überwacht wurden.
Alles wurde koordiniert von einem selbstbewussten
und entschlossenen Polizisten, der trotz seines jungen
Alters den Eindruck vermittelte, sehr erfahren zu sein.
Diese Eigenschaften waren angesichts der begrenzten
Ressourcen, also der wenigen Männer, die ihm zur
Verfügung standen, unerlässlich. In der angespannten
Stille, die die Insel Sturmpilz einhüllte, blitzte ein Fun-
ke der Unsicherheit auf. Unvorhergesehene Ereignisse
kündigten sich mit einem leisen Flüstern an und ließen
erahnen, dass das Schicksal der Figuren an einem ungewissen Horizont voller unerwarteter Überraschungen lag.

(Hamburg, in der Nähe der verlassenen Fabrik)

Die Nacht senkte sich wie ein dunkler Mantel über
Hamburg. In den Schatten der Dunkelheit erschien sie
Alex' Augen wie eine große, phantasievoll geformte
Fledermaus, geheimnisumwittert und bereit, ihre Rät-
sel im Herzen der Finsternis zu verbreiten.

Mit klopfendem Herzen verwarf Alex die seltsame
Vision und machte sich auf den Weg zur alten Fabrik.
Jetzt war er entschlossen zu handeln. Er begann, den
Umkreis des Gebäudes abzusuchen, dessen Konturen

sich bedrohlich abzeichneten. Vielleicht konnte er einen versteckten Zugang finden und sich mit etwas Glück unbemerkt hineinschleichen. Wenn es schief ging, konnte er immer mit dem Eintreffen der Polizei rechnen.

Plötzlich, als seine Stimmung zwischen Ungewissheit, Angst und grimmiger Entschlossenheit schwankte, sah er einen Lichtschimmer durch ein Fenster im ersten Stock des Gebäudes dringen. Das Licht schien in der Dunkelheit zu tanzen wie eine züngelnde Flamme und winkte ihm mit einem geheimnisvollen Ruf zu. Ein Schauer aus Aufregung und Besorgnis lief ihm über den Rücken, als er sich vorsichtig dem Fenster näherte.

(Hamburg, Polizeiwache, kriminaltechnisches Labor)

Manfred, *die Maus*, versuchte die seltsamen Empfindungen zu vertreiben, die das Gemälde in ihm hervorrief, aber je mehr er versuchte, sich auf seine Arbeit zu konzentrieren, desto stärker schien das Bild des Gemäldes mit seinen Gedanken zu verschmelzen. Sein Verstand schwankte zwischen Rationalität und wachsender Unruhe, während die Zeit langsamer zu verstreichen schien, sich in einer verzerrten Dimension ausdehnte. Seine Kollegen kamen zu spät, und Manfred fühlte sich zunehmend isoliert, gefangen in seiner eigenen veränderten Wahrnehmung. Er konnte nicht anders, als das Gemälde von Luca zu betrachten, und je länger er es betrachtete, desto mehr strahlte das Gemälde eine seltsame Energie aus, als ob es etwas

Dunkles und Unverständliches kommunizieren wollte. Die Farbtupfer schienen auf der Leinwand mit eigener Vitalität zu tanzen, fast als ob sie einen eigenen Willen hätten. Das intensive Rot der fünf Blütenblätter der Rose in der Mitte des Hexagramms schien zu pulsieren. Die im Gemälde eingebetteten Mineralien glänzten in einem seltsamen und verzauberten Licht, während die Spiegelscherben scheinbar verzerrte und fragmentierte Bilder der Umgebung reflektierten. Das Ganze schuf eine surreale Atmosphäre, in der die Grenze zwischen der realen und gemalten Welt verschwamm und Raum für ein Universum voller Anregungen und Zauber ließ. Es war, als ob Lucas Gemälde ein Portal ins Unbekannte sei, durch verbotene Wünsche und urtümliche Ängste hindurch.

Manfred spürte, wie sein Verstand sich vernebelte, während der Blick des Gemäldes schien, in sein Innerstes einzudringen und jeden dunklen Winkel seiner Seele zu erkunden. Es war, als ob das Bild ihn zu sich rief, Enthüllungen und verborgene Wahrheiten hinter dem Schleier der Illusion versprechend. Trotz seiner Unruhe vermochte er den Blick nicht abzuwenden, fasziniert und terrorisiert von der magnetischen Kraft von Lucas Gemälde.

Plötzlich überfiel ihn ein Schwindelgefühl, als würde der Boden unter seinen Füßen nachgeben. Manfred kämpfte darum, seine Fassung zu bewahren, doch alles um ihn herum begann sich zu drehen. Im Bemühen, an der Vernunft festzuhalten, klammerte sich Manfred an den nächstgelegenen Schreibtisch, aber das Gefühl der Desorientierung überwältigte ihn vollständig. Dann wurde alles dunkel.

Als seine Kollegen schließlich im Labor eintrafen, fanden sie Manfred bewusstlos am Boden liegen, blass und ohne Anzeichen von Leben. Das Gemälde von Luca, stummer Zeuge des Geschehens, hing regungslos an der Wand. Alles im Labor schien unverändert zu sein, wie immer, außer dem leblosen Körper auf dem Boden, der wie ein Opferlamm aussah.

(Sturmpilz Insel)

Die Situation geriet außer Kontrolle. Ich war es, der erkannte, dass Luca einen Moment der Unaufmerksamkeit der Polizisten, die sich auf die Ankunft der beiden geheimnisvollen Gestalten vorbereiteten, ausgenutzt hatte, um sich aus dem Leuchtturm zu schleichen. Wahrscheinlich hatte er schon geahnt, dass er es mit Aleph und Aeon zu tun hatte, mit denen er noch eine Rechnung aus seiner Zeit in der Sekte offen hatte.

Die Brüder Aleph und Aeon hatten sich in der Zwischenzeit in zwei verschiedene Richtungen aufgeteilt, was von der Polizei nicht unbemerkt geblieben war.

Der Kommandeur der Expedition, Martin Ristau, erkannte bald, dass der Plan nicht reibungslos funktionierte und wie bei einem Schachspiel mussten entsprechende Züge folgen, mit dem Unterschied, dass die Zeit, die für die Züge zur Verfügung stand, keineswegs so lang war wie beim Schach. Ganz im Gegenteil. Es war notwendig, schnelle Entscheidungen zu treffen und schnell zu agieren und zu reagieren, vielleicht nach entsprechenden Intuitionen.

Martin sah Luca, der sich heimlich vor dem Leuchtturm bewegte, kurz nachdem er erfahren hatte, dass sich die beiden Verdächtigen getrennt hatten. Sein Verstand arbeitete daraufhin wie wild, um eine Lösung für eine Situation zu finden, die sich schnell zu einer drohenden Katastrophe entwickelte. Die Zeit zog sich um uns zusammen wie eine Boa, die ihre Beute festhält.

Die Rollen hatten sich vertauscht, Aleph und Aeon waren nicht mehr dazu bestimmt, in eine Falle zu tappen, sondern sie waren geteilt und handlungsbereit, so dass sie eine echte Bedrohung darstellten, auch wenn sie es mit der Polizei zu tun hatten. Der Kommandant spürte, wie die Last seiner Verantwortung wie ein Felsbrocken auf seine Schultern fiel, aber er wusste, dass er es sich nicht leisten konnte, in Panik zu verfallen. Er musste entschlossen handeln.

Unverzüglich beschloss Martin, die Polizisten in kleine Gruppen aufzuteilen, die jeweils eine bestimmte Aufgabe erhielten. Einige würden das verdächtige Boot bewachen und auf jede verdächtige Bewegung reagieren, während andere für Linas Schutz sorgen würden, zusammen mit mir und Madame Zephyra. In der Zwischenzeit würde der Rest der Gruppe die Jagd auf die beiden Verdächtigen aufnehmen, fest entschlossen, sie nicht entkommen zu lassen.

Während sich die Polizisten mit stiller Entschlossenheit bewegten, kamen die Aleph-Aeon-Brüder immer näher an den Leuchtturm heran. Da sie ihre Umgebung gut kannten, gelang es ihnen leicht, den Bewegungen der Polizisten auszuweichen. Eine unerwartete Überraschung gab es jedoch, als Aeon Luca gegenüberstand, ohne zu wissen, was er vorhatte.

Luca, der den Kriminellen erkannte, beschloss, die Situation geschickt zu seinen Gunsten auszunutzen. Er schaute Aeon direkt in die Augen. *«Was für eine Überraschung, dich hier zu sehen, Aeon»* sagte Luca mit fester Stimme und behielt trotz seines Herzschlags die Kontrolle über die Situation. *«Du hast nicht erwartet, mich hier zu finden, oder?»*

Aeon war verblüfft und versuchte, sein Erstaunen hinter einer Maske der Gleichgültigkeit zu verbergen. *«Was tust du hier, Luca? Das geht dich nichts an. Wo ist David Krah? Sag mir nicht, dass er zusammen mit dir auf der Insel agiert!»*

Lucas Lächeln wurde kaum breiter, als wolle er die Kälte seines Gegenübers überwinden. *«Ach, da liegst du aber falsch. Das ist nur meine Sache»* antwortete er in einem rätselhaften Ton und fügte hinzu: *«David Krah ist überall.»* Daraufhin modifizierte er ein englisches Zitat von Aleister Crowley: *«He's everywhere. He's the blue-lidded daughter of Sunset, the naked brillance of voluptuous nightsky. The Manifastation of Nuit is at an end.»* Dann, bevor Aeon reagieren konnte, startete Luca einen schnellen Angriff, um seinen Gegner zu überraschen. Doch Aeon wich mit unglaublicher Wachsamkeit dem Angriff aus und konterte seinerseits mit tödlicher Präzision. Im Nu kämpfte Luca um sein Leben, während Aeon ihn am Boden hielt.

Mit den wenigen Kräften, die er noch hatte, gelang es ihm, einen unterdrückten Schrei auszustoßen, der jedoch als Warnsignal für die Polizisten ausreichte, die sich in der Nähe des Leuchtturms versteckt hielten. Einen Augenblick später fand er sich mit einem Messer an seiner Kehle wieder.

Die Dunkelheit der Nacht hüllte die Szene ein, nur durchbrochen vom schwachen Licht der Sterne und dem Schein des Mondes.

Blitzschnell stürmten die Polizisten auf den Tatort zu und fanden Aeon noch immer mit dem Messer an der Kehle auf dem Boden liegend. Auch die Polizisten blieben stehen und beobachteten die Situation. Die Trostlosigkeit der Gegend um den Leuchtturm blieb als Kulisse für einen unterbrochenen Kampf, der über eine bloße physische Konfrontation hinausging. Das Schachspiel schien zum Stillstand gekommen zu sein, abgesehen von der Tatsache, dass Aleph inzwischen immer näher an den Leuchtturm herankam.

(Hamburg, in der verlassenen Fabrik)

Alex schaute zum Fenster, in der Hoffnung, einen Weg nach oben und dann einen Weg in das geheimnisvolle Innere der Fabrik zu finden. Das Licht, das hereinfiel, war vielversprechend.

Seine Hände klammerten sich fest an das raue Mauerwerk, als er versuchte, die Wand mit der Entschlossenheit eines Menschen zu erklimmen, der weiß, dass es keine andere Wahl gibt.

Als er weiter kletterte, hielt sich Alex an einem gro-ßen Metallseil fest, das an der Wand der alten Fabrik hing. Plötzlich hörte er ein unheimliches Knarren, gefolgt von einem dumpfen Aufprall. Das durch Zeit und Vernachlässigung korrodierte Kabel gab plötzlich unter seinem Gewicht nach. Dann wurde er von einem plötzlichen Schrecken erfasst, der ihm das Blut in den Adern gefrieren ließ, als einer der Griffe, auf die er sich verließ, abrupt unter seinem Gewicht nachgab.

In der Leere schwebend, klammerte sich Alex mit all seiner verbliebenen Kraft fest und suchte verzwei-felt nach einem stabilen Halt, der ihn vor dem drohen-den Sturz bewahren konnte. Doch die alte, abgenutzte Struktur bot keine Garantie für Sicherheit.

Ein Gefühl der Hilflosigkeit durchströmte ihn, als er den Ernst der Lage erkannte. Ihm blieb nichts ande-res übrig, als um Hilfe zu rufen. Ein Sturz hätte tödlich sein können.

Er begann, in die Leere und Trostlosigkeit des Fab-rikgeländes zu schreien.

Obwohl sein Plan, sich in die Fabrik zu schleichen, scheiterte, konnte er sich glücklich schätzen. Sein Schrei blieb nicht ungehört. Aus dem Inneren der Fab-rik schaute eine Gestalt ungläubig aus dem Fenster, das von dem Licht im Inneren nur schwach beleuchtet wurde.

«*Ich werde fallen! Hilfe!*» rief Alex.

Ohne zu zögern, eilte die Person im Inneren auf ihn zu und streckte die Hand durch das Fenster aus.

«*Nimm meine Hand!*» sagte die Stimme des Mannes, bei

dem es sich um keinen anderen als David Krah handelte, in einem entschlossenen Ton.

Mit einer letzten Anstrengung gelang es Alex, die ausgestreckte Hand zu ergreifen. Er spürte eine Welle der Erleichterung, als er langsam durch das Fenster hineingezogen wurde, weg von der drohenden Gefahr der Leere.

Sobald er in Sicherheit war, schaute Alex seinen Retter mit einer Mischung aus Dankbarkeit und Neugierde an und fragte sich, ob er wirklich die Person war, die er erwartet hatte.

Es war tatsächlich David Krah, der seine Zweifel beseitigte.

«Alex, lange nicht mehr gesehen. Hast du mit der Akrobatik angefangen?»

«Und du mit Leute entführen?»

«Entführen??? Alex, wie drückst du dich aus und was passiert mit dir? Du selbst hast in der Vergangenheit geholfen, Eingeweihte zu finden.»

«Wenn überhaupt, Eingeweihte! Frauen!»

«Tu, was du willst, ist das ganze Gesetz. Liebe ist das Gesetz, Liebe unter Willen» antwortete David mit einem seiner üblichen Crowley-Zitate.

«Wo ist Nina?» fragte Alex schließlich.

Nina hörte seinen Namen und erschien einen Moment später. *«Alex, ich wurde irgendwie hierhergebracht, aber ich habe nie irgendwelche Drohungen oder Befehle erhalten! Ich weiß es nicht, da ist eine unerklärliche Energie. Etwas, das dem Geschmack des Verbotenen ähnelt. Ich wurde nicht mit Gewalt hierhergeführt, abgesehen von ein bisschen geschubst, um die Schwelle zu überschreiten... Man* kann, wenn überhaupt, von Suggestion, Überredung, Konditionierung sprechen. Ich weiß es nicht...»

David meldete sich zu Wort und versuchte, so gründlich wie möglich zu sein: «*Ich persönlich habe einen spirituellen Weg eingeschlagen, der in den Augen der Gesellschaft unorthodox erscheinen mag, aber für mich stellt er eine persönliche Reise der Selbsterkundung und des inneren Wachstums dar. Meine Überzeugungen, die im Wesentlichen von den Lehren Aleister Crowleys inspiriert sind, waren nie dazu gedacht, andere zu zwingen oder zu manipulieren. Im Gegenteil, ich habe versucht, einen Weg des Bewusstseins und der individuellen Freiheit mit denjenigen zu teilen, die sich entscheiden, mir zu folgen. Ich verstehe jedoch, dass mein Ansatz Zweifel oder Bedenken hervorrufen kann.*»

Nina: «*David! Alex! An diesem Tag, während meiner künstlerischen Darbietung, geschah etwas, dem ich erst später, wie eine Erleuchtung, Bedeutung beimaß. Wahrscheinlich, weil ich später darüber nachdachte und es in einem NICHT-künstlerischen Kontext betrachtete!*»

Nina erklärte alles, worüber sie nachgedacht hatte und woran sie sich erinnerte, sprach über die vermummten Gestalten, ihre geflüsterten Worte. Dann sprach sie auch über ihre eigenen Gefühle dazu.

Die Reaktion von David Krah war lapidar: «*Die Aleph-Aeon-Brüder!*» Dann, nach einer eindringlichen Pause: «*Wie ihr verstehen könnt, spiele ich mit euch mit offenen Karten! Ich würde das auch mit allen anderen tun, wenn ich nicht von der Gesellschaft missverstanden würde und...*»

Alex unterbricht ihn. «*Ja, ja. Wir haben es verstanden...*
Aber erzähl uns mehr über die Aleph-Aeon-Brüder!»

(Sturmpilz Insel)

Unglaublicherweise gelang es Aleph, den Leuchtturm zu erreichen, indem er die Tatsache ausnutzte,
dass die Polizisten plötzlich auf Aeon und Luca zu-
steuerten.

Während Aeon Luca noch immer im Griff hatte
und ihm ein Messer an die Kehle hielt, bewegte Aleph
einen großen Stein und stieg eine senkrechte Eisenlei-
ter hinab in den Geheimgang unter einer der äußeren
Plattformen des Leuchtturms.

Es war ein von außen unsichtbarer Gang, der mit
dem Rest des Leuchtturms getarnt war, damit Außen-
stehende den Eingang nicht entdecken konnten.

Aleph stieg ein paar Meter hinunter, durchquerte
eine Reihe dunkler Gänge, die zum Geräteraum führten, und konnte von dort aus die Treppe auf der ge-
genüberliegenden Seite hinaufsteigen. Schließlich erreichte er eine Stelle, die ihm einen privilegierten Blick
auf die Besatzer des Leuchtturms bot. Von dieser versteckten Position aus konnte Aleph nach innen schau-
en. Er sah die Polizei, mich selbst, Lina und Madame
Zaphyra, umsichtig und bereit, auf jede Gefahr zu
reagieren. Er beobachtete jede Bewegung und wartete
auf den richtigen Moment, um einen der Insassen an-
zugreifen.

Ich war das Opfer.

Er überraschte mich, als ich ganz banal auf dem Weg zur Toilette war. Die Polizei nahm keinerlei Notiz von der Möglichkeit eines Eindringlings im Leuchtturm, nachdem sie zuvor den Leuchtturm durchsucht und dann den Eingang kontrolliert hatte.

Man hielt mir eine Pistole an den Kopf.

Aleph zwang mich, mit ausgestreckten Händen und gespreizten Beinen an der Wand zu stehen. Dann ergriff er meine Hand, drückte sie gegen die Wand und fesselte sie. Dann fesselte er auch die andere Hand, wobei er darauf achtete, die Situation unter Kontrolle zu halten.

Der Verbrecher ging vor, als wäre er ein Polizist, indem er genau die Handschellen benutzte, die er ursprünglich vorbereitet hatte, um David Krah festzunehmen.

Zu diesem Zeitpunkt war die Situation für die Polizei völlig außer Kontrolle geraten. Das Ausmaß des Einsatzes war unterschätzt worden. Sie hatten Lina zwar gefunden, aber sie waren zweimal von zwei Leuten erwischt worden, die die ganze Situation im Griff hatten. Zumindest vorläufig.

Aber…: Die Flucht mit dem Boot wäre auch mit Geiseln nicht einfach gewesen. Nicht zuletzt deshalb, weil die am Ufer stationierte Polizei das Boot der Brüder in Besitz genommen hatte und es dadurch vermutlich seeuntüchtig geworden war. Vor allem aber, weil Kommandant Martin Ristau schließlich beschlossen hatte, Kommissar Wagner einzuschalten, der sofort die

Verstärkung des Kommandos Spezialkräfte (KSK) anforderte.

(Hamburg, Polizeiwache, kriminaltechnisches Labor)

Die Maus, gequält von den Visionen und unheimlichen Empfindungen, die Lucas Gemälde ihr vermittelte, erholte sich von ihrem Ohnmachtsanfall mit einem noch tieferen Gefühl der Verwirrung und des Schreckens. Der Raum um ihn herum schien zu schwanken, als wäre er in einer parallelen Dimension gefangen, in der sich Zeit und Raum unter dem Einfluss des Gemäldes verzogen.

Seine Kollegen hatten ihn gerettet und ihn mit hochgelegten Beinen auf einen Sessel gelegt. Sie gaben ihm Zuckerwasser, legten ihm ein feuchtes Tuch auf die Stirn und riefen vor allem einen Arzt, der bald eintreffen würde.

Seine Augen, die noch immer von dem eben Erlebten getrübt waren, richteten sich wieder auf das Gemälde, das nun in seinen Augen und nur in seinen Augen ein Eigenleben zu führen schien. Die Pinselstriche, die zuvor getanzt hatten, schienen sich nun wie Schlangen zu winden, und die Farben leuchteten in einem unheimlichen Licht, das den Raum mit dantesken Dämonen erfüllte. Das Rot der Rose in der Mitte des Hexagramms pulsierte mit immer größerer Intensität, als wolle es Manfred in seinen Strudel aus Geheimnis und Schrecken ziehen.

Die Maus versuchte verzweifelt, zwischen Realität und Fantasie zu unterscheiden, aber die Trennlinie löste sich mehr und mehr auf, so dass er der Macht des Bildes ausgeliefert war. Eine wahnsinnige Wut ergriff von ihm Besitz, eine irrationale Reaktion auf die Angst und Verwirrung, die ihn umgab. Ohne an die Folgen zu denken, ergriff er einen nahegelegenen Hammer und schleuderte ihn mit aller Kraft auf das Gemälde, direkt auf das Hexagramm, das der Brennpunkt all seiner Leiden zu sein schien. Unglaublich, er traf es mit der Präzision eines Meisterschützen.

Einen Augenblick später hallte ein Brüllen durch den Raum. Der Hammer schlug auf die Leinwand und zerschmetterte sie teilweise. Dann gab Manfreds Herz den Geist auf. Ein fulminanter Herzanfall ließ ihn hilflos und leblos zu Boden fallen, während Lucas Gemälde teilnahmslos auf die Szene starrte, als hätte er bekommen, was er wollte.

Seine Kollegen blieben regungslos und hilflos. Der Raum blieb für einige Augenblicke in eine dunkle, unwirkliche Stille gehüllt, wie Manfreds Herz, das nun für immer schwieg.

Auf Lucas Bild war eine Art gekrümmter Schnitt zu sehen, der bei näherer Betrachtung wie das Lächeln eines Clowns aussehen konnte, wie eine stumme Warnung vor einer Macht, die sich dem menschlichen Verständnis entzieht.

Als der Arzt eintraf, lag Manfred auf dem Boden, umhüllt von einer Aura des Mysteriösen und des tragischen Schicksals, sein Gesicht blass und gelassen, als hätte er nach langem Kampf endlich Frieden gefunden.

Um das Bild herum wirkte das Neonlicht des Labors nun kälter und schärfer.

Auf der Insel Sturmpilz hatte sich die Situation für die Polizei schnell zu einem logistischen Albtraum entwickelt.

Die geschickten und entschlossenen Aleph-Aeon-Brüder hatten eine Reihe von waghalsigen Aktionen durchgeführt, die die Polizei in eine schwierige Lage brachten und in der Gefangennahme von zwei Geiseln gipfelten, nämlich mir und Luca.

Die Polizei hatte jedoch keine riskanten Aktionen für uns Geiseln unternommen, da sie davon ausging, dass die Kriminellen kaum eine Chance hatten zu entkommen.

Kommissar Wagner, der von Co-Kommandant Martin Ristau hinzugezogen wurde, handelte sofort und forderte Verstärkung von KSK-Spezialkräften an, um der Notsituation auf der Insel mit einem schnellen und entschlossenen Eingreifen zu begegnen.

Die Aleph-Aeon-Brüder nutzten die Dunkelheit der Nacht, die die Insel Sturmpilz einhüllte, und versuchten, ihren Fluchtplan in die Tat umzusetzen. Aber es war ein verzweifelter Versuch. Und das wussten sie auch.

(Hamburg, in der verlassenen Fabrik)

Als die Polizeieinheit unter der Leitung von Kommissar Wagner eintraf, näherte sich David Krah erneut dem Fenster der verlassenen Fabrik, die Augen wahnsinnig geweitet, als würde er in den Sternen nach Antworten suchen. Der Nachthimmel erstreckte sich über ihm wie ein dunkler Mantel, übersät mit leuchtenden Sternen, die ihn gleichgültig zu beobachten schienen.

Nina und Alex standen schweigend da und beobachteten David, der plötzlich in seiner Phantasiewelt in Gedanken versunken zu sein schien. Er hatte oft die Angewohnheit, seine Fantasie so intensiv mit der Realität zu vermischen, dass sich seine Gedanken und sein Verhalten veränderten.

Im kriminaltechnischen Labor schien Lukes Gemälde auf die verzerrte Energie zu reagieren, die von David Krah ausging, der seinerseits die Reaktionen des Gemäldes zu spüren schien. *«Das Gemälde!!!»* sagte David Krah unerwartet, als die Pinselstriche vibrierten, als ob die Leinwand eine unvorstellbare Metamorphose durchlief. Teile der Farbe blätterten ab, auch weil das Gemälde eindeutig beschädigt war.

«Schau an!» flüsterte David mit geheimnisvoller Stimme und starrte starr in den Himmel. *«Wie Crowley schrieb: "Jeder Mann und jede Frau ist ein Stern, und wir sind hier, um den Weg zu erleuchten".»*

Der eisige Wind zischte durch die Risse in den bröckelnden Mauern, wie ein fernes Echo der Worte des Mannes, der sich für den Meister der Geheimnisse hielt. David blickte über die Wolken hinaus, auf der Suche nach wer weiß welcher mystischen Vision oder Erleuchtung.

«Und wir, Kinder der Nacht, müssen unser Licht finden, selbst in der tiefsten Dunkelheit» fuhr er mit einer inbrünstigen Überzeugung fort, die die Realität selbst zu übersteigen schien.

Der Sternenhimmel blieb angesichts seiner Worte stumm, aber für David war es, als tanzten die Sterne in einer geheimen Harmonie, einer Sprache, die nur denen vorbehalten war, die es wagten, über den bekannten Horizont hinauszuschauen.

Nina und Alex schwiegen immer noch, verblüfft von Davids Verhalten, der wie ein Schauspieler auf der Bühne seine Rolle spielte.

Inzwischen machte das Bild im Labor eine natürlichere Verwandlung durch. Die Formen verzerrten sich, die Linien wurden wirbelnd, wie von einem unsichtbaren Strudel gezogen. Das Bildmaterial zerbröselte und fiel zu Boden wie Fragmente einer sich auflösenden Vergangenheit.

Die Polizei traf ein. Wagner gab sofort die Anweisung, dass Rippe in das Megaphon sprechen solle. Er selbst könnte gestottert haben.

Mit plötzlicher Beschleunigung griff David Krah, der auf die Worte reagierte, nach einem Gegenstand, einem rudimentären Werkzeug, das verlassen in den Trümmern lag. Seine Hand näherte sich der kalten, metallischen Oberfläche, während sein Blick zwischen Leere und dunkler Absicht zerbrach.

David traf in seinem Delirium die fatale Entscheidung. Ein erstickter Schrei ging durch die Fabrikmauern, als seine Geste mit beängstigender Geschwindigkeit vollzogen wurde. Der Gegenstand bohrte sich mit chirurgischer Präzision in seine Brust, und der Schmerz mischte sich mit einem erstickenden Gefühl der Befreiung.

David Krah taumelte, als er sich aus dem Fenster lehnte, während Nina und Alex versuchten, einzugreifen, indem sie sich aus ihrer aus einer überwältigenden Benommenheit resultierenden Bewegungslosigkeit lösten.

Der so charismatische und so geistig gestörte Mann stürzte vor aller Augen ins Leere.

In den Trümmern der Fabrik und im Chaos des forensischen Labors verwoben sich das Schicksal von David Krah und das Bild von Luca in einer dunklen Harmonie, die den Beginn einer unendlichen Tragödie markierte.

EPILOG

"I saw the back of the stars
Tremble and fall…"
"…Alpha and Omega
The Great in the Small
The butterflies flutter by
The foxes stop running…"

(Current 93)

Am Ende war der Fluchtversuch der Brüder Aleph-Aeon vergeblich. Die KSK-Spezialkräfte lösten alles ohne große Schwierigkeiten, als wir bereits an Bord des Bootes waren. Sie griffen mit Präzision und Entschärfung, mit Überraschungstaktik und tadelloser Koordination ein. Mit einer Kombination aus taktischem Geschick und Mut umstellten die Agenten das Boot und schalteten die Verbrecher ohne zu zögern aus. Die Brüder Aleph-Aeon wurden schließlich in Handschellen abgeführt.

Die Insel Sturmpilz tauchte wieder in die trostlose Atmosphäre ein, mit dem konstanten beruhigenden Geräusch der Wellen, die in der Nähe des Leuchtturms schlugen. Ein Gefühl der Ruhe und Sicherheit durchdrang die Insel. Ich sah zu, wie sie am Horizont verschwand, während ich meine beste Freundin Lina in den Armen hielt und mein Herz mit unbeschreiblichen Gefühlen erfüllte. Ich spürte, wie mich die Wärme der Freiheit wie eine tröstliche Decke umhüllte. Freudentränen liefen mir übers Gesicht, als ich an den langen Weg dachte, den wir gemeinsam zurückgelegt hatten, einen Weg, der von Angst, Mut und Hoffnung geprägt war. Wir hatten die Dunkelheit überwunden und das Licht gefunden.

Mit dem Tod von David Krah und Markus zuvor, dann der Festnahme von Luca und schließlich der der Brüder Aleph-Aeon, zerfiel die Sekte wie eine unbeantwortete Beschwörung und zerstreute sich ins Ungewisse. Es war Crowleys Anrufung, wie der Titel von

Lukes Gemälde. Auch das Gemälde, schwer beschädigt, schien zu Ende zu gehen und seine Lebenskraft zu verlieren. Es wurde später in Hamburg im Museum für Kriminalität ausgestellt. Wenn man es ansah, konnte man nicht anders, als starke Schauer über den Rücken zu bekommen.

Ich sah Alex wieder.

Ich dachte, dass unsere Liebe irgendwie mit einem schönen "Happy End" enden würde, wie in den meisten Filmen. Das tat es aber nicht. Alles war zwischen uns beiden geklärt, aber die Flamme der Liebe war erloschen. Dafür entfachte sich jedoch die Flamme der Freundschaft. Es gelang mir, Alex' Tagebuch von der Polizei zu bekommen, und ich las es diesmal in einem Zug komplett durch. Ich verstand viele Dinge über Alex, einen ungemein melancholischen und gutmütigen Mann. Er wurde oft missverstanden, oder er geriet selbst auf die schiefe Bahn, oder noch schlimmer, in die falschen Hände, wie bei der Sekte. Er war naiv, stark im Geist, aber schwach im Charakter. Seine Liebe fand er in Nina, die nicht aufgehört hatte, ihn zu lieben. Auch Alex hatte sie vielleicht immer geliebt, ohne es zu wissen, weil er glaubte, mich zu lieben, oder vielleicht uns beide zu lieben.

Stattdessen fand ich den Wunsch zu schreiben, genau wie Alex. Ich begann, dieses Buch zu schreiben, und je mehr ich schrieb, desto leidenschaftlicher wurde ich. Aber vor allem habe ich Lina wiedergefunden. Endlich konnten wir wieder auf unserer gewohnten Bank am Sportplatz sitzen und in aller Ruhe unser gewohntes Motto wiederholen: *"Zwei Herzen, eine Seele.*

Wir werden einander nie verraten". Für die Liebe war noch Zeit. Sie würde später kommen, plötzlich, wenn wir es am wenigsten erwarteten.

Einmal trafen wir Kommissar Wagner und Wachtmeister Rippe wieder. Wir tranken zusammen ein Bier und schlugen dann vor, dass wir uns das Gemälde im Museum, das sich in der Nähe der Brauerei befand, ansehen sollten.

Das Gemälde war immer noch beunruhigend, schien aber zu diesem Zeitpunkt harmlos zu sein. Ich schloss meine Augen und sah das Bild von Madame Zephyra vor meinem inneren Auge. Ich musste sie unbedingt treffen. Ich zwang mich, dies zu tun.

Als ich die Augen wieder öffnete, sagte Rippe: «*Schau mal, Kommissar Wagner, es scheint, als hätte das Gemälde Unterricht in Komposition von deinem Namensvetter Richard Wagner genommen, nur dass es anstelle von Noten Dissonanzen (es ist alles kaputt!) und Zaubertricks hat!*»

Aber, ver-ver-verdamm- verdammte Sch-sch-sch-Scheiße!!!"

Ach! Ich hätte fast vergessen... Ein paar Tage später erhielt ich einen anonymen Brief, in dem es hieß: *"Du bist ich; siehe, der aufgehende Stern! Die Sonne ist schwarz. Nuit ist der Quellstern. Toth ist die Sonne, und Venus, der Quellstern."* (Aleister Crowley)

Bald werden wir uns treffen.

Inhalt:

Danksagung

Ich bin tief dankbar, dass ich die Leidenschaft fürs Schreiben entwickeln durfte, eine Gabe, die meinen Weg erhellt hat. Es war das Licht, das die Dunkelheit meiner dunkelsten Gedanken durchdrang und den verschlungenen Handlungssträngen dieses Romans Leben einhauchte.

Ich danke dem Schicksal für die Möglichkeit, faszinierende Charaktere zu erschaffen, in andere Welten einzutauchen und die menschliche Seele zu erforschen.

Ein herzliches Dankeschön möchte ich meiner Familie und meinen Freunden für ihre unermüdliche Unterstützung widmen. Besonders danke ich meiner lieben Frau Helga, die sich die Zeit genommen hat, die Übersetzung dieses Romans ins Deutsche zu lesen und zu korrigieren. Ohne ihre sorgfältige und geduldige Arbeit wäre dieses Werk nicht dasselbe geworden. Ihre Hingabe und ihr Engagement haben wesentlich dazu beigetragen, die Geschichte in ihrer vollen Pracht zum Leben zu erwecken.

Schließlich möchte ich mich bei Ihnen, den Lesern, dafür bedanken, dass Sie mir Ihre wertvolle Zeit geschenkt und mir erlaubt haben, Sie auf eine spannende Reise durch die Seiten dieses Romans mitzunehmen. Ich hoffe, die Geschichte hat Sie genauso gefangen genommen, wie sie mich beim Schreiben gefesselt hat.

Mit unendlicher Dankbarkeit,

Stefano Conti